春日 天涯

章缘 著

上海文艺出版社

为湿最高花

自序

    1990年我从台北去了纽约，2005年又迁到上海。几次跨洋迁徙，让我在很多时候是个外来者、是新人，需要对别人介绍自己。我滔滔说着，用这个譬喻那个象征，最重要的是说彼此的同和异，如此让对方更容易理解，我也更理解对方和身处的新世界。或许，这种努力融入当下环境和语境的经验，让我成为一个写故事的人。

    最近重读李义山绝句："春日在天涯，天涯日又斜。莺啼如有泪，为湿最高花。"在短短二十字里，我看到一幅既悲且艳的印象派油彩，读到恋慕、执着和追求，这些竟然如此贴合多年来在第二故乡写作的心情。

对羁旅之人，那像春日般令人向往的是怀念的原乡，它不断在向后隐退，你不再拥有它的现在和未来，只有过去还魂牵梦系。美好的春日又何尝不是此刻安身的他乡？它跟你有心灵和文化上的距离，咫尺天涯。写作者无论是在笔下追索那不断隐退的原乡，还是试图把异乡拉近融入，都是春日里黄莺的啼叫，虽然动听，但是夜幕即将四合，所余不多的时光在不断流逝。距离上的遥远，时间上的紧迫，于时空双重的焦虑下，写作者拼命在啼唱，啼出了血泪，为的是沾湿最高处的那朵花。这朵最高花，到底是什么样的奇艳之花？

时间和空间，这是每个写作者笔下要处理的问题，更是在第二故乡写作者的自我诘问。嘶嘶流逝的时间，改变着写作者对原乡和异乡空间的感知。总有那么一天，你发现你只能叙说对原乡的回忆，而异乡悄悄进入你，成为你的现在。至少，这是我的经历。

从中国台湾去了美国纽约之后，我才正式进入文坛，被视为"旅美作家"，是海外华文作家中的一员。到了上海，在许多场合，我被介绍为"中国台湾作家"。回中国台湾打书演讲，大家觉得我讲话用词带着陆腔，对我投以"客从何处来"的眼光……我早已学会个在意这些标签，因为所有的标签，只是方便他人指认。标签无非在提醒我，我已经不在原乡，而分别长居十多年的纽约和上海，如果够幸运的话，应该已经成为身心的第二故乡，也是我据以写作的地方。

从写下第一篇小说起,我的写作便非常个人化,它来自一种内在的需求,是赖以安身立命的喃喃诉说,所以我最在意的是怎么写,写什么。来到上海之前,我没有想象过中国大陆的文坛是怎么样的一种机制和样貌,一无所知也就一无所惧,唯一在意的是,自己是否能继续写作。初抵上海,一人不识,不知道有什么文学期刊,也不知道如何投稿。幸而故交庄信正老师从美国来沪,庄老师是张爱玲在美极少数的知交之一,跟张爱玲专家陈子善老师熟识,借住陈家时提及我。陈老师约我见面,就着洋气的咖啡和鲜奶油蛋糕(情调迥然不同于之前我栖居一年的北京茉莉香片和花生米),开口便问我想不想在上海投稿?热心肠的陈老师帮我递了两篇小说给《上海文学》,其一便是《媳妇儿》,两篇小说同期刊出。几年内,《上海文学》和《小说界》分别发了我十篇小说,我的发表园地也逐渐向南向北拓展,天地越写越宽。

一开始,我采用中国台湾人的视角,一个外来者的眼光,这是我最能掌握的视角。但是它并非没有挑战性,因为小说人物不是活在真空或想象中,他活在今日的大上海,对上海的一切,从人们的食衣住行到城市样貌,如果没有一定的了解,就无法构建一个有说服力的小说世界。作为一个现实主义的作者,还必须对大历史有所认识,因为人物是从过去走到现在,他个人和家庭的过去,你可以蜻蜓点水,但每次点水都要在点上,每一块建构的砖石,都要经过细细打磨和挑选。这样的书写，比起在原就熟悉的文化和环境里写作，少了信手拈来的自信，多了临渊履薄的小心翼翼。

我写在上海的台湾白领和台湾太太，也写常民运动如跳舞和乒乓，甚至从普遍的休闲活动如推拿撷取灵感。我慢慢写，在精不在多，重要的是写出一篇能立起来的作品，而不是数篇浮光掠影的刻板印象。

在上海的时间长了，有一天，我写出一对年轻女孩在上海的故事《闺中密》，两个人物都不是台湾人，2013年发在《长江文艺》，入选《作品》杂志。从此，我的创作翻开了新页，可以放下过去紧抓着的台湾人视角的拐杖，自由书写第二故乡了。《善后》和《跟神仙借房子》是其中代表。这样的书写，相当于离开写作者的舒适区（comfort zone），进入别人的领土，需要步步为营，而且吃力不讨好。但是我拥抱它的到来，它让我的书写更加自由，何况，我的舒适区早就被几次跨洋迁徙打破，不能再为我遮风挡雨了：它成了遗迹，成了参照物，它在天涯。

除了从所在环境取材，女性意识贯穿我诸多作品，反映了不同人生阶段的反思。在本书中，从《更衣室的女人》始，以《谢幕舞》终，穿插了《舞者莎夏》《大水之夜》《妈妈爱你》《苦竹》《攀岩》等篇，都在书写女性的角色和命运。不论我去到哪里，这个主题都会跟着我，以不同的旋律变奏，并随着个人生命进入秋冬，展示不同风景的奥秘。

长居过中国台湾、美国纽约和中国上海，我笔下的故事场景跳转于此三地，人物也往往是游子、候鸟和旅居者。在书写中我发现，不同地区和族群的故事，常会引带出不同的叙述腔调和语言运用。写上海故事时自然会使用上海方言，而写美国人领养中国女婴的《失物招领》，浮现脑海的文句多是英文，我便尽可能保留英语的特色，并把美国中产阶级亲子关系的种种，跟中国大陆和中国台湾的区隔开来。这种自由出入一种以上文化的能力、多元视角的观照，是在第二故乡书写者的优势。有趣的是，当我在大纽约区，住在郊区幽静的花园洋房时，常感题材匮乏。但是迁居中国大陆几年之后，距离让我更能看清全貌，混沌的世界突然结晶成像，我顺利写出了像《丹尼和朵丽丝》这样的移民故事。

这种写作版图的置换和变迁，失之东隅，收之桑榆，很难断其优劣。但是我总相信，没有什么是"更好的写作地"，只有"最好的写作地"，那就是写作者当下的所在。如此，我在第二故乡写作，彳亍于少有人迹的路上，接受从创作到发表的各种考验，转眼二十余载。而我所追求的，不过就是几篇能跨乡越界、引发不同族群共鸣的好作品。对我而言，这就是那个最高花。

这本集子精选了比较满意的二十篇作品，其中，在上海写出的故事占了绝大多数，可见第二故乡对我文学生命的滋养。在上海文艺社出版短篇集，一直是我的心愿，感谢上海文艺出版社副社长谢锦和《小说界》执行主编、也是本书责编乔晓华两位老师,助我达成心愿。谨以此书献给儿子世源,他在上海长大成人,给伴我写作的泰迪小宝,它将在此地终老。

目录

更衣室的女人	1
舞者莎夏	31
大水之夜	39
妈妈爱你	61
回光	77
生鱼	85
媳妇儿	101
春日天涯	115
苦竹	123

如果有光	133
插队	145
最后的华尔兹	163
乒与乓	177
丹尼和朵丽丝	199
攀岩	215
回音壁	231
失物招领	245
善后	263
跟神仙借房子	279
谢幕舞	303

更衣室的女人

她纵身入水,几乎没激起什么水花,手划脚踢,一忽儿就游到池中央。前行如箭,动作流畅从容,除了偶尔的一点泡沫和探出头来换气,她在水中沉静自得,如一尾鱼。

在梦里相遇,十分欢喜。

那种欢喜有点像十几年前她十五岁,在路上遇见暗恋已久的隔壁班班长。她知道那个时候他有时会出现在这条路上,她总是捉空溜出来,故意骑着车在附近绕圈子。头抬得高高的,但要留意不要教风吹乱了头发,心里漫漫想着,是不是就在这里会遇到,是不是就是下一秒钟?终于教她遇到时,她紧张得差点摔下车,但是她屏住气,尽量保持面无表情从他身边过去了。从眼角余光,瞥见他愣了一下,教她喜不自胜,从他那微一迟疑的样子,编想出许多深情的告白。

但是不同的是,此刻不需矫情地表示不在乎,转头去看一些不重要的东西,说不重要的话。明心见性,就是满腔如旭日般纯粹热烈的真情。她感到胸臆间充满了重逢的喜悦,即使当下她隐隐怀疑这是梦。

一定是梦,因为除了做梦,他们不可能如此相遇。一定是在做梦,因为在梦里,她才能如此解放。像在剧场里,她选择相信舞台上的世界,即使当下,她已经瞥见自己瘦削的身影,悲哀地坐在黑暗的观众席里。她把注意力集中在舞台上,延迟醒来的时间……她成功了,在几乎要醒来时,她又坠入梦里。

听到妻喃喃说话的声音,他醒了过来。转过头,微弱的晨光里,看到妻蜷曲着的身躯,头埋在枕头里,圆圆的屁股朝他这边翘着。他伸手摸了摸,隔着妻滑滑的、丝的睡衣。想再摸,享受手头那种柔腻感,就怕把妻给吵醒了。但是,又有点想把她弄醒。

在妻深长的呼吸声中,膀胱开始涨得难受。下床来,把床弄得咿呀响,妻依旧不肯醒来。一站到马桶前,一泡热尿迫不及待直射出来,他眯着眼,看到浴缸前吊着妻的泳衣。

今天妻回来得特别晚。平常下课回来,妻总是在家。不是在忙着煮晚饭,就是饭煮好了,一边看电视一边等他。只要一进门,妻便立刻把电视关了,到厨房里去热汤。吃饭前先来一碗会烫破舌尖的热汤,是他出国后养成的习惯。K城单身的朋友们都羡慕他,娶了老婆才出国念书。

是谁说的,留学生太太一天中最高兴的时候,就是先生回家时?他习惯把门铃按得火警一样叮咚乱响,然后静待妻的脚步声。

可是今天,他是自己拿钥匙开门进来的,进了门,一屋子漆黑,向来会闻到的饭菜香也没有了。桌上妻留了一张纸条,草草写着：我去游泳，晚一点回来。

妻回来时，他已经看完英文报和中文报，一碗泡面下了肚。妻一进门，空气便有点异样。也许是因为今天等门的人是他。出国两年来，绝无仅有地，妻在晚饭时间独自出去了。也许是因为妻的样子。她看来容光焕发，半湿的头发随便披散着，拎着一个帆布袋，像是要出门两三天，而他不知道她要去哪里。他跳起来，说："饿死了。"

"我也是。"以为妻会好言说几句，但是她只是淡淡地这样说，好像他在家，该弄点什么来吃。

妻自顾自从帆布袋里扯出泳衣，往浴室走去。他跟上去，从后面把妻环腰抱住，很用力地。妻闷哼了一声。他在她柔软的肩上磨蹭着，闻到一股消毒水的味道。妻淡紫色的泳衣晾在浴室里，叭叭滴着水，勾勒出一个走样的女体。手下更用力。妻像只受惊的小动物在他怀抱里挣扎，还是一声不吭。妻一贯是沉默的，但是此刻，他不能忍受这种充满揣度、小心翼翼的沉默。

"游泳，真那么好玩？"他放开手。妻连忙走出浴室，往厨房去，那有点惊惶的神色，看来就比较像他的妻了。

"好多年没游了，三年？四年？"妻说，"泳池不错，很大，水也干净，不过，"她脸上闪过一丝奇异的神采，对居高临下盯着她的他说："更衣室完全没有隔间，洗澡的地方也是大通间，大家都赤条条的。美国人真的好开放。"

在他的盘问下，妻一五一十说出女子更衣室的风光。

泳衣几乎全干了，他想着所熟悉的妻的胴体。右大左小的一对爱玉冰似的软滑乳房，饱满如发粿般浑圆的腹部，有点垂坠像熟极水梨的臀部，上头一颗绿豆般的黑痣。这是全世界唯一属于他的女体，只有他知道的秘密。

妻一向羞怯，到现在还不习惯当他的面更衣，他要看，她躲躲闪闪。"你是我老婆，为什么不让我看？"好几次他不高兴地问她，她支支吾吾说不出所以然来。妻的保守实在是有点过了头，不过想到她这么私密保护的身体，归他一人享用，也有一种说不出的快感。但是这样的妻，却在女子更衣室里，当着一群陌生人宽衣解带。

更衣室的走道说是七弯八拐的。

更衣室的走道七弯八拐，一堵堵如墙的衣物箱，个个箱柜都上了锁。左转至五，右转至七，拨转锁码的手，细长或肥短，突出的骨节或是鲜红的蔻丹，一律的长长汗毛。手的主人微蹙的眉头下，是蓝眼圈框出来两颗灰蓝的眼珠，或是绿眼膏强调的藻绿眼珠，或是又大又圆微凸的黑眼珠，向上翻飞刷子似的睫毛，鼻孔掀起的傲慢高鼻，或是莲雾般谦卑的扁鼻，薄得像被吞了一半或厚得像噘起送吻的唇。金棕色生着汗斑或黑矿般会发亮的手背，翻过来是无血色的白手心，手心里一个拿下来的圆锁。衣物箱打开了，里头是洗发润发双效合一的洗发精，是滋润保养的婴儿乳液，是毛巾是泳镜，是那现在就要脱得一丝不挂穿上身的泳衣。异国街头各种线条的女人，隐藏在衣物下，凸显、晃动，充满弹性，暗示着不同的尺寸和比例，此刻全都要揭晓……

她背对着人，弯腰脱下裙子，脱下三角裤，露出白皙臀部上，一颗惊人的黑痣。

回到房里，重重躺回床上，二手店买的床委屈地咿呀晃荡。妻一定已经醒了，却一声不吭。装睡？不想理他？他棉被一掀，扑到妻身上，近八十公斤的他，压到不到五十公斤的妻身上，像块沉甸甸的巨石。妻仍半声不吭，只是把脸转到另一边，他的怒气煽动着情欲，灼灼烧着，把妻的睡衣一骨脑往上掀，她的脸被蒙住了，唔唔挣扎着，但是他已经找到他要的，喉咙里发出呵呵怪声，猛力撞击。

这个隔音效果很差的五层楼公寓，在破晓时分，突然间传出一阵撞墙和咒骂呻吟的声音，只有狗竖起了耳朵，但是其他的人似乎都睡得很熟。几分钟后，一切又归于沉寂。没有人开灯，也没有人说什么。

他出门后，她回到床上，把自己缩成一团。闭上眼睛，她假装自己又睡着了。但是越来越强的阳光，从窗帘的缝隙不留情地射进来。

她起来，到厨房把角落餐桌上他吃剩的一半吐司丢到垃圾桶里。"没吃完的吐司，我吃掉了。"她在心里预习晚上的对话。鲜奶收回冰箱去。没有马上收，不知道坏了没有。她只要一喝鲜奶就拉肚子，但他们每星期都要买上两大盒。桌子抹净了，她把几个杯盘也洗了，一边洗一边从对着天井的小窗看出去，污暗的天井地上，黏着不知是哪个人家晾出来落到地上的床单，还有一件黑色的男用三角裤，两天前就在那儿了，没人理。她出了神，直到一只灰鸽子飞来，一下下啄着裤底。

她到客厅去，把散了一地的报纸收齐了，拿出吸尘器来，轰轰把有地毯的范围都吸了一遍。把吸尘器的长嘴探到沙发下，一会儿便吞进了一枚什么硬物，气冲牛斗地尖声叫起来，她赶紧把电源关了。是一枚小螺丝钉。拿出拖把来，弄湿了把木板地拖一遍，拖把划过的地方留下一条条泪痕一样的水迹，颜色深下去了，但一会儿都干了。再到浴室去，把他早上换掉的内衣裤捡到洗衣桶里，顺便把洗手台抹了一下。马桶盖掀起来，白磁上一圈黄垢，黏着几根他的体毛。她拿了擦手纸拭净了。狭小的卧室，横着一张大得不成比例的床，一个短了一只脚的五斗柜和一面长镜。她把床单、棉被铺得平平整整，看来就像什么事也没有发生过。最后，她到他的书房去。他去上课时，她用他的书桌写信、开支票付账单，他回来时，她把未做完的事，移到餐桌去。如果他要看电视，她就移回书房来。现在她走进这个没有他的书房，把他摊得一桌的书和计算纸轻轻推到一旁，坐了下来。早上十点，还有长长的一天在眼前。她不用想也知道这一天会如何度过。洗衣。(我那件黄衬衫呢?)买菜。(明天吃烤鸡吧?)看电视。(看电视学学英文!)煮晚饭。(好饿。)

她知道,当他回家时,她在做着这些事,等他拿到学位完成这个阶段的人生目标时,她还在做这些事。

也许该去游泳?她问自己。这时,她听到隔壁有人在说话。

墙很薄,声音轻易就穿透墙,音质像是借着电流传来,有种被干扰的不清晰。对隔着墙坐在书房里发呆的她,这声音太近了,好像她正把耳朵贴在墙上。可是,她一点都不想知道那个人在说什么,对谁说,她只想静静地一个人在房里。

她在书房里待了很长一段时间,而隔壁的说话声,也一直断断续续传来。可以听出,是一个女人坐得近近地跟某一个人在说什么。可是,一个下午都没听到任何人回答她。从那低平的语调,她猜不出那会是个什么性质的谈话。

在河里,他们一起泅水。

天气很好,水温柔地包围着她。她游的是缓悠悠的蛙式,拨水,踢腿,拨水,踢腿,久久才浮出水来换口气。她觉得自己的气特别足,根本不用换气似的,便待在水里很长的时间,看着河里的世界。没有鱼,只有长长带子似的绿藻摇来曳去。

他的身影忽而在前，忽焉在后，以利落的自由式轻巧地剪水而进，留给她一串又一串的气泡。她觉得他们可以这样一直一直游下去，不用说话，甚至不用看到对方。他卷起的气泡越来越多了，气泡消失在浓密的绿藻间。她张望着，发现自己很久没有换气了，她发现她可以在水里呼吸，像一条鱼。于是，她知道了。柔韧的藻带，开始像绳子一样绕过来。

她挣扎着，但是隐隐知道那个千篇一律的结局。

他深信自己绝不是个好色之徒。不仅是他一直维持处男之身直到认识妻，而是跟很多男人比起来，他觉得自己是很节制的君子。

当兵时，见不到当时还是女朋友的妻，他洁身自好，以打球来消耗过剩的精力，甚至不曾掏钱买过大胸脯、不知耻露出私部的外国女人的彩色画报。当然，基于好奇，他在初二那年，便偷偷看过读大学的哥哥塞在床下的这类杂志。他不记得自己是否感到亢奋，只记得那金发洋女人硕大如钟的乳房，让他胸口窒闷，而那惊人叉开腿来的姿势，所露出那出乎意料丑陋的私处，着实让他对女性初萌芽怯怯的恋慕，受到严重的挫伤。

怎么会是这样呢？他不敢置信。隔壁班那个尖下巴、弱不禁风的高秀云，也有这样的"东西"？对情窦初开、家中没有姊妹的他，女生柔柔细细的声音、白白嫩嫩的皮肤，走起路来，裙摆拂着腿窝那种俏模样，实在教人向往。他很失望一个女生最秘密、最宝贵的地方，竟然是这么原始、丑陋。这以后，他对色情画报的胃口一直没恢复，直到他开始对女人有另一种兴趣。

退役后准备出国留学期间，他开始看 A 片，理直气壮加强对做爱技巧的知识。但是，那些引起他生理反应的女体们，把胸乳和私处的欢愉当作人生唯一目的般张牙舞爪的疯狂，跟妻是那么的不同。妻总是那么安静，即使是在做爱时，她的肉体也是那么安静，让他长驱直入，势如破竹。

妻自成为女人后，只在他的面前裸露。

他不能接受妻赤裸裸站在他人面前的事实。

妻在更衣室，把胸罩扣子解开，露出一对小巧的乳房。

窗台上，妻用淘米水养的仙客来，十几个花茎高高低低吐着蛇信般的红花苞。她一边浇水，一边把疲颓了的花茎一枝枝拔掉，脸上显出一种不留情的严酷。这不是他惯见的神情，妻一向是温婉的。

他走上前，把手探进她的胸口，她手一抖，洒了一些淘米水到地板上。她转身去拿拖把，他继续看报。

她在看电视，他上完厕所出来。她整个身子缩在沙发里，像一只猫。他过去,叫她,她懒懒地没怎么搭理,他遂把她抱起,像抱一只猫,丢到床上,一把扑上去,压住。她在底下无用地挣扎,呜呜哼哼也像只猫。

已经无处可逃。即使在离得最远的这个房间里,声音仍然隐隐可闻。而且正因它的不清楚,反而教人更分神去听。

妻说她从来没有这样面对面看过这么多女人,赤裸的。

他曾逼着妻跟他一起看过几次电视上要付费收看的《花花公子》,妻总在片中女人热情放荡地吸吮男性时,掉转眼光或离座去喝水上厕所。男人露出酥麻的陶醉表情,但他所关心的部位尺寸,被女人的乱发遮住了,据说这是《花花公子》的尺度标准。但女人的豪乳和圆臀、红唇白牙和长腿,公然被强调和展示着。他不知道因此而显得血肉不足的妻怎么想,但他确知,男人不露私处让他松了一口气。

妻说更衣室的女人不是一般电视或电影或杂志上可以看到的女人。

更衣室里,女人们裸裎相见。原先被紧身裤束着的腹部松颓,钢丝胸罩托起的双乳在肚脐不远处摇晃。很多的肉,真实的肉。普遍有着颤巍巍肥厚的大腿,长大如木瓜的乳房和豆粒般淡粉色乳头的年轻女人，在身上一层层涂着乳液油膏。进入老年的女人，迟缓地擦拭着身上的水珠，生皱如象皮的垂老身躯，生出斑点和肉瘤，两个瘪掉的长袋乳房，垂挂在胸前，一圈腹肉垮下来盖过了私处。

一个大肚子的女人，坐在更衣室的板凳上，辛苦地脱下衣物。她的表情淡然，似乎有一种任重道远的矜重。不久，又来了一个瘦削的中年女人，坐下来，出人意表地卸下一只左腿。她脸上倒有一种自得的轻松，能坚持这项运动不容易，但她毕竟办到了。

大通间的浴室里，七八个莲蓬头一起开着，一室腾腾的热气白烟。女人们一列站在莲蓬头下，有的仰头冲着脖子，搓着奶子，有的背对着莲蓬头，弯下腰来，让水柱冲着两腿之间，有的弓身刮着腿毛。她们的动作跟在电视上看到的出浴镜头很不一样，她们专注于把身体洗刷干净，不在乎动作是否充满美感和挑逗性。在没有男人的女子更衣室，女人们暂时忘掉了肉体的美丑。

妻在其中，开始学着辨识不同的肉体，如辨识不同的脸孔，并在他的好奇询问下，一五一十转述所见到的质感和尺寸。不久，这些见熟的身体，取代它们主人的脸孔，成为妻的新朋友了。她默默观察着朋友们到泳池的情形，和它们一些细微的变化。

其中，妻最偏爱的是一个年轻的印度女人。第一次看到她时,她把及腰的长发盘在头顶上,正在澡堂里冲水。四周的人来了又去,但是她恍若不察,非常专心地洗着。她有着十分光滑年轻的肌肤,骨肉亭匀。饱满但又不巨大到不成比例的胸部,分明婀娜的腰肢,修长的双腿看来健康有力。看那紧俏的黄油皮肤,大概只有二十岁出头吧。

"她的脸呢?"随着妻的描叙,他抚摸着妻的每个部位,最后停在她的脸上。

闭着眼的妻梦呓般地说:"脸我倒没注意,而且她大部分时间都是侧低着头。不过,她有很浓密的黑发。"

妻已经放慢动作,但是在离开澡堂时,女人仍在冲着水。那水,好像是河边的水,那女人,好像是河边汲水的女人,因为水太好,忍不住把水往头上身上冲。水冲溅到她的每一寸肌肤,她的身体也随之张开,像在跟水嬉戏,享受着只有水和自己身体合唱的时刻。这女人好美啊,似乎在什么名画里看过⋯⋯

在他急急剥掉妻的内衣时,妻仍眷眷说着她在更衣室看到的女人,好像对这个女人有一种莫名的向往。

在做陶的教室里,但她一点也没有要交作业的紧张。她做的东西,他向来都很满意,也因为这样,每回她求好的压力就更大。但不是这次,这次她只感到一种期待的喜悦,喜悦太深了，她不禁微笑了。看到她的笑，他对她招手，要她过去，看他在辘轳上把一团泥捏转成一个什么。

做什么呢？他不回答，双手覆在泥团上，辘轳飞转，泥团扁下去了。是个碗？他手势一改，泥团又缩拢来，慢慢往上蹿起，双手上上下下抚着泥柱，那泥柱便不停地长大起来……做什么呢？他语气有点不悦。是她在上辘轳，是她在抚着泥条，泥条变得像橡皮管一样滑手，好像有了生命，抓不住了，没留神，泥条垮下来了。

她在自责的情绪中醒来，翻个身，想再回到刚刚的梦里，也许可以跟他解释。

妻对着他笑。她的相片立在他的羽球奖杯旁。这是他们相识后，她送的第一张独照。有好一阵子这张相片放在营房的桌上，室友和访客看了，都要品头论足一番。相片中，她的脸庞比现在要圆润，头发直直的，刘海拨开来，露出饱满的前额。少女时代的她，据说比较丰腴，认识他以后才开始减肥的。后来，她体重就一直维持在他认为最标准的五十公斤。

相片中，还没减肥的妻，腰肢的曲线不分明，中庸裙下的小腿粗粗笨笨，不够秀气。每次朋友看到这张相片，他就替妻分辩几句：她现在比较瘦了。

年轻的妻，眼睛直视着他，坦然又温柔，像小动物的眼睛。现在的妻,似乎从鹅黄变成土黄,灰暗了许多。难道女人真的这么不经老。那也不一定,像球友 Jack 的老婆,看起来是越来越俏皮有劲。

妻又去游泳了。现在她几乎每天都去泳池报到,皮肤上的消毒水味说明了一切。恼人的是,妻的游泳是没有固定时间的,好像上了瘾,瘾头一发,丢开手边的东西立刻就去。像现在,他提早回家,家里空荡荡,水槽里泡着洗了一半的碗筷。他在客厅和卧房两地徘徊,试图弄出点声响。收音机里,气象报告,华氏八十六度,晴朗无云好天气,好天气,游泳的好天气。

他怅怅把收音机关了。为什么会有人愿意脱衣、换衣、浸泡在消毒水中,然后又要洗澡、洗头,忙上半天?也许妻太闲了。

刚到生活费奇高的 K 城时,没有工作身份的妻,曾兴致勃勃找事做。先是在餐馆里带位,为了赚小费,又改做点菜送菜的服务生,一个月不到,腰就直不起来,手也烫了好几处。然后去做小孩看护,照顾一个五岁男孩和一个刚满月的女婴。那个男主人是大学教授,女主人是个自由作家,去度假时,常把妻也带去照顾孩子。女婴很黏妻,但男童却对她有敌意。当妻用不甚溜口的英语,告诉他把含在嘴里好久的东西吞下去时,他噗地全吐到她脸上了。妻听说有人在教中文,也在学校附近贴了一些布告,日晒雨淋,布告上的字褪了色,新的布告盖上去，没有人打电话来。不想完全依赖他的奖学金过日子的妻，鼓起余勇说要去替人遛狗，工作单纯，待遇比看小孩还好。但是那户人家两条巨犬龇牙咧嘴朝她扑过来时，妻掉头就跑。之后，妻不再提打工的事。

找不到事做的妻，比以前沉默了，对他越来越言听计从，但这次不知为何却对游泳这么坚持。难道她在泳池畔有什么邂逅？听说许多胸肌发达的白人和黑人男子，最喜欢在池畔流连。妻是否暗暗比较他和其他男人的肉体？比较胸膛的厚度、手臂的肌肉、腿部的线条，甚至，重要部位的雄姿？他对相片中的妻，恶狠狠挥舞拳头。

她在房里，桌上摊着一本《常用英语会话》，但是眼睛看着窗台上一个陶瓶。瓶子是深浅不一的紫色，像是有人捧在掌心中，时间久了，汗湿的地方，颜色就深了。她这样以为，因为她曾经捧着它，一个人发了好久的呆，在出国以前。

突然整面墙"咚"的一声响，一个凄厉的女声碎玻璃般割开沉闷的空气，一阵激动的叫骂声，然后一声撞墙"咚"，又一声咚，咚，咚，她跳起来，觉得整面墙就要被撞倒了。现在是男人的呵斥声，伴着女人的呻吟哀号。

这已经是这个月来的第三次了。她想到时常听到的，女人絮絮的倾诉声音。有这样热切的倾诉，怎么会有这样粗暴的结果？

突然间，身后探过来一只巨掌，紧紧攫住她的一只乳房。

"不要。"她哀求。

他嘿嘿笑着，觉得是星期日下午的一个游戏。他已经发现，床上游戏是打断妻白日梦最好的方法，让她回到现实世界来。

淘米水养的仙客来上，开始有小虫飞来飞去。她挥挥手，小虫飞开去，但不一会儿又再回来，停在心形的叶子上。

当他厌恶她身上的消毒水味时，她闻到他的口臭。

就像清理他放了两天没拿出来洗的饭盒，扑鼻一股食物腐败的味道。记得婚前的他没有口臭，所以爱洁的她能接受亲吻时口水的交换，或恋爱时的耳鬓厮磨。她最喜欢他两手把她环抱，静静地，静静地不说话也不动作。可是，自从被允许更进一步的亲密之后，他再也不能满足于这样无欲的拥抱，他的手总是毛躁地上下探索，在女人特有的部位停留。

像现在，他看书看到一个段落，又到她身后来，两手往她胸乳上放，挤压着，在躲闪时，闻到那令人不悦的口臭。晚上的烤鸡已经以一种奇特快速的方式，在他的齿缝间发酵腐败了，一丝丝恶臭，在嘶嘶的呼气中渗出，而他丝毫不察。

婚前的他，不但没有口臭，而且有着一股年轻男子青草似的野味，跟他在一起时，觉得两脚着地很踏实。跟另外一个人水一样的难捉摸是多么不同啊！经过长久捉迷藏似的猜测与等待，她觉得应该有另一个开始。

做了这样的决定，她从云端回到人间，开始与寻常被追求的女人一样，有电影、晚餐、郊游，有鲜花、电话、卡片，有人接送上、下班。她开始习惯并放松。原来，这才是恋爱。清清楚楚地，没有"也许"或"可是"。有不知内情的人告诉她，那个人不告而别消失了几天，回来时，老了许多。她只是笑笑。她不是也老了许多？她不准自己再去猜失踪的理由，以及他不顾所主持的陶艺教室独自去旅行的心情。

浑然不觉她退缩的他，继续对她呵气。

青草的清芬，怎么会变成此时此地可憎的口臭呢？而从何时开始，读书、吃饭和抚摸她，成为他生活的一种习惯？

她含蓄地说："你嘴里有种味道。"

他双手罩住口鼻，深深做几次吐气和吸气，像个小男孩做着什么实验。她盯着他看，有点抱歉让他受窘。他们是夫妻，应该要同甘共苦，而她竟然受不了他口腔的异味，这似乎暗示了未来不能跟他共患难。如果他生病了，愿意替他清洁屎尿吗？

他放下手，无辜地说："什么味道？我没闻到有什么味道。"

"是鼻子坏了吧？"她忍不住说。这段时期以来闭气忍耐着,仗着游泳所练出来的越来越强的闭气功夫,为的是希望有一天,这臭味自己会消失。现在终于让他去面对这个难以启齿的问题了,而他竟然什么也闻不到。

"你才鼻子有问题呢。"他不在乎地说。

到底怎么一回事?她也把手罩住口鼻,深深嗅闻自己的口气,闻到颓败灰冷。

这是个社区健身俱乐部的泳池。夏末秋初,户外的泳池已有了萧瑟的味道,往常积着水的几块破红地砖,干巴巴地努力留住已经显出疲态的阳光。墙外的一棵树,黄叶不时被风吹过来,黑人管理员懒懒扫着落叶。池边几个生了锈的凉椅,盛夏时躺满了人,现在空置着,一只麻雀停在扶手上,兴味盎然看着水池中的她。

她攀住池边的环钩,看到自己泡白发皱的手。已经在池里待了两个小时了,随着阳光一寸寸消退,池里本来就不太多的泳客更加稀少了。但是她不想回家。

在家里就像被枕头闷住脸一样,觉得快要窒息。而那知道只要推开枕头就可以解脱却不去推的宿命和惰性,似乎比闷死更令人恐惧。

今天是泳池开放的最后一天。过了今天,她能到哪里去?

她使力一蹬,往池的另一边游去。池边牌子上大字写着:

"请依顺序绕圈子游。"靠右行,一趟接一趟。要想通行无阻,谁也不可以任意率性,不照规矩来。即使如此,交会时也要特别收敛手脚。这些水中穿梭闪避的功夫今天都用不着了,塑料小球串隔开的水道里,只有她一人。

在这么空的水道,她游得更起劲了。时快时慢,不用配合其他人的速度。她翻身,看着灰蓝的天空仰泳,多么奢侈啊,她的前行不用考虑撞到别人,或被撞。耳朵里灌满了水,完全放松没有闭气的鼻子里,也不时进水。整个人躺在水上被水轻托着,风吹来,她的嘴唇慢慢冻成紫色。

她停了下来。池里已经没有别人了。再过十分钟,池子就要关闭了,想游泳,得等下一个夏天。空荡的池子,水显得格外洁净、诱人,映着向晚的天色,水一寸寸冷下去。她突然狂吸一口气,用力一蹬,往池的中央奋力游去,越过一个又一个水道,感到一个个塑料球串打过身体。她大胆地在池里转弯,时左时右,不再去数划水踢腿和换气的次数。她飞快地游着,迫切要把体内残存的气力用完。整个泳池都是她的舞台,她把分隔水道的泳池,游成没有规格路线的湖。

"嘿!嘿!"黑人在池边叫她,"上来了,上来了。"

她停在池中央,拼命咳着,似乎整个气管和肺里都是水。她往池边游去,四肢酸软,几次都险些呛水,在排水口处干呕了一阵,胃部痉挛着。

走进女子更衣室,里头只剩两个人,一个一丝不挂,一个穿戴整齐。在她的咳嗽声中,她们大声交谈着:Laura又被揍了,听说耳膜破了脸肿了两倍大,怎么不离开那个混蛋呢?又没有小孩牵绊。还爱他吧?真不可思议……

真不可思议。

现在呢?没去上班,听说把自己关在家里,电视整天开着,一个肥皂剧接一个肥皂剧,打电话去也不接。昨天过去看,敲门没人应,如果不是听到有电视的声音,我都要报警了。还跟那个混蛋睡在同一张床上?她能去哪里?你也不要介入太多,那个混蛋会找你麻烦的。怕什么,好歹我是他姊姊。如果我是她,早就离开了。当初不该介绍他们两个人认识。你弟弟看起来实在不像这种人……

两个女人相偕离去了,地上留下一团团擦拭过的手纸。

在空无一人的更衣室,她轻轻抚爱着自己的乳房,触手滑腻,好像碰触到即将消逝的青春。

今晨在梦里,她跟他站在淹到胸口的湖水中,岸边白色的野姜花,放肆地放着浓香。两人相隔有一步之遥,但这似乎是个恒定的距离,她没有那个力气去向前,却也不愿后退。

看着他的脸,她开始小便。一股热流从两股间流出,很快与微凉的湖水相融。她亢奋起来,觉得这是她所能做到的极限。

坐在更衣室的长凳上,想到梦中这个奇怪的片段,她感到两腿间开始湿润起来。

如果时光能倒流，她会如何呢？

最后一次到他的陶艺教室去，两个人都维持着若无其事的样子。下了课，他建议去附近的湖边走走。他们曾经好几次散步到这个湖边，但每次都是以老师和学生的身份。最后一次，也不能例外吧。她几次偷眼打量他，他眺望湖景的神情，看不出有任何异样，而她也一直保持着微笑。虽然心中不住提醒自己，这是最后一次跟他站在这里了，心中却异常平静，好像两人在比赛，谁沉得住气。

暑热渐消，从树梢吹来一阵微风，直吹到脚边的草丛去。就在夕阳的金晖开始照到湖面上时，他突然以一种只有在创造出新的捏塑法时才有的热切口吻说，嘿，下去游泳吧？怎么样，在碧绿的湖水中游泳，一定很过瘾。

她困惑地盯着他，他的眼睛闪着光，眉梢有一滴汗，就快要坠下。这个邀请代表了什么？几秒钟，但像有几世纪那么长，她听到自己笑着拒绝，喔，不要。

他掉转眼光，看着湖的另一边，而在那一瞬间，她知道，一切都结束了。

出门时，距离比赛报到的时间只剩下三十分钟。如果一路顺利，可能只会迟到五分钟。但是一开始就连停了三个红灯才上了高速公路。他吸口气急打左转灯，插入最左边的快车道，正想狂踩油门,却发现前面车队纷纷亮起刹车红灯。

感觉到他的烦躁,她扭开收音机,沙沙流出的是支熟烂的流行歌,听我,听我,宝贝,哦。

"关掉。"

她换个电台,是个 call in 节目,主持人跟打电话到电台的人很亲切地说着什么,哗哗的笑。她把音量调大。

一只手探过来,把收音机关了。现在,车子的时速才三十哩,一定会迟到。

中间车道似乎反而更畅通,咻咻连着几辆车过去了,他跟着换道,引来后面的车猛按喇叭。

"小心。"

"知道!"

她看出窗外去,两旁的绿树,荫荫绿了一个夏天,有点疲了,开始要换颜色前,有种尴尬的无精打采。是在美国的第三个夏天过去了。她的英文听力还是不行,还是不敢开车,而他的不耐烦还是这么理直气壮。

作为一个丈夫,他并无不可饶恕的大恶,很多共同的朋友都觉得他是很有责任感、循规蹈矩的标准先生。她所隐隐感觉的不安,是查无证据,难以告解的。

她忍不住说:"你知道吗,我常听到隔壁的讲话声,原来是电视的声音。今天经过隔壁时,特别注意了一下。"

现在车子完全停下来了,他盯着前方,不想搭腔。如果不是她又跑去游泳，现在他早就跟 Jack 在练球暖身了。今天是 K 城所有大学球社的友谊赛，他一个人就参加了男子单打、双打，Jack 的太太 Judy 还约了他如果有力气就陪她打混双。迟到太久失去比赛资格，这几个星期来的苦练就完全白费了，最教他愤恨的是，这么重要的球赛，竟然是因为她的游泳给耽误了。

右方的车跟他闪灯示意要换到他的线道来，他重踩油门，叭地表示不同意。

游什么泳呢，打球不好吗？人家 Judy 和 Jack 夫唱妇随多教人羡慕。以前，在她还没开始疯狂迷上游泳时，她总是陪着他去球场，看他打球，有时 Judy 硬把她拉下场，四个人打一场混双。那时的妻，红着脸笑着，应该是快乐的。

妻沉默地坐在一旁。最近她的沉默透着一股凉意，让她整个人陌生起来。他很努力在拉近彼此的距离，可是妻似乎不肯合作。回到过去的日子不是很好吗？

今天，她穿着一条花格子的裤裙，裙下一双洁净，而且越来越有力气的脚。很久以前，旱鸭子的他看过妻游泳。蛙式和自由式，像生足的美人鱼。水中的她，安静地拨开水前进，拨水的手，像切开一块块透明的洋菜冻，细瘦有力的足在水中舞蹈、开合和踢蹬。相对地，她走路的样子就比较拘谨了，怯怯像一只小鹿；打起球才一会儿就喘气了，击球轻飘飘，两只脚沉重得像坠着铅球。

球场是他的天下。从初中开始，他就在家附近一个公园的球场打球，才打了几个月，便隐然有大将之风。那时，常来打球的有个是附近高中的体育老师，据说以前还是全市羽球冠军，觉得他是块料，想要栽培他，可是他没怎么考虑就谢绝了，回去也没跟家人提起，因为考高中比打球重要。那时觉得，这选择很简单。高中、大学、出国，早就计划好的。

他知道自己在球场上的威力，杀球凌厉，控球奇准，运动衫整个被汗水湿透了，汗水从毛孔逼出来凝结在手臂上，随着一记漂亮的反拍，落在球场上。有许多人在注意他，球友，和球友的老婆、女友。但是，妻却从他的舞台悄悄溜掉，滑进一池冰凉的水。

"今天打不打？"

妻有点吃惊地看着他。

"可以在旁边空场地上玩玩，Judy也在。"

妻摇头。

"你以前不是很喜欢打球吗？"

妻很突兀地笑了一声，短促地，说是发出一种脖子被掐住的怪声还差不多。

到了球场，果然已经迟了。Jack气急败坏地跑过来，他正要解释，妻却先开口："抱歉，我有事耽搁了，现在怎么样？"

Jack也不好再说什么，脸色不太好看，只说："等一下问问看，还可不可以打？"

身后的Judy要笑不笑，说："谁都知道他疼老婆，老婆的事比什么都重要。"说完，一双描画得水汪汪的眼睛盯住他。

Jack 跟太太 Judy 下场去了，他跟妻枯坐在场边。少了他这员大将，这场球赛还有什么戏可唱？

羽球似乎是亚洲人的运动，场内几个好手都是黑发黄肤。他看了一下别队好手的身手，暗自评较了一下，觉得没什么特别值得小心的角色，便把眼光转到正在发球的 Judy 身上。只见她屏气凝神，站在发球位置，球起拍落，咻的一个对角球过网去了。球起球落，她在场里来回跑动，东方女子中少见的丰满胸乳，在薄薄的运动衫里起伏，等候对方发球时，眯眼半屈着腿，像在守候猎物。一个失误，她恨恨地把拍子一挥。桃红色的无袖短衫一会儿都汗湿了，黏在身上，内衣的轮廓明显可见，多肉的大腿从白色短裤里探出来，极矫健地在场中前扑、后退、左挪、右移，好像有用不完的精力，那明显比妻大上两号的胸乳，不安分地颤动着，像在急促喘着气……

他清清嗓子，说："你看 Judy，跟你一起学的，现在也可以打了。Jack 都可以教出这种学生，你，就是不肯学。"

他预期妻会生气的，但妻却不。她平静地说："Judy 也游泳的，我今天碰到她。"

"真的？"

"嗯，"妻不在意地说，"在更衣室里。"

他不敢搭腔。照妻往常的叙述习惯，接下来她就要仔细讲所见所闻。妻却沉默了，他感到妻的眼光在他故作冷然的脸上逡巡。

　　球场的厮杀声如潮水般退下去了，妻的声音浮了出来。当时女子更衣室没有别人，Judy走进来，还没进淋浴间，就迫不及待地把上衣脱了。她穿着一件黑色镂花的胸罩，挤出一大片白腻腻轻轻颤动的胸脯，随时会滑溜出去一样。她挑衅似的朝我一笑，顺手解开了胸罩……

　　Judy和Jack跟对手握了手，比赛不知何时已经结束了。

　　"谁赢？"妻问。

　　他答不出来。她明知他会答不出来。他不敢转头看妻，感到长久以来第一次，妻取得了发球权。

　　球赛回来后，他跟妻之间有一种微妙的拉锯。也许并不是从现在才开始，但是至少他此刻很清楚感觉到。并不是像Judy和Jack之间偶尔会有的那种冷战，而是……他把手上的报纸丢开，看着空洞的客厅。妻一直在回避他。也许她已经回避他很久了，可是现在她似乎不再怕他知道了。

　　从虚掩的卧室里，传来一些声响。是衣橱被拉开来的声音，好像还有皮箱的拉链声……他大步走进卧室，不敢相信眼前的景象。妻竟然全身赤裸站在房中央！妻，保守的妻，只在浴室或床上才一丝不挂的妻。更教他惊讶的是，他的闯入竟然没有打断妻正在做的事。

妻在照镜子。她很自然地跟镜里的影像相看,眼光不曾特别停留在哪个部位,又像把每部位都细细看遍。她专注的神情,像在跟谁交谈,谈着很私密的话题。

看到妻的裸体,他习惯性地往前跨了一步,一些熟极的动作就要做出,但不知为何却不能再向前。怎么回事?是整个房间那种说不出的诡异气氛吧,属于他的眼前的这副裸体,竟然透着一股难言的陌生感,而他也仿佛失去了占有它的权力。

为什么妻独自在看着自己的裸体?这个问题盘踞他的心,使他竟无法做他想做的。察觉到自己的软弱,他深吸一口气,再举步向前。这时妻的眼光从镜里移开了,就像他根本不存在似的,缓缓穿上衣服,走了出去。

一直到晚上,妻也没有回来。

他懊恼为何那时没有喝住她,问她上哪儿去?星期天独自出门,是从没有过的事。事实上妻走后有不知多长的一段时间,他坐在床上,脑里一片混乱。天色暗了,连午饭也没有吃的他,觉得力气开始从他强健的身体里消散了,但他不确定是否只是因为饥饿。当天整个暗下来后,他突然想到妻的去处。

他跳了起来,三步并两步,冲下五层楼梯,跑过这条小路,那条大道,穿过街口的水果摊和披萨店,撞倒咖啡店凉棚下的椅子,一直往前跑,闯了几个红灯,在车流间穿梭,汗水从额头滴下来,紧握双拳的手臂渗出豆粒般的汗珠。然后,他在社区游泳池的大门前停下来。

微弱的路灯照射下可以看见，大门深锁，低低的围墙的另一边，一个黑暗的方形大窟窿。他攀到铁门上，想看清楚，那个大窟窿里有什么。是什么让妻每日来这里报到？什么也没有，连一点泛着月光的水纹也没有，所见只是一片漆黑。

他放开手，手上沾着铁锈。定了定神，看到铁门外立了一块木牌，写着本泳池自某月某日关闭，时间已是两个星期前。但是这段时间里，妻不是每天都来游泳吗？他低头苦思，怎么样也无法确定，妻身上是否仍带着消毒水的味道，甚至，是否每天看到妻淡紫色的泳衣在浴室里滴水。

他无力地靠在铁门上。泳池在羽球赛前就关闭了。妻所描叙更衣室里的Judy……其他的呢？过去她所说的那些更衣室的女人呢？

初秋的夜风吹在汗湿的身上，透着难耐的寒意。

他转身要走，却在这时分明听见，泼啦一声水响，有人跃进池里，在无人的黑暗泳池里自由泅泳。（1995）

舞者莎夏

朋友莎夏是个跳舞的人，在纽约下城已经住了七年。七年来，她的生活除了吃饭睡觉以外，都在跳舞。

她吃很简单的面包，加很多蘑菇的生菜色拉，喝很多很多的水，通常一天要喝上三大瓶矿泉水。莎夏对食衣住行都不讲究，只要求喝的水是洁净的，绝对不喝城市里可能已被污染的自来水。莎夏相信，练舞时，这些水会化作汗，从身体源源流出来，是一种自我洁净的过程。不知道是不是因为这个缘故，莎夏的汗那么充沛，大家对她最深刻的印象就是，她坐过的木板地上总是亮晶晶的一片水渍。

说都在跳舞，是不可能的，有一次莎夏有点泄气地说。她正发愁下个月没有工可打，没有工就没有面包、色拉和水，当然也就没有舞蹈，前面三者是为了维持她可以继续跳舞。莎夏似乎从来不需要娱乐，她活得像个苦行僧，修行舞蹈。

莎夏已经二十九岁了，作为一个舞者，已经不算年轻。但莎夏觉得目前的状况很好。

跳了这么些年，现在才开始觉得有话要说，莎夏说，同时把身体张得很开深深往后仰。瘦小的莎夏有看起来过长不成比例的手和脚。也许是她运用它们的方式给人的错觉。

我的身体就是一切呢，莎夏带点感叹地说，得用它来表达,就像你们爬格子的人不断在练笔,同样一件事,你这样写,那样写,我的身体也在说话,试不同的方式。

莎夏跳的是所谓的现代舞。她有不错的基础,重心抓得好,她自己说,但是纽约的舞者如过江之鲫,她缺少的是一张漂亮的履历。几年下来载浮载沉,在几个流派和舞团的外围打转,在各种舞蹈教室里上课,抓住每一个试镜的机会,为的是希望能被选中参加演出,便有一阵子不需打工就能跳舞。她也跟几个朋友一起举办过舞展,申请了一些文艺基金会的补助,在下城一些小剧场里跳。曾经有一次,有个大报的舞评家出其不意地出现了,写了一个短评,里头提到了莎夏,一个从亚洲来的女舞者,有不可忽视的清新潜力。莎夏那天从剧场里打电话来,声音抖着,说有这样一篇报道,说要庆祝,说到后来,匆匆挂了,可能是哭了。

之后莎夏跳舞的运气并没有好转,莎夏好像也不是太在意,她只是要有知音,有信心撑下去,尤其现在打工的机会少了。莎夏在一个儿童班兼课,算是她主要的收入,她还在下城的餐馆里带位端菜送咖啡,那里的顾客看来顺眼,而同事有很多是打工的大学生,戏剧系和舞蹈系的,也有像她这样,来纽约学舞,就再也舍不得离开的。

莎夏谈了几次恋爱,但是这些恋史似乎总没有她对舞蹈的钟情那么持久。也许我这辈子就嫁给舞蹈了,莎夏不止一次说。瘦小的莎夏,一个人没钱又只会跳舞,朋友都替她担心。

有一天跳不动了，怎么办？有人问。

莎夏盘腿坐在朋友家的客厅地板上，闭着眼睛，汗水静静从身体每个部位渗出来，全身透着热度和潮意。她刚刚即兴跳了一段正在发展中的舞蹈片段。身体说的语言是很激烈的，收缩和伸张，有时又跌跌撞撞，重心随心所欲地变换，是线条和力量的自由组合，看不出有什么故事或含意，像音乐。莎夏的舞姿很中性，开阔奔放，像山里的松枝临风，不是鲜花或月光，不刻意强调女性的柔婉细腻。大家都觉得这样的风格跟莎夏是一体的。跳完舞的莎夏，整个人很饱满，问话的人觉得自己有点冒失。

但是闭着眼睛的莎夏说话了，编舞、教舞，再不行，总可以看舞吧。停了一会，又神色自若地说，这阵子真的跳得太累了，有时候公寓的楼梯都爬不上去呢，只好假装是在跳舞，骗自己把腿举起来。她张开眼睛有点无奈地说，那个已经有三个月没来了呢。

该不会是怀孕了吧？有人猜，审视她扁平有肌肉的腹部。莎夏并不是保守的女人，但是，如果舞蹈已经耗尽她每一滴汗水和力气，占据她所有的心神，禁欲也不是不可能……莎夏哈哈大笑，弹身而起，说，我没有禁欲，也绝不是怀孕，我就是跳得太累了。

朋友聚会再怎么样欢乐，夜深时总得散去。夏天大家约着去登山，冬天去滑雪，可以租个小屋，连玩好些天。莎夏总是微笑着摇头说，不能啊，不能让脚受一点点伤。可怜的莎夏，大家说，但她的微笑那么温柔，是心甘情愿的。

莎夏比谁都忙，因为跳舞和打工，还要赶看一场场的舞展。纽约的舞展像四季的花，随着季节纷纷绽放。如果她主动打电话来，通常是邀大家去看她的演出。于是一伙人约好了一起去，有时带一束花，有时不带，就给莎夏一个拥抱。在观众席里排排坐，四处张望，抱怨空位太多了，应该有更多的人来看莎夏的舞啊，这么辛苦才做出来的。

灯光暗下去了，一些舞者梦游似的出现在舞台上，突然一个踉跄，跌坐在地，四肢像受不住热一样扭动，音乐是一人长声吟哦着，气氛透着诡异，但是观众都不为所动。在纽约的舞台上，要做出什么让人惊悚的表演是很困难的。终于莎夏出来了，在舞台上看来有种奇异的巨大遥远，薄薄的舞衫里，血肉脉脉可见，五官神情因为太专心而透着严肃。她向前扑，又往后退，每次要迈足腾跃时，却又被一股无名的力量拉住。大家都看到她在前扑时，汗水洒落在舞台上，整个舞台开始弥漫着潮气。她舞动着，舞步越来越狂野，光圈追着她，众人拥上来了，莎夏被托高随即又被掷下，一瞬间，莎夏不见了。

结束后，大家到出口处等莎夏。她出来了，脸上化了舞台妆，双颊涂着红晕，像个洋娃娃，显得兴奋又疲惫。大家七嘴八舌说了对舞蹈的看法，莎夏很用心听，有时，她试着要替自己的舞解释，却发现没法用语言来描述。真是，现在已经是用身体在思考了，莎夏自嘲地说。最后，好像大家才是莎夏舞蹈的专家。作品的诠释是属于观众的，她没法反抗这样的金科玉律。

莎夏结婚的消息，着实让大家吃了一惊，急忙打听那个人是谁，原来是个还在念书的中国大陆留学生，学的是电影。电影大家都喜欢，于是都替莎夏高兴。也许以后拍个莎夏跳舞的故事吧？虽然两个人那么穷，挤在一间老旧的STUDIO，崔夏布朗舞展海报和纽约电影展的海报，贴在同一面墙上。喜宴也没办，就是大家聚在一起吃点心喝茶。

这天莎夏打了电话来，问，近来好不好？

就是这样啦，你呢？有什么新闻？

有，有个大新闻，莎夏的声音抖着，听得出是快乐要满出来的抖音。

啊，我知道了。

你知道了？

你、怀、孕、了！

电话里一阵沉默。

莎夏？

不是怀孕，是我得奖了，我的表演得奖了呀！莎夏在电话那头喊起来，声音里有令人陌生的激愤。

怎么了？

对不起，莎夏安静下来说，对不起。

莎夏的表演得到纽约一年一度舞坛新秀奖，这是年轻舞者梦寐以求的奖项，有了这个奖，申请进大舞团的机会就多了，进了舞团，再也不用为生活发愁了，可以专心编舞、跳舞。莎夏本来没抱什么希望的，但却得奖了。

恭喜啊，真替你高兴。

谢谢。莎夏沉默了几秒钟，有机会再请大家来看看这支舞吧。她的声音听来有点不太起劲。

几天后，莎夏的先生打电话来，很客气但听得出焦虑。

莎夏不高兴呢，怪了，得了奖以后，反而不像以前那么兴致勃勃，也不太谈在舞蹈工作室的事。整个地说，不太想谈舞蹈呢，他说。

怎么一回事？

好像是，莎夏的先生犹豫了一下说，好像是她打了几通电话给朋友，说有好消息，结果十个里有九个猜她是怀孕了。

哦，可是，她结婚了，年纪也不小，猜怀孕是很自然的。

我也不清楚，女生的话题……总之，你们跟她是那么熟的朋友，莎夏的先生喃喃说，然后，她打了电话给她妈妈。

莎夏打电话回家给妈妈，没等妈妈猜，自己先说，不是怀孕，别往那方面想。

妈妈说，怎么回事，这种口气，难道你不想生，不想要有小孩？

妈，别扯这些。

什么,这是女人最重要的事,你不能不放在心上,要早点有计划,年纪不小了,早点生早快活。

我、要、跳、舞、啊!莎夏的声音裂成一截一截的。

别再说跳舞,从来没赞成你去那么远的地方,一去七八年,什么都没做,就是跳舞,跳舞能当饭吃吗?

莎夏不说话了。但是妈妈不罢休,我早就要告诉你,女孩子,家庭重要,你别把身体跳坏了,生不出孩子,痛苦一辈子啊。

莎夏领了一笔奖金,以为她会请大伙一起吃一顿,庆祝庆祝,但是她没有。而且后来,莎夏不太来参加聚会了,说是太忙。她现在已经进了一个舞团。但是大家明白,莎夏心里有疙瘩。

有一次在没有莎夏,所以也没有舞蹈的聚会里,说到莎夏,都觉得她实在太小题大作了。

也许,我们并不那么了解她,大家怅怅说着。朋友家宽敞的客厅木板地,显得很空洞,空气里不知为何有股潮气。

聚会提早结束了。大家走出来在人声渐寂的路上,发现原来下过雨了,地上汪着水,檐边墙角涓涓水流的声音,浮出市嚣,一直流不断。有人说了,这水声怎么听来就像莎夏流汗的声音呢?这个譬喻实在太荒谬了,夜色里大家只是默默向前走,没有人接腔。(1995)

大水之夜

坑坑洞洞柏油路，一震一震，尘土飞扬黄泥路，一震一震，纷纷尘沙迷眼……车停，眼前零落几户平房，后依山，前围池塘，有几株柳树，女人发丝被强力拽扯般弯向水面，柳荫下一群道具似的水鸭，神情冷漠。

下车，白高跟鞋高高低低，顷刻间汗水从脸上挂下，抬头，日头迷蒙并不强烈，天边一朵乌云掩上。闷热异常。走过池塘，每户人家前杂种果树香花，四五级台阶上到大门。壁上爬九重葛开紫色小花的，定是她家。对门牌，果然没错。向来有奇特默契，上辈子是姐妹、母女，或其他。举手正待敲门，门便开，露出一张微笑的脸。

黄脸浮肿，五官像移过位，大肚子顶着深紫碎花孕妇装，外罩扣不上的男式长袖上衣，整个人紧绷，绷紧，只有眯眼的笑，如此熟悉。分别已三年，想拥抱她，怕吓到她。

房子盖在土坡，地板明显倾斜，大门处最低，从饭厅、客厅到卧室，逐渐升高。逼仄客厅放一架小电视机，一套发霉似的深红织花旧沙发，一个小茶几，没有一瓶花、一幅画，没有任何装饰品。

记得两人在台北的小窝，她一手安窗帘，铺桌巾，陶瓶里小雏菊，墙上舞蹈和戏剧海报，二手家具市场买来造型独特的镜台和桌椅,还有昏黄温暖吊灯一盏,温馨素雅。

她叉开脚缓缓移步,流汗。闷热午后,却穿戴得密密严严。掩饰怀孕四肢肿大?她爱美……且有一身滑腻肌肤。有意无意间,曾碰触她短睡衣下的大腿,滑腻感仍在指间。

"每回约见面,你总是一堆理由爽约。"先抱怨。抱怨可以拉近距离,只有深厚交情才能出口埋怨。

"都是不得已的。"

"要生了?"

"再两个星期吧!"

"他,好吗?"到底想问什么。

"不错。"

他,蓄长发,凸凸铜铃眼,鹰钩鼻,讲话语焉不详,眉宇间几分不耐,不会体贴人。最后她仍是嫁了。

"什么时候回来?"

"晚一点吧。有事就不回来。"

把她一个人丢在家?大腹便便。为何不知他行踪?

再端详,长相似不同。眉毛秃一角,额头上小疙瘩。再看,目不转睛,她额头渐浮出豆大汗珠,圆月脸庞湿漉漉。要如何才能坦诚相见,跟以前一样亲密?想起那个梦。

"前几天梦见你。"

"什么?"

惯常交换梦的片断,热心为对方解析。

"梦见,梦见你的脚踏车链子掉了,正在修理。"

"几百年没骑脚踏车了。"

"远处有火山爆发,通红一片,我急得不得了,跑来替你修,可是链子怎么都装不上去……"笑笑没继续。梦没头没脑。

梦里,滚热的岩浆流下,就要把她们吞没。景象千钧一发,追述却感好笑。也许是刻意轻松。还记得梦醒时心头不安。素有默契,梦中有难,定是她来求助,便打电话说今天要来,此时不便明说。翻皮包,拿出一个小纸包。

"叫你不要带东西。"

"我没带小孩尿片、玩具。是给你的。"

她接过蓝彩皱纹纸细裹纸包,打开,一支精装倩碧口红。

"好久不用口红,只有在台北上班时……"她喃喃说。

"是我最喜欢的石榴色。"强调,希望她能懂。

银亮口红管,一层层凹纹映出一串她的脸容,旋开来,石榴子柔和殷红。石榴红,自然迷人的唇色,定能映照脸庞更加娇艳。

"来,我替你涂。"不由分说,抹那一双苍白无血色薄唇。

"别闹。"她躲开,口红划到左颊, 抹淡淡血痕,她用手背去拭。已拭净,手仍缓缓擦脸,一下一下,想什么?手拿口红,不放弃地等待,她终于笑开,接过,对着递上的小方镜,把嘴唇涂红。涂完,对镜左右照看,"跟你是同个颜色吧?"

真聪明。"喜欢吗?"

"没有你涂好看。南部太阳毒,看我晒的。"虽然抱怨,却眯眼笑得更甜。

一支口红联结了过去和现在,零碎话语中,循线找回当年投契。感觉和模式似未被时间改变,指令对了,一叫就出来。像年轻女孩那样嬉笑,浑然不觉天色突暗,直到几道闪电夹着风雨劈下。

"下雨了。"她起身关窗。抢上前帮忙。

"把那些花拿进来。"她说。

一个指令,一个动作,向来如此。窗台上几盆杜鹃茉莉,风雨打得花容憔悴,有几盆绿苗,瓦盆汪水,即将溺毙。

"先靠墙放。"她小心指点,很爱惜。

她素来爱花。一个星期天早上,醒来,已不见人影,简单漱洗,下楼吃早点。市场入口处,花摊前,她穿花格子裙趿拖鞋,蹲在摊前,格子裙摆垂地,交叉红鞋带下一双玉足温润近乎透明,手拿一枝半开鲜嫩黄菊侧头端详,晨光中,容颜亦如鲜花。再也移不开眼光。至今历历在目。

雨势转大。靠山脚的简陋平房,房子倾斜,水泥地,低门楣,油漆斑驳。替她关上所有窗,拿白毛巾擦干手。

"不是台风吧?"有点担心。

"没听说台风要来。"她开灯,一根日光灯管闪动不定。

"咦?"

"坏了一星期了。"淡淡口吻。

闪了一星期。每晚,她坐在如此灯下,看电视、看书?而他抠着脚丫读报,无动于衷?明灭灯色照得她脸色凄惶。

"有没有灯管?我来换。"

"要爬高,太麻烦了。等他回来,叫他换。"她说,避开眼光。

门被粗鲁推开,冲进一条人影,甩着水珠,诅咒,回脚把门踢合。

"回来了?"她殷勤招呼。

他眼一瞪,她微微后退,笑得怯怯。"是何蜜,以前在台北的同事,记得吧?"

他一头脸水,恤衫贴胸脯,刚跟人干了一架般狼狈,瞪眼打量,毫不掩饰。

"你好。"要先发制人。

"是何蜜呵,"从牙缝逼出一句招呼,拿起椅上白毛巾,抹脸和头发,大步往卧室去,头也不回丢一句,"变漂亮了。"

几秒钟静默后,她扬声说,"都湿了,换个衣服,在柜子里。"

他关上房门。和谐气氛已然破碎。不该穿琼思纽约白洋装高跟鞋,不该描柳眉画眼线细勾红唇。她去厨房烧开水泡茶,再出来,口红已擦去。就如此轻易?凭他一句话。

他出来,换一件黑色恤衫,脖上搭那条白毛巾,从餐桌边拉椅子,反面大剌剌跨坐,短裤公然展示粗壮大腿,小腿黑毛丛生。两条蟒臂缠上椅背,双手指结粗大,结上有毛,头搁臂上,犹带水珠。

"头发吹吹吧,别感冒了。"她如此温柔。

吹干头发再出门,她总如此叮咛,怕得头风。一回两人吵架,赌气湿着头发出门,回来果然头疼一夜。她摇头问,下回还敢吗?也是这般温柔。

他却不领情,粗声问:"有什么吃的?"

"啊,该弄晚饭了,"她说,"何蜜,留下来吃晚饭吧,我们还有好多话要说。"

"不要麻烦了。"有他在场,如何说话?为何不叫他换灯管?

"都是现成的,就是炒个青菜,记不记得我的丝瓜面筋?"

怎么不记得。她常做的家常菜,比馆子里的山珍海味都对味。她曾要倾囊相授,不肯学,只要吃她做的。

"留下来吧,难得有朋友来。"他也帮腔。如果不留下,他可能会怪罪她。

厨房狭小,地上摆着锅盆,她大腹便便在水槽前,挡住进不去,只能倚门望。他凑过来,就在身后,闻到一股男人体味。她平声说,"你们到客厅去坐吧。"

他走了，甩了几滴水珠在裸露的颈背。没去擦，故意忽略，水珠却不识相，沿后颈流进衣里。

她肚子顶着料理台，两手辛苦往前伸，拿刀一下下削，肥大丝瓜去了头尾，绿皮逐渐褪去，白胖皮肉上隐约青筋。拿到水龙头下冲，撩起衣袖，一条寸长红疤蛇样腕上一闪，待要再看，已经不见。关水，拉下袖子，丝瓜在砧板上滚刀切块。油在锅里瞬间即热，似有水气，啪啪溅跳，十分张狂，随时便要烫到，她却浑然不觉，一股脑扔进油锅，几声暴烈嗞嗞，一阵白烟，油声哑了，翻动时，丝瓜吸油，已然平静无事。她盖上盖子，转头惨惨一笑，一颗汗珠落下。

这顿饭吃得安静，举箸间，只有雨声哗哗。屋里潮气十分，三个人如坐水里，动作因水减缓速度，只有日光灯一径闪晃，加速计时，教人心慌意乱。蛛丝马迹，也在心头一闪一闪，一杠黑一杠白，为什么，是不是，频问。

他伸长筷子，插进丝瓜盘翻拣，不悦，"有几块焦了。"

"很好吃。"忙加一句，小心翼翼。

他突然站起，她手一抖，筷子落地。看他到厨房去，连忙替她捡起，犹豫不知是否到厨房拿新筷。感到莫名的戒慎恐惧。他回来，拿一瓶白色瓷瓶竹叶青，一只杯，自顾自开瓶，斟满，喝一口，咂嘴，吐气，"有客人来，应该喝点酒。"

雨声助酒兴。一喝酒，话匣子便开，暖暖有人性，顺他话头聊几句，也有笑声。她在旁却僵着脸，或是灯光错觉，见她脸肉抽搐,眼皮跳动。他喝了两杯,脸泛红,打住,推开椅子站起。她笑了,把剩菜和酒瓶快快收起。

此饭无味,丝瓜面筋也失水准,心头不安,只想离去。才说明辞意,他到门口张望,说前院淹水,可能淹到小腿,进门前虽有几级台阶,雨不停,势必淹进屋来。说得严重,语气却轻松,事不干己。"这鸟房子,淹了就淹了,不是人住的。"仍是半开玩笑的口吻,说毕打个饱嗝。

"可是,我该走了。"

"怎么走呢?水都淹起来了,走不出去的。"她说,递杯茶,"晚上留下来吧,你可以睡宝宝的房间。"

"怎么行,我,什么都没带。"

她笑了,"用我的,没怀宝宝前,我比你还瘦呢。"说时眼光瞟向他,看是否在听。

那个他,浑然不觉,横在门口向外望,"雨这么大,计程车也难招,你一出去,铁定是落汤鸡。"语气竟似威胁。

"就是嘛,路上黑,又是烂泥巴路。"她说,"只怕你住不惯。"

这话听来生分,再喝一杯。

"淹水没什么好怕,我在河边长大,下了水鱼一条,就不知道你怎么样。"他炫耀本事。不想理,她却微笑接腔,"她是旱鸭子一个。"

体育课考游泳,老师开恩,教从水中走过。只要你不怕水,就让你通过。

"如果不嫌弃,就住一晚。"最后他说,无可商量。

来前,提议住市区旅舍,她说家里简陋,未力邀留宿。还是要过夜,天意。洗过脸,留在宝宝房间,小房间无窗,四面墙壁一步步逼近。今宵得睡那男人的行军床,光棍时代遗物。一张粉蓝色小床靠墙放,卡通图案被褥齐全,床头一圈鹅黄小鸭,床上一只红色布马,色调光明活泼,经过无数次抄袭。两个星期后,她就是一个母亲。已不能了解为人妻,更难想象为人母。黄树林里一条岔路,今后是,越行越分越离越远……

模糊听到客厅里低声交谈。见到王老板吗?没有,根本是骗人!嘘……明天,再试试?没用的,你别老逼我……我快生了,你总得找个工作……少啰嗦你……

不要这样对她!热血沸腾,就要拔腿冲到客厅,突然一片漆黑。

"一定是电线被吹断了,真要命……"他又开始诅咒。

"何蜜,你在房里吧?"她问。

"我在这里。"不要担心我,我才要担心你……他仍在数落此地住民苟且偷生,不求改进,她一声不吭。以前,她何等健谈爱笑,叙事常带诗意,兰心蕙质。睡前趴在床上点一盏小灯,以为写日记,却是写诗,说睡前灵感最多,因为就在梦的边界。几次见她熟睡,灯犹亮,昏黄灯下,长发如瀑,在床上流淌,隔天问她是否得了佳句,微笑不语。遂也开始读诗。席慕蓉，郑愁予，暗暗背诵。后来才知她是写诗给他，远在南部小镇，犹如放逐在外，平添流浪诗情。这个男人能懂她的诗？多次约见，她总推托，是否怕听说，早就警告过你，此人非善类？

朝客厅的方向说："我看，我先睡了。"

"还早，九点不到，去找手电筒，家里可能还有蜡烛。"

"这么黑，怎么找？"他不耐。

"不用，我累了，你们也早点休息，晚安。"语气轻快，没有表情辅助，特别留意声调勿泄露心情。

带上门，上下摸一遍，没有门锁。行军床上，摸到她的丝质旧睡衣，以前同住常见她穿，胸前有蝴蝶结。嗅闻，扑鼻樟脑丸味。睡衣穿来嫌紧，蝴蝶结勉强系上，隐约露出胸壑起伏。带子已起毛球，是否常被搓弄把玩？

躺下始觉尿意，卸妆时刚上过，定是茶喝太多。在厕所洗脸，到处不见洗面奶，只有浴缸边一块肥皂，洗成瘦腰。拿起才见底下黏一根体毛，水龙头下冲半天冲不掉，不得已，用食指抠掉。如果是她的无所谓，万一是他……一阵恶心涌上。不想再经过客厅去上厕所，尤其穿这睡衣。

十点了吧？翻来覆去，没电无灯，无从测量时间移动速度。

小学操场，烈日当空，升旗台上校长要大家闭眼，感觉过一分钟后再睁眼。心中默数一、二、三……数着数着，感到昏眩，因刻意闭上，眼睛不可克制一直眨动，感到白花花日照，逐渐失去方向感，数快了，还是数慢了？数到六十，睁开眼睛，有大半同学仍闭眼，他们的时间为何比自己的慢？校长声音权威地从麦克风传来，小朋友，一分钟到了，你感觉到时间了吗？越想感觉，越捉不到时间。也许才九点半，也许已经十点半了……

应该去上厕所，尿意已涨得无法平躺，肚子圆滚滚突出来，一袋子茶水。门外悄无人语，她和他睡了吧？如果小心摸探，也许能顺利摸到厕所不发出声响。

什么声音？有人走近。有人在门外，可以感觉到有人在门外，是谁？门没有锁……

门被推开，要翻身坐起，身体却重沉难移，一个黑影闪进，一步步往床边逼近。开口要叫，一团毛巾塞进嘴里，一只水淋淋大手探进睡衣，停在快胀破的腹部。变、漂、亮、了。冷冷的声音说。

不要，求求你！心里无助哀求。大手毫不留情使劲压下。啊！沉重如铅死压腹部，圆大突出如球，不能呼吸，要裂开，啊啊！奋力抓住那手，推开那手，双手软绵绵使不出劲。大手终于松开，松开了，喘过气，腹部渐有知觉，黑影却跳起，握拳重重朝腹部袭来，啊！

睁开眼睛，一身冷汗。到底是几点？翻身下床，推开门，仍是一片漆黑，小心翼翼往厕所摸去，尿意就要决堤。坐上马桶，几秒钟后解放，水势滂沱，到后来，涓涓不止。良久，坐马桶上，抚着平坦小腹，在梦里却如怀胎数月。此梦又不能告诉她。太多秘密横在两人中间。

冲了马桶，简单掬水洗脸，清水漱口，完全清醒。不愿再回牢狱小房间，瞎子似的一步步向前，想要摸到沙发，却一脚踩进水里。往前再探，水淹脚背，再往前，积水更深！

"淹水了！淹水了啊！"大声喊叫，向他们房间摸去，用力拍门。

开门是他，走出来，撞上椅子，又撞到桌角，跌跌撞撞去厨房，说要找手电筒。半天，举着手电筒像擎圣火，大步回到客厅。有光，见大门处水淹至小腿。开门，眼前汪洋一片，隐约可见树梢，摩托车泡在水里，似门开向池塘，或池塘半夜长脚移至门前。要跑没处跑。拿起电话，一片死寂。

她走出来，刚睡醒，却显疲惫，哑声问："电没来，水呢？还有水吧？"

"有水。"

"担心什么？"他恨声说，好像淹水跟她有关。"哪里没水？里面，外头，天上，地下，不全是水吗？"

"怎么办？"

"能怎么办？以前又没淹过。"他不耐烦，"再淹就爬窗出去……"

"去哪里？外头黑漆漆，什么都看不到，又在下雨。"

她说。

"那就让它淹吧,大不了去跟阎王爷报到。"他恶狠狠,被她的反问激怒。

"天快亮了。"连忙插嘴。根本不知道何时会天亮,不忍她焦急。

"节省电池,非必要,不要打开。"他说,有了光源,像握有令箭,手一指,照出位于客厅最高处沙发所在,"先坐下来,坐沙发上,水也许就要退了。"手电筒往大门处扫去,黑夜大海一柱灯塔,"靠门处水深,不要往那里走。"权威又得意。

三人都坐下。帮她把怀孕后惯坐的藤椅搬到沙发旁,紧挨她坐,他坐沙发另一端。虽警告别人勿浪费电,却任手电筒亮着,随意照客厅各角落。水已淹至饭厅桌脚,汪汪泛油,黝黝像月夜水沟,他投下一束光,便如同月光。

光束突然调头,像一道鞭,打上她的脸。脸浮肿,如在水里浸泡多日,眼睛躲避突来的强光,头偏向一侧,像求饶。刷,鞭子换个角度,往这里抽来。不怕你的光,瞪他,想怎么样?他眼睛骨碌碌转,半晌,手电筒往上,一道挺直光束照在天花板。

一定是身上这睡衣。睡了一觉,蝴蝶结松开了……竟然在她面前,看另一个女人的身体!可怜,她如何接受这男人?她素有洁癖,对人对事,怀持孤傲气质,从未说过一句应酬话。现在则戒惧、讨好,委曲求全。对方的回应呢?梦里腹部那狠狠一拳，现实中是否曾发生。遮掩在长袖下手腕的刀痕，脸上新添的疙瘩，缺角的眉……一定还有，有灯时没细看，或许看不到，都在层层衣物下。黑暗中，她的旧痕新伤在眼前扯开、淌血。

雨声滔滔不绝，下了很久，声音竟嘶哑，说着什么不可说的。就在这里，在这屋檐下，这个客厅，曾发生过……

他粗壮的脚，踹在胸口，一块碗大瘀血，倒仆在地后，再踹，便落在脑门，天地不仁，头要从中裂为两半，失去记忆，便忘掉争吵的起始和结束。昏迷前最后一眼，他走开的脚步和木面裂开的桌脚。

对不起，电话里传来她沙哑的声音，今天不能，不能来了，临时有点事，一定要处理，是不是改天？……是，有点感冒，人不太舒服，就下次吧？

或在这沙发，所坐这位置，她被推倒，脖子掐住，刷刷数个耳光，昏天黑地耳膜破裂，再听不清楚他的斥骂。血迹混泪水流下，渗入织花椅垫，干后，谁能看见？

喂，是我，真抱歉，又要爽约，今天不能上台北了，我公公生病……感冒还没全好，所以声音怪怪的，下次有机会一定，一定……什么，你讲大声一点，我听不清楚，电话杂音很多……

或在狭小厨房，到处是凶器。平底锅和菜刀，不小心会玩出人命。血止结疤，起伏不平，紧抓周遭皮肤不放，像立战碑。或在卧室，静夜里，传出凄厉女声尖叫，重物落地、撞墙，一面镜子丢过去，碎成无数凶器，可以杀人，自杀。手腕割开，血渗出如水淹，无声无息。

还好你还没出门，我公公婆婆临时决定来玩，刚刚来电话，没法招待你了。还是改天去台北时，再找你。不会的，不会再黄牛……

爱他？还是怕他？为何从未提过一句。通信、打电话，总说一切都好，不要挂念。

他把手电筒恶作剧般照自己脸，如犯人受审，脸被光影削成一块一块，两只眼睛凸出来。"被叫醒时，我正在做梦。"他清清嗓，开始招供，"梦见你们两个，穿着白袍，肩并肩站在路桥上。你们在桥上，我在桥下，我想跑上去追你们，桥又宽又长，奇怪一辆车也没，一个人也没，我跑着跑着，你们站在桥中央，没看到我。我不想叫，不知道为什么就是不想叫你们，只想跑上去，然后，你们牵着手往桥那头走了，我怎么都追不到，然后，嘿嘿，"他笑了，"桥就摇起来了，是个吊桥，下面是大河，水势好猛，我……"他住嘴，追溯梦的结局，半响，说："脚湿了。"

"就这样？"她说。

"我是说现在。"他往下照，脚下泛水光，"该死，水淹这么高！"

"何蜜。"声音有让人不忍的急迫，"那些花，你看看它们。"

"借一下手电筒。"

"快没电了。"不情愿。

手电筒照亮下,几盆花可怜兮兮挨墙角,半身浸水,枝叶下垂。涉水过去,把花移上饭桌。

"什么时候了,还顾着那些花?"他说,一把夺去手电筒。

"可以救,为什么不救?"

"算了,何蜜。"她说,声音平板,"算了。"

"举手之劳……"

手电筒熄了,截断未完的申诉。站在原处,是在哪里?不确定。已经失去方向感。是不是该收拾重要物品?是不是该设法求救?什么都不做,就坐在这里,等水淹没一切?眼前两位主人,迟迟不行动,听任事态恶化。

为什么跑来这里?此刻本该在安全光亮的城里,睡在洁净的软床。水开始淹时,就该看出是危险征兆,警告尽速离开。站在森森丛林,幢幢树影,野兽眼睛在暗处窥视。站在一条溪里,浅浅小溪,夹着泥沙……溪水越来越深,小腿一半浸在水里。花一定淹没了。竟然连几盆花都保不住,她心爱的花……

闻到一阵酒气。原来,他不只找到手电筒。

"别喝了,会醉的。"她声音发抖。

"你放心,再怎么醉,也救得了你,和你的好朋友。"他不在乎地说,似乎她越劝,他越要喝,以喝酒气她。"呃,说真的,你们两个到底是什么关系?"

没人接腔。酒味越来越浓。

"给我手电筒,我要上厕所。"她突然打破沉寂,手电筒亮了,她吃力地站起。"何蜜,一起去吧?"

一个口令,一个动作,向来如此。挽她手臂,踩在水里,厨房锅盆漂出来,水油油如走进洗碗槽。到厕所,她关上手电筒,扯臂,嘘嘘耳畔吹气,"何蜜,对不起,害了你……"

"不要这么说,有难同当。"拍拍她手,安抚。为一时的害怕感到惭愧。

"听着,"她咻咻喘气,"不能让他再喝了,他酒量浅,会醉的。"

"你放心……"

"不,你不懂,"她手使劲,近乎凶暴,"绝不能让他再喝,否则,否则他会,会做出疯狂的事。"她殷殷叮咛,无论如何骗他交出酒瓶。

出厕所前,忍不住问,"他,打你吗?"

她愣了一下,颤声说:"怎么会?"

回到客厅,她照出他的位置,他以瓶就口,酒汁从嘴角流下,被灯光打扰,脸容不悦。上前,倾身,吸气,胸乳呈美妙弧度,蜜声说:"自己喝,多没趣,分我一点。"

他眼光徘徊流连,不自禁递过酒瓶。接过,剩不到三分之一。退后一步,灯光熄了。有默契。

"搞什么?"他生疑。

"让我喝一点,就还你。"再退,撞到茶几,重心不稳,一颠,酒瓶滑落。通!

"怎么了,开手电筒啊,开手电筒!"他大喊。

"酒瓶掉了,不是故意的。"

"怎么会掉?掉在哪?"他酒意已有七八分,嚷着,浓浓酒味,来自他嘴,或是混在水里的酒?

想站远点,腿已被两只大手攫住!愤怒又带酒意,不敢想象他会如何狂暴。快躲开!奋力一推,想挣开那手,却一个踉跄跌进水里,半身湿透。突然了解,已不能回头。蹚了浑水,再也回不去。谁还能再客客气气维持表面和谐?是我是她还是他,在大叫、怒骂、诅咒。黑暗让人疯狂,人变成兽。没有过去未来,只有现在,现在,要活下去,要攻击。不是你死,就是我亡!

攫住腿的大手在用力拽扯,怎么也挣不开。慌乱中,摸到水里一个东西,是酒瓶。举起,使出吃奶力气,砸死你,恶汉!猛力一砸,听得闷哼一声,瓶破哐啷,腿上手松开。快退,快逃,摇摇站起,向后,不知后方有什么,要逃往哪里。

站住,不敢再动。四周变成死般沉寂,只有咻咻喘息。如果你不怕水,就让你通过。但这不只是水。杀机四伏,一头负伤的兽,不知他在哪里。是否猜知藏身处,准备致命一击?还是转移方向,找她出气?

她在哪里？

快跑啊，快跑！在梦里叫，不要管脚踏车了，快逃命啊！可是她执意要修好脚踏车，好像那是什么宝贝。就快修好，快好了，她那样说。已经感到岩浆的高热，像小时候被路边狼犬追赶，迫近足踝时所呵出的热气，下一秒钟，就要一口咬上……

"啊！"是她，叫声惊惶。

一道微弱的光亮起，发抖的她站在茶几另一端，有水正从裙里流下，流进越来越高的积水里，噗，噗，噗。

"不是还有两个多礼拜吗？"他出现在光圈里，额角流血。

"我得去医院。"她吸口气说。

他一把将她抱起，进卧室，轻放床上。"何蜜，拿着手电筒。"他说。为了她，前一刻我们是死敌，这一刻又成战友。

微弱光亮下，他卸下卧室窗户，攀着窗台纵身坐上，扬声叫唤邻户，"喂，喂，姚大伯，姚大妈？"一片死寂。"高先生，高先生？"没有灯光，模糊存在的屋子像一栋栋废宅。又叫几声，仍无半点动静。难道其他人早已撤离，只有我们，茫然不知大水之将至？他站起，消失在窗外，不知哪里去。

水来无声，居心险恶城府深沉。眼前渐渐升起汪洋，所在是孤岛，涨潮时就要灭顶。许久没动静。他是落水，受伤，还是，自己逃命去？

"他会救我们出去的。"仿佛洞察猜疑，她说。

是吗？伸出手，摸到她冰凉手指，湿润掌心，一道凸起长疤……挪近，再挪近，张开双臂，用力抱住。娇小的她，如此巨大，紧顶着圆大饱满的肚腹，感受到那重量。如果砸死他，这即将报到的便成孤儿。她会感谢还是怨恨？窗外吹进一阵夹水气的凉风。

他果真回来，并找到邻人帮忙。水淹过床以前，大家都上了屋顶，蹲踞等待。湿透的衣衫贴身，风吹微寒。手电筒灯光渐弱，终于完全熄灭，但仍看到，脚下瓦片、邻户屋顶上人影，水里一荡一荡漂着家私器皿，天际微光渐分明，看到彼此的萎靡倦怠。眼光相遇，有几分尴尬。她抚着肚腹，若有所思，等待阵痛来临。他脸面潮红，额角伤口已止血，没有想象的狰狞，反而有几分腼腆。

晨风中，拉拢衣襟。大水之夜后，有多少物事待收拾，第一个想到的，还是那根闪动不停的日光灯管。（1997）

妈妈爱你

"妈妈爱你。"她紧抱着小童,在他耳边轻声说。很轻,像微风拂过,小童感到一阵痒,咯咯笑了,八个月的他听不懂母亲的告白,如果听得懂,她不见得肯说。从不曾直接对人说爱,嫌它太露,太俗,太戏剧化。

"妈妈爱你,爱你、爱你、爱你……"她一叠声说着,自我催眠似的陶醉在母爱的激情里。怎么能这样爱一个人?她对着小童桃子似白里透红鼓起的脸颊狠狠亲上去,像一只章鱼吸盘紧紧黏附,像最强力的吸尘器把皮肉往口腔里吸,小童叫一声,挣扎着要爬开。她双手把他钳住,脸贴在他混着奶香汗臭的脖子上。

她的母亲可曾这样亲吻她,想把她吞下肚子去的那种亲吻?印象中,母亲连一般的嘘寒问暖也不曾,遑论身体上的接触。记忆所及,母亲最激烈的感情表现竟是揍人。在家里,温和寡言的父亲是水墨似的背景,脾气有如雷阵雨的母亲才是台上的主角。姊妹四人,一人犯错,母亲的习惯是四个全打。拿竹棍把犯错的人抽得跪地求饶后,再用剩下的力气在其他人手上、腿上、身上抽几下,意思意思。

个性乖顺的她,常常"陪打"。母亲棍子高举往身上招呼时,她不敢躲开,只是放声惨叫,夸张皮肉的疼痛,希望母亲会满意，另寻目标。满屋追打，喘着气的母亲散发怒视着她们，或她。虽然舞台上是四个人被打，她老觉得母亲的怒气针对她而来，她是大姊，没作好榜样，没带好妹妹们，天知道这些妹妹一个比一个刁滑。打完，母亲习惯以一句话作结："早知这么不受教，当初生下来时，就把你们一个个捏死！"

捏死你！像捏死一只蝼蚁。她看着坐在木板地上啃着玩具摇铃流口水的小童，无法想象自己有一天也会对他说：早知道就把你捏死。

"妈妈把你捏死！"她学着母亲尖锐的声音说。提高声音讲话时，她有跟母亲一模一样会刮人的音质。

小童抬头看看她，觉得很好玩，咯咯笑了。

她是老大，母亲的第一个小孩，初为人母的母亲，对她应会有特别的怜惜吧？至少在大妹还未来临以前，至少，在她还像小童这么小的时候，母亲只有她一个孩子，她，只有母亲。所以，母亲可能曾那样亲吻过她吧？

昨天在梦里，住家前的马路成了一条绿汪汪的河，河面跟大门的高度齐，从二楼阳台看下去，许多人在河里戏水，一片笑声。她手里抱着小童站在阳台上，看着底下的快乐世界，突然一个念头闪过，这样的快乐，这样的轻松无负担，这样的明亮人世，一定是梦！

她咬自己的手，觉得疼。河水流淌，阳光刺进眼睛。是梦吗？敢不敢把小童往河里丢？如果敢，就是。小童落下水去，会咯咯地笑，因为这一切都不是真的，她不会失去任何宝贵的东西。万一不是梦呢？万一她是神志不清，误把现实当梦境，像那些当街脱衣自残的疯子。一转身，在屋里，在度过童年的那个狭隘的堆满杂物的客厅，一张父亲的书桌，姊妹轮流在上头写功课，桌下像是个百宝箱，塞满了能用不能用的东西，有一次还出现一窝小老鼠。好几次挨打时，她一头往里面钻，被母亲给死命拖出来。现在，母亲就端坐在大桌旁的沙发上，慈蔼微笑看着她。果然是梦。她感到无可言喻的自由，遂毫无顾忌大喊一声，妈！母亲还是笑。她往前一扑，扑进母亲怀里，像小童扑进她怀里一样。

梦在这时结束了，她满足地醒来，感到人能做梦真是上天的恩典。她一把抱起小童，小童尖声大叫，震得她一阵昏眩。"乖，妈妈带你去公园玩，荡秋千。"

她替孩子穿上连头薄外套，头套上两只小兔子耳朵，再穿上有米老鼠图案的凉鞋，虽然他还不能走路，只能扶着人站一会儿。

公园就在两个街口外，她推着娃娃车慢慢沿着路边走，过马路前很小心地张望两面来车。娃娃车在柏油路上颠震，小童弯着身子低头看滚动的车轮。下午四点，公园里人很多，许多妈妈带着孩子在荡秋千、溜滑梯、堆沙丘。也有可能只是保姆。从对待孩子的神情上，并不是那么容易分辨，有时候永远不能下班的妈妈们，看上去还更面无表情。

她到坐惯的凉椅上坐下，把孩子抱出娃娃车时发现，竟然忘了替他系安全带！隔壁陈家一岁半的女儿，上个月不就是从娃娃车里跌出来，额头撞破了，还有轻微脑震荡吗？此时，陈太太悔恨的脸闪过眼前。如果小童在路上一颠，跌出车外……

　　"啊，小童，妈妈怎么会忘了呢？怎么这么不小心呢？"她跟怀里的孩子说。小童没有答案，只是摇摇晃晃站在她腿上，攀住她肩头，一心想往后头去。

　　"后面有什么？"她也回头看，"哦，一只狗，好大的狗狗。"那的确是只大狗，黑色的狼犬，张开嘴闪了一下两排锋利的白牙，看到小童，示威似的从喉咙发出咆哮声，主人手里握着的狗链紧了紧。

　　狼狗怎么可以进公园来呢？这里都是小孩子，会吓到他们的。她不满地瞪了那主人一眼，那是个腆着啤酒肚的中年男人。狼狗仍急躁地踱着步，不时扯动颈上的链子。它看来十分有力气，眼神露出残暴的攻击性。她想到母亲从衣柜顶上取竹棍时的神情。

　　小童呀呜呀呜对着狼狗指指点点，狼狗又吠了几声。会不会往这里扑过来呢？她把小童抱紧了，可是眼前出现的是狼狗腾空而起，狠狠往小童脖子咬下的画面，小童还来不及叫，脖子便断了，头垂下来，鲜血直流，像被割喉放血的公鸡。

　　"狗狗坏坏，会咬小童哟！"她警告着，把小童抱离悲剧可能发生的现场，往滑梯走去。悲剧随时会发生，要平安带大一个孩子不容易。八个月。她才带小童八个月，有时候觉得竟已经是一辈子了，仿佛她有生命起，就有小童。她想不起八个月之前是什么样的生活，没有小童，没有喂食、尿片、丢圈圈、躲猫猫和无止境的摇哄。现在她的时间依小童的作息分割，像明暗交叠的方格，明的是陪小童，是舞台上的认真、热闹，暗的是她自己，舞台下的虚脱、恍惚。小童以尖锐的哭叫声切割她的时间，一声接一声地拔高，就像清晨的闹铃，如果不立即把它按掉，会一直凄厉地响下去，直到人耳膜震裂，神志疯狂。

滑梯有两个，一高一矮。黄色的矮滑梯不过五英尺长，她把小童放在上头，让他自己滑下来。小童咧开嘴，身子歪歪滑到底，两脚插进土堆里。她把孩子抱上滑梯，再到底端去等他，如此滑了几趟，腰背便隐隐作痛起来。她现在是部待维修的机器，过度操作且燃料就要用尽。

每当感觉疲累时，她用童言童语去扑灭，发出高昂的声音，努力加入一个无忧无邪的童真世界。"小童溜滑梯喔，好不好玩？啊？"她提高声音问，但是小童看来已经厌倦了。每天都到公园来，每天都滑这个滑梯。八个月是充满好奇，又极度没有耐心的年龄。

"不好玩，对不对？"她把小童抱在怀里，小童挣扎着往下滑，"小童好重，妈妈都要抱不动了，你来抱妈妈好不好？你把妈妈抱去溜滑梯，妈妈也喜欢溜呢！"

这么说着时，她突然想起自己真的很喜欢溜滑梯。那时候她上幼儿园，幼儿园里溜滑梯要排队，排很久，一下子就滑下来了，不过瘾。有一阵子，母亲常抱着大妹，牵着她的手到一个阿姨家。阿姨家有个大院子，那想必是个很精致的庭园，也许有什么奇花异草，但是她现在只记得四周围着七里香，修得平平整整像绿墙，开满白色的小花，整个院子都是香气。院子角落里一个滑梯，平时只有阿姨的儿子在玩，他是个粗鲁的小男生，不理人，而且不用梯子，直接从滑梯一步步往上爬，把它踩得很脏，阿姨却不会骂他。

她记得自己穿着短裙，坐在滑梯顶端笑。她向来不是个爱笑的孩子，但是只要一上滑梯顶，她就笑。可能是因为坐在最顶端、游戏就要开始的期待吧，很肯定接下来是一滑而下的畅快。

有一次，往下滑的她和往上爬的小哥哥撞上了，两个人放声大哭。母亲和阿姨都在哄小哥哥，她在旁越哭越伤心，最后是阿姨的先生来把她抱起。一个穿着白衬衫、灰色西装裤，比爸爸高大的叔叔。他让她骑在脖子上，扛着她在院子里绕，她早就不疼了，只是抽抽噎噎，不肯罢休。小哥哥又在溜滑梯了，叔叔还在院子里走来走去，她两只脚紧紧勾住叔叔的脖子。最后，来到了七里香丛前，叔叔身手矫捷几个闪身，便带着她到了树丛的另一边，轻轻放下她，抱在怀里。他抱她的姿势很奇怪，两只手掌交叠，让她坐在上头，一面跟院子里的人说着话，一面双手不知道在底下做着什么。她感到奇特的麻痒，七里香熏得人发昏。

回家的路上，她一五一十告诉了母亲，母亲瞪着眼睛听完，不可置信地责问："你怎么不叫我呢？我就在旁边啊！"

就是因为母亲也在旁边，才觉得没有必要叫喊吧？如果叔叔做什么坏事，母亲怎么会不知道呢？母亲还在跟叔叔讲话呢！她很后悔说出了这件事，不但惹得母亲不高兴，之后，她也不能去阿姨家溜滑梯了。

已经二十几年了，早就忘了这件事，没想到此刻却一一想起。粗心大意的母亲啊，她愤怒地想，一面朝高滑梯走去。她奋力举起小童，放到红色高滑梯的顶端，小童好奇地东张西望，两手扶着滑梯把手。

"会不会滑？"她问，手抓着孩子。小童可能还太小，至少要两岁，不，可能要三岁才能滑这种滑梯吧。但不知为何，她的手还是松开来。小童立刻歪歪倒倒快速下滑，她想抓住已经来不及了！

下一秒钟，小童扑倒在滑梯底部的沙堆里，她连忙把他抱起，还好，脸上没什么异样，连吓到的样子也没。她松了口气，快手快脚替他拍去身上沙土，注意到身旁有一些妈妈投来责怪的眼光。

当什么妈妈！这么不小心……

她心虚地急步离开，转往秋千处。六个秋千，都坐满了小小孩,大人在后头一下一下尽责地推着,她把孩子放进推车里,站在不远处等着。刚才怎么会松开手呢?她原意只是让小童在高高的滑梯顶端坐一下,让他尝尝那种滋味。还好他坐得稳,如果半途从滑梯上滚落,跌到地上,怎么得了?

她一松手,小童便从滑梯上倒栽葱直直跌落,柔软的头壳结结实实敲在硬地上,登时头破血流……

这是很可能发生的啊!他可能会跌得很重,跌傻了,甚至,死了……小童死了,没有小童的她,会怎么样?她还能活吗?尤其小童是因为她的大意而死。中学的死党宋安琪有个小弟弟,刚上小学,圆圆的眼睛,长翘的睫毛,长得很惹人爱。有一次在宋安琪家,她说很羡慕有个弟弟,宋安琪压低声音告诉她,原本还有个弟弟,小时候宋妈妈替他洗澡时,被热水烫死了,如果还在,现在都小学六年级了。她听了吓一跳,偷偷看一眼在厨房里利落地剁着白菜、准备包饺子的宋妈妈,心里浮起一个念头:她把儿子害死了,还有心情包饺子?

多少小孩因为母亲的大意而死?他们从楼上跌到街心、溺死在鱼池、被鸡骨头呛得窒息、热天锁在车里闷死……最可怕的是,前阵子在报上读到,一个妈妈在停车场里车子跟人擦撞,客座的气袋爆胀开来,五岁女儿的头被齐齐切断,飞出窗外。

这些妈妈怎么活下去?会不会发狂?还是,一段时日后,也跟宋妈妈一样,继续包饺子过日子?

所以，她也能活下去，如果没有小童。

太阳斜照，集中火力烤着她的背，热汗从背脊滑落。一摸孩子，也是一头脸的汗。

她赶紧把他的小外套脱掉。中暑了怎么办？她为什么这么不小心？提醒过自己几百次了，为什么还是这样魂不守舍，粗心大意？

"放轻松点，不要神经兮兮的。"耳边响起杨岗的交代。说得容易，生活里危机四伏啊！还荡什么秋千，秋千也危险，要是铁链断了，要是从秋千上跌下来，要是……她急急掉转车头，往回家的方向。

快到下班时间，马路上车更多了，她等在十字路口，十分心焦。要是哪部车的驾驶是新手，或喝醉酒，朝她撞过来呢？在马路边等红绿灯被车撞上的事，不是没发生过。

"孩子一定会平安长大的，我们不都这样长大了吗？"说得简单。杨岗会这样说，因为他不是妈妈。

真正安全的地方，或许只有她的子宫。现在小童是独立的，可以自己呼吸，自己进食，满屋子爬，但又不那么独立，事事靠她打理，一点闪失，都是她的责任。

终于安全回到家，抱出小童，怎么，又没系安全带！她簌簌发抖。以前从未发生过，今天倒发生了两次！她是怎么了？虎毒不食子，但杀子的母亲不是没有……

把客厅的冷气打开，替小童用冷水擦过手脸，换了尿片，让他坐在高椅里,这回记得系安全带。拿出电饭锅里温的蒸蛋,一匙一匙喂他吃。照例他又是手指探进嘴里,抹了一脸的蛋。她拿纸巾拭,小童想躲开,挥舞着小手去挡,但是怎么躲得掉呢?如果她真的要对他做什么,他怎么抗拒得了呢?他唯一的武器只是他的哭声,如果置之不理,那哭声也就跟其他噪音一样。

虽然不乐意,小童茫茫的眼神里没有愤怒,甚至没有表情。这么小不点儿的小人儿,一块鸡骨头,不,只要一块苹果、一粒花生,就可以让他卡住不能呼吸。先是四肢抽搐、张着嘴却叫不出声,如果她不及时救他,小脸就渐渐变得惨白,两眼上翻……

她甩甩头,想把这些恐怖的念头赶跑,可是念头像夹住手指的螃蟹攫住她不放。小童这么幼小稚嫩,像一只小狗,一只小猫,只要一点暴力,轻易就能夺命。比方说,用力摇他晃他,造成脑部出血,初无异状,然后呕吐、昏迷,几天后死了,没有一点外伤……她的脸色大概不对劲,本来玩着衣襟上蛋屑的小童,突然警觉什么似的盯住她,空洞的眼神转为专注,但也就那么几秒,他又再去追索那软滑如脑浆的蛋屑。

她转身去厨房拿根香蕉,剥了皮,分成两截,一截塞进自己嘴里,一截在小碗里用汤匙压成泥。小童吃了两口便别过头去,两条小胖腿踢来踢去。她耐着性子唱了几首不成调、歌词东拼西凑的儿歌,哄他吃完。下午点心,蛋白质、铁质和维他命C都有了。吃得营养，快高长大。又喂他喝了点水，替他再次擦净手脸。这时，小童打了个大呵欠。

"好大的呵欠，小童累了吗？"她问。小童像杨岗，精力充沛睡得不多，只要他一露出困倦，她便像中了奖。今天特别累，小童早上六点不到就醒了，她陪着起来，中午他睡觉时，她赶紧上厕所、吃饭、洗碗、清理浴厕，还把晚上要做的菜先拿出来洗，不时注意着他的动静，分分秒秒像在作战。到现在，已经整整十二个小时。

赶紧送他上床，就可以休息了，可以在沙发上打个盹，看看过期的杂志，或是给谁打个电话。再不喘口气，真没有力气做晚饭，而杨岗最重视晚餐这一顿。这样期待着，不知从哪里又生出了一点力气，一点耐心。

她把小童轻轻放在地板上，随他在桌椅间爬动，快手快脚收拾善后，然后也坐到地板上，想在他睡前好好陪他玩一会儿。"小童，来，来妈妈这里，"她轻声唤。但是小童拖着长长的口水，摆动着小屁股，一扭一扭爬远了，没有到妈妈身上来撒娇。

她心里浮起疲惫已极后的怅惘。小孩有时竟是那么无情，只要你陪他玩，替他做牛做马，却一点也不在乎你的感受。日后，也许会在乎，但现在，他们心中其实没有你。如果小童不在了，她知道自己一辈子不会忘记这软滑奶香的小东西，但如果她走了，小童根本不会记得，不记得她怎么在深夜里抱着他唱了几十遍催眠曲,怎么在看到他第一个微笑时流下欢喜的眼泪。只要有人照顾,他还是会快乐地长大。

"你就是想太多,担心他吃太少,又担心他消化不良,担心他睡不好,又担心他运动不够。依我看,开开心心最重要!"

是的,只要小童开心。小童有全世界最纯真美好的微笑,梦一样的。可是白天在家,小童大部分时间总是显得百无聊赖,只有杨岗回家时,他的精力才一下子爆射出来,又笑又叫。

杨岗总是把他一把抱起,在怀里又揉又亲,让他骑在腿上,嘴里发出马蹄哒哒声,或把他举得好高,去碰穿堂上那串风铃。她在厨房里,在抽油烟机的轰轰声中,听着父子高高低低的笑声,以及破碎的风铃铛,铛。

身为妈妈,却抓不住孩子的心。天知道,她多么想要这个儿子!

小童出生前后,正是秋老虎天候。冷气全天开着,杨岗晚上睡觉要盖太空被,她只穿件棉内衣,膨起的肚子像粒火球,全身都在发热。她睡不着,抚着不时颤动的肚皮,猜是男是女。杨岗不让医生说,坚持男女都好。男孩女孩真的一样好?她私心盼望生个儿子。她不要女儿,她自己就是女儿。如果是儿子,就踢妈妈一下,她悄悄对肚子里的胎儿说。

她的肚皮圆,胎儿动得勤,大家都说是女儿,落地却是儿子。她感谢上天给她这个机会,一个亲子关系全新的开始。儿子将会多么爱她!

母亲到医院看她,抱着她的儿子,端详半天,抬头要笑不笑说:"一举得男哟!"她跟母亲一年说不上几回话,却立刻听出那语气中的喟叹。是自伤连连生女,一生无子的命运?面对长孙,母亲的反应却是女人间的嫉恨。

母亲匆匆来去,临走前探身在她耳边说,"别以为生了儿子,男人就不会在外头胡来,你还是要注意。"说这些做什么呢?她肚皮松垮,脸如黄蜡,已经老了十年。产后虚脱的她,别过头在枕上静静流泪。

她带着小童住进坐月子中心。之后,辞掉工作,全心在家带小童,要给他所有的爱,绝不重蹈母亲的覆辙。

以为养子后会知父母恩,谁知却是一再在强大的母爱里,比较出母亲的不足。想忘了母亲,却只能在自己的新角色里不断重温。她不停自问,要爱谁多一点?母亲,还是儿子?"乖,妈妈摇你睡。"她抱起小童坐到摇椅上,轻拍他背,手像装了弹簧般机械地拍动。快睡吧,快睡,时候不早了,再不睡,妈妈就得去煮饭了,不能休息,永远不能休息……她暗自祈祷,但是小童翻身坐起,踩在她腿上,手往她脸上、脖子乱抓。她把他的头压在胸前,他全身扭动一劲儿往下,气愤地哭叫,叫声尖锐,一声声一波波,像清晨凄厉的闹铃,像母亲生气揍人时歇斯底里的斥骂。

她头皮一阵发麻,口中发出叱喝反击:"叫你睡,你叫什么叫？你再叫，你再叫叫看！"手下更加使劲，把他小脸紧压在肚腹，好像要把他再按回肚子里去。小童的哭声被蒙哑了，双手挥舞、两脚狂踢。一只小野兽，没心没肝的小野兽，在她肚皮上挣扎，跟她拼命似的乱钻乱扭，她快喘不过气来，嘴里咬出血，一股咸腥味。哪里来的尖锐声一下下刮着脑壳，有人在摇她脑袋，住手，住手，你为什么打我！怎么样的一个乱哄哄的世界啊！她不能再忍受，下死劲把小童的头按住，不让他起来，绝不绝不！

天旋，地转……

突然回过神来时，四下死寂。小童像个布偶一动也不动，软软伏在她肚子上，揪住她前襟的双手松开了，两只脚垂挂。

小童！

她赶紧把他抱在怀里，只见一张湿漉漉红通通的脸，双眼紧闭，嘴巴微张。

小童？

倾耳去听，还好，正一声一声平稳地吸气吐气。

她站起来，把孩子放进小床，小童撅起屁股，双手缩在肚皮下，趴着睡熟了。她仅余的力气在此刻都涣散了，脚一软跪在小床前，头抵着栏杆，嘴里喃喃念着：睡吧睡吧宝贝，妈妈，爱你……（1999）

回光

五点二十七分，日头已然西斜，余晖隔着蒙尘百叶窗，条条栏栏照进纽约绿地疗养院九楼九〇七室。靠窗床位，老人穿戴整齐，歪坐床边沙发椅，眯眼不动，好似困着。一只苍蝇飞来，停在老人发皱生斑、骨脉浮突的手背，好整以暇摩拳擦掌。老人眼皮微微颤动。

年老体衰，连苍蝇都来欺！老人感叹。力气都到哪里去了？哪里水龙头拧不紧，把青春之泉悄悄流淌干净？

外头有人走动、护士讲话，病房里却如此安静。声音隔在透明膜外，像开刀后麻醉未全醒，听到声音，都像回音，灵魂飘浮半空，不跟身体一道。室友也是八十老翁，韩裔，言语不通。更静了。

白墙上倒热闹，挂着老大、老二和幺儿的全家福。三个儿子四个孙女，两个孙子三个曾孙。床边桌上是他和老伴金婚切大蛋糕的照片，老伴穿着翠绿丝绒旗袍，戴珍珠项链、耳环，雍容华贵。他在一旁，铁灰色西装，头发梳得油亮，精神奕奕。他那时七十，耳聪目明，无病无痛自觉精力不逊六十壮年，甫自公司退休，读书旅游，清福享尽。每天写毛笔字一小时，写得大汗淋漓，胜过外丹太极。还能跳舞。跟老伴两人探戈、伦巴配合神妙，观者莫不叫好，说赵董宝刀未老。从江苏到台湾，军旅荣退后又在私人企业再创事业高峰，郎是将才，女有玉貌，多少盛会是众人眼光焦点。想当年。

怎料到，金婚之日跟老伴起舞翩翩，竟是最后一回，不久老伴便撒手西归。此后诸事不顺，六年前来美依亲，与媳妇不睦，自恃身体强健，手头有积蓄，租一层公寓在华人聚居的法拉盛，昔日旧友旧属及战友，多有寓居纽约，又如浮萍再聚，只是君子之交如水，过日子唯写字看报。三个月前突然急剧衰弱，检查出肝癌，医生以年老不宜动刀，嘱以化疗并需日夜护理，病情稳定后，自市立医院直接转进绿地疗养院。

院中无甲子，今日重过昨日，每晨发药，服毕，一天即入尾声。长卧床上如冬眠，护士小姐偶尔来，劝他下床活动，锻炼腿部肌肉。"赵老伯，躺一天不下床，腿部肌肉会萎缩百分之一哦，"会说普通话的华裔护士小姐半哄半劝，"起来坐着，强过躺着。"他漠然以对。

双腿果真虚弱，上一趟厕所走走停停，气喘吁吁。尿液黄浊，时流时滴，洒得池外点点。勉力把灰发梳过，松垮棉裤换成休闲裤，桌上书报理理，即瘫在沙发上动弹不了。

就这样，坐在这里等，能等待，是幸福。老人想。

他边等边反复回想，她温柔的声音在电话里发急："赵老，您怎么不早点告诉我呢？我来看您……"

"你，你不用来……"

"我下班后就过来……"

她上班处离这儿只半小时车程。没有立即通知,只因如今这副模样。过去他常穿整套舒跑运动服,没有一丝暮气。能通英语,生活无虞,独居不成问题,至于寂寥……老人脸上闪过一丝苦涩微笑。

跟她有缘。她是老同乡的孙女,三年前宴会上同坐一桌,见她眉眼清秀,举手投足韵致无穷,宛如古画中娉袅步出一位江南闺秀。这般人物此间少有!席间殷勤布菜倒茶,敬称赵爷爷,他特嘱改唤赵老。一顿饭吃得心花怒放。

再闻其声是数月后,春节同乡联欢晚会,她是该会行政助理,负责发函通知,租借场地杂事。一通电话打来,请他到场义写春联,并亲自前来接送。那天他起个大早,房子打理得井井有条,几幅得意大字,状似不经意置于案上,茶几上放一盆多年养的君子兰,还有一本小区图书馆借的现代小说。她果然喜好文艺,也识得此小说家,惊呼连连,讶于他看当代小说。他得意大笑。

她穿一袭淡紫洋装,如云秀发高挽,淡妆下更显肤色粉腻,芳唇柔润。替他拿用惯之笔墨,小心扶他下楼,有她扶持,天天上下的两层楼走了许久。她问高寿,答七十有七,连说不像不像。人常说他看来健朗,多年军旅磨炼及规律生活铸下不老体魄。也可能只是奉承之语。她应对进退总是得体合宜。

会场上,与会者排队求字,写春满乾坤,写春回大地,案上漳州水仙香气暗涌，绿叶红结，报喜亦报春。他笔酣墨饱，笔走龙蛇力透纸背，或行或草，一字字元气淋漓，观者频频叫好。她不时过来招呼，补充纸墨，或捧来香茗，悄立一旁。他写得满头生汗，豪气干云，命取来数呎红纸不裁，由她执纸头一端，屏气凝神，一挥而就：不信青春唤不回，不容青史竟成灰，为近年最好作品。此幅合该赠她，一旁求字老妪早已千谢万谢双手捧去。到晚会结束，始终无缘替她写字。她送他回府，地有残雪冻冰，她伸手相扶，他顺势隔皮手套紧握，一路不放到停车场。相约年年义写春联，年年春节遂不再感景伤时。

老人叹气。那年春节前，雨雪交逼，困守斗室多日，几有断粮之虞，却是一盆老根昙花，寒天里花苞连结，看来心惊。多年波澜不兴，难道是，临老入花丛？

以后偶有联络，语多历史掌故昨日风云，少涉今日之寂寞萧条。问及先生孩子，她有问必答。有家有儿，不是二十芳华，却更见成熟风韵，姿态如梅如兰。她是晚辈执礼，问候请安，他则喜听温言软语，想念秀雅容颜。何敢奢望。见报上刊载，八十老翁迎娶青春美眷，掷报斥之无耻。又思及印度圣雄甘地，壮年禁欲不近女色，晚年则夜夜令年轻女子裸睡其旁，谓之考验。是何等考验。

周末，他步下公寓，到法拉盛市区消散霉气。四处走逛，商家搭棚行道上，罗列新鲜蔬果鱼虾，烧腊烤鸭火腿熏鸡，肉香人气,说不尽的热闹繁华,如在家乡。

欣欣然到相熟店家,嘱切半只熏鸡、装一盒四季豆,一抬头,见她自人群中急急走来,脂粉不施,脸有倦容,手提数包购物袋,想必购足全家一周肉菜。他没叫唤,她没看到,就此错身而过。想她返家卷袖做主妇,清蒸西湖醋鱼,红烧无锡排骨,招呼先生孩儿热菜热饭,衬得他孤魂野鬼更难消受。怔忡伫立街头,他不过是,客居他乡一老翁。

去年圣诞晚会,她来电数次请他务必到场。他擦亮皮鞋,吹着口哨,又宛如年少。

她是接待,含笑站在入场处,见他到来,特别领他到写有名牌的桌位。一袭黑色连衣裙,薄纱长袖,银色高跟鞋,背影摇曳生姿。晚会备有自助餐点饮料,他破例要一杯葡萄美酒,有酒且喝喝,人生能几何?

餐毕,灯光转暗,大厅中央五彩灯球缓缓旋转,左右邻座纷纷下池,有搂着老伴,缓缓踩社交舞步者,也有学了国际标准舞,于池中比画亮技者,不一而足。他首次在舞会作壁上观,几次有人激将:赵老舞技一等一,那么多美女等您邀舞呢!他只是微笑。众人以为他年高体衰,却不知他心有所待。她也在池中,跟张三,跟李四,舞技比起老伴盛年时尚差一截。毕竟是不同时代,她能懂伦巴探戈,已属难得。

果然她来邀舞。年龄差距,游戏规则如此。"赵老,我有没有这份荣幸?"她笑说,"都说您是文舞全才!"

"恭敬不如从命。"他握住伸过来的柔荑，陶陶然不知老之将至，已至。是柔媚深情他最擅长的伦巴呵！

老伴去后，他便不近舞池，但舞步深刻脑海，音乐节拍中不召即来，只是身手不似过去灵便，举手投足分外小心，一世英明，绝不能毁于今夕。她果然聪慧，走步有致，带转轻盈，顺着舞步往前，仿佛行将走远，他不肯松手，及时一带，又回到跟前。几回近身闻到一股迷香，无法言喻，不知今夕何夕。

多年无梦，那日却梦见，一面目模糊女子睡在身旁，不需掀被，也知是一丝不挂。醒来气血翻涌，直叹惭愧惭愧。人都说槁木死灰，怎知死灰复燃。

虽有四十余年岁月相阻如关山重重，但也因此免她戒备。暂借青春之火照亮暮年，如此而已，如此而已。

想为她写幅好字，只等她开口求索。等到今日，全身气力散尽，提笔手抖，不成一字。空自蹉跎。昙花未开即纷纷凋落，罢罢罢，终是不合节令。

五点半。一道帘幕之外，隔床人电话铃响惊天动地，只听得那人咳嗽翻身，铃声声声逼人。躺在床上哪能及时起身接听？既老且病，早无能为力。铃声既哑，听到一声叹息，不知是那人还是自己。正怅惘，却闻久违吴侬软语："赵老？"

他全身一颤，惊得苍蝇飞起，暮色中见到款款而来，伊人身影。（2000）

生鱼

日正当中，克罗夫顿塘心映着蓝天白云，亮晃晃像面镜子，塘边紫色狗尾花、绿灌木和野芦苇里一片静悄悄，整个早上在其中穿梭吱喳不休的鸟雀和野鸭，不知道哪里去了，只有几棵弯腰的柳树，垂下枝子钓起一阵涟漪。

所有钓客都走了，最后一个收拾好钓具的，是头戴遮阳帽、穿背心短裤的吉米，露出来的肉都被晒红了，红油油肥嘟嘟像烤熟的热狗。他背起两根钓竿，费力提起一个水桶。水桶看来很沉，不时晃动，仿佛有什么物事在里头撞击，力道还真不小。吉米慢慢走出池塘的黄泥路，来到外头马路上，拐进了路边一家中餐外卖店。

每个美国小镇，都会有一间学校、一间邮局，还有一家中餐馆，俗语这样说。这是美国小镇典型的中餐外卖店，现在店里没半个人影，柜台后墙上一排彩色中菜图片，宫保鸡丁、什锦炒饭、芥蓝牛肉，都是美国人常吃爱吃的美式中菜。吉米看看店里的时钟，十一点半。还不到忙碌的时候。

"嘿，查理！"他扯开嗓子叫，把水桶往地下一放，里头的物事泼洒溅出水来。一个瘦高的华人应声出现在柜台后，看着四十来岁，斯斯文文的，鼻梁上架着副黑框眼镜，跟身上系着的油围裙不搭调。他堆着一脸的笑问候来人："吉米，你好吗？"

"好,就是肚子饿。"吉米是老主顾了,每周六一定来钓鱼,钓完了就来买外卖。"今天给我甜酸肉和春卷。"

查理朝后头用中文喊了几句,厨房里是他的太太梅。

"麦可呢?今天溜班了?"

麦可是查理的独生子,周末都在柜台负责接电话点菜,十五六岁,笑起来露出两颗虎牙,显得稚气,身量也小,吉米总觉得他是个小毛头。但是他做起事来倒很麻利,收钱找钱,全用心算,不多说话,像他老爸。这些华人话都不多。

查理的笑容僵了一下,"哦,他,出去了。""年轻人,都是爱玩的。你有个好孩子,你知道,愿意在店里帮忙……"

平日最喜欢麦可长麦可短的查理,今天却很快转了话题,"今天钓到什么?"

"对,你一定得看看!"吉米踢踢脚边的桶子,口沫横飞,"我在这里钓了二十年,从来没见过这种怪东西,恐怕有两呎长吧,你瞧它那股猛劲,好像要从桶子里跳出来。你没看到,我把它拉上岸往地上甩,离岸好几呎,它扭呀扭的,差点就扭回水里去。我说,好,你神气,晒晒太阳,看你还神不神气。结果,晒了一个多小时,丢回水桶去,它还是照样活蹦乱跳,把我水桶里一只鲈鱼给吃了半截!你看看,这鱼真怪,真丑,头像蛇一样,嘴巴这么大,像要把我一口吃下去,你看!"

查理从柜台后走出来,往水桶里一瞧,不禁喜上眉梢,"这是生鱼啊!"生鱼两个字是用中文说的。

"什么?"吉米露出狐疑的表情。

"这是我家乡常见的鱼,养在水田和沟渠里,"查理露出他乡遇故知的喜悦,"这是很好的鱼,非常之好,很补身体。"

"是吗?"吉米看看查理,又看看鱼,后者黑溜溜地在桶里冲来冲去,他想到那黏不溜丢的鱼身,这是好鱼?中国人什么恶心的东西都吃。

"开刀或产后,拿这鱼煲汤,加点西洋菜、红枣和杏仁,伤口很快就会复元。"查理看着桶里生鱼额上一个八字斑纹,更证明了这是货真价实从广东来的生鱼,"怎么在克罗夫顿塘会有生鱼?"

"是啊,它是怎么从中国跑来的?二十年来,我没看过……"甜酸肉和春卷好了,热腾腾包好摆在桌上,梅苦笑着对吉米点个头,进去了。查理想,老婆还在发愁,却不知踏破铁鞋无觅处,得来全不费功夫,昨天还在烦恼儿子的伤口复元,今天就有生鱼送上门。

"吉米,这条鱼卖给我吧?"

"你要?"

"我知道怎么处理。"言外之意是,你带回去要怎么弄?

"我本来想,这鱼长得怪,可能我小孙子会有兴趣养。"

"二十块钱,卖给我,这顿午饭我请了。"查理从冰箱里拿了罐可乐,放在吉米桌前。

吉米看看鱼,真丑怪的鱼,再看看查理,后者脸上有种少见的热切。他灌下一大口冰可乐,点了头。

晚上打烊后,查理和梅围看水桶里的生鱼,脸上泛着满足的笑。水桶里活力充沛的生鱼一扭一扭,儿子的刀伤也一寸一寸合拢来。

"这鱼又大又肥,等麦可出院就煲它一大锅,姜丝和火腿!"梅说。

"就是吃它的活,不用杀,把它摔昏了,连内脏一起,煲红枣更好。"查理畅快地拍一下大腿,"老天有眼,要不去哪里找生鱼,最近的华埠鱼市,要开上四小时车,还不见得有!"

"老天要是有眼,麦可也不会……"看到查理脸上一黯,梅忍住不讲了。再埋怨有什么用,只是徒增伤心。好好一个儿子,昨天在学校被两个恶少围攻,对方打不过就亮刀子,在他后背刺了一刀。当年来到这个小镇落脚,举目不见黑发黄肤,就担心儿子有一天会被这些金毛的欺负,特意周日送他去学跆拳道,想到这里,梅说:"早知道就不让他学功夫了,以为自己能打,不懂得跑。"

"不会功夫,人家就不欺负你吗?那几个金毛的,本来就看他不顺眼,这不是第一次了。"查理记得麦可六年级时,有一次放学晚了一个多小时,一进门鼻青眼肿,衣服上全是泥巴,说是在克罗夫顿塘跟人单挑,被他训了一顿,委屈地哭了。

是他先找碴的!麦可不服气地抗议。

叫你别理他们，听到没有？

他骂我，叫我清客……

爱怎么叫随他们，我们管不了，不必要为了这样就打架，打架就是不对。

你不懂！麦可气呼呼的，有两天不跟他说话。

他真的不懂吗？是儿子不懂，不懂做老子的为了维持这个店，这个家，忍受了多少。他什么都吞下了，装瞎装聋，咬牙撑了好几个月，总算让远近的人接受了他的中餐外卖店，也接受了他的家人。薄利多销，四块美金有饭有菜有汤，还送春卷和饮料，生意开始转好，好到忙不过来，麦可下课都得在店里帮忙，他还在想法子把老家侄子办来美国。对街本来有间家庭式餐馆，卖咖啡、三明治和炸鸡，客人都跑到他店里来，过了一年关门，临走时，店主对着他骂的是什么？

"算了。"他像对妻子说，也像对自己说。

梅好像没听见一般，蹲在水桶前，看着鱼发呆。水桶的空间不够它伸展，扭来扭去，显得急躁不安。

"放到浴缸里养吧！"他说。爱干净的梅这次没异议了，只要鱼活得好，保持住活力和精力，然后把这活力和精力注入宝贝儿子的血肉里。

早上十点不到，就听到有人在外头大喊。查理放下手边正在挑拣的青菜，出来一看，是吉米。吉米一张圆脸涨得通红，双手比画着像中了乐透。

"查理，那只鱼呢？"

"鱼？"

"是呀，昨天那只大鱼。"

"吃掉了。"他本能地撒了个谎。

"吃掉了？"吉米瞪着他，那喜悦立刻变成愁怨了，"真的吃掉了？"

"怎么了？"难道是后悔了，这可是银货两讫的。

"怎么了？你没看到昨天的晚间新闻，今天的晨间新闻，还有报纸！"吉米像泄了气的皮球，往椅子上一瘫。

查理连忙送上一罐可乐，瞧他一头一脸的汗，"发生了什么事？"

吉米一五一十地说，昨天自然资源厅的人发布消息，有人在克罗夫顿塘钓到怪鱼，送去验明正身，发现是来自中国的生鱼，据说这种外来鱼非常凶悍，会吃尽池塘里其他鱼类和青蛙，最可怕的是，上了岸能呼吸，离了水可以活上三天，还能用长长的鳍走路，迁移到另一个水域去，简直是科学怪鱼。有关单位忧虑这种鱼会破坏克罗夫顿塘的生态，现在池塘四周都围了起来，不准闲人靠近。池塘边的柳树上，还贴了一张通缉告示，有科学怪鱼的照片，底下大字写着：你见过它吗？这怪鱼，这强盗，这天杀的异国侵略者。

"从报上照片来看,百分之百就是我钓的那种鱼,新闻说,任何钓过这种鱼的人都要去报告,我就想赶快来告诉你。"吉米双臂挥舞着,"外面马路上停了一长排车,还有不少人扛着摄影机,一定是电视台的记者来采访。你想想看,我们如果捧出了那条鱼,他们不高兴死才怪!"吉米长叹一口气。

小镇一向无事,现在生鱼新闻上了各报头条,全国报纸、电视和电台也争相报道,把这籍籍无名的小镇,推到了镁光灯下,这场热闹是千载难逢。吉米不甘心再问一句:"你真的吃掉了?有没有剩的?"

"什么都不剩,抱歉。"送走吉米,查理连忙到厨房嘱咐梅,千万别走漏风声。

梅说:"神经,把生鱼说得那么可怕,没看过大蛇拉屎!"

查理摇摇头,"橘过了淮河就变成枳,生鱼来到这里就变成科学怪鱼,管不了别人怎么说。"

他转到浴室去。那尾生鱼潜在浴缸底,一动也不动。他顺手拿了水勺击一下水面,生鱼还是不动。没事吧?一定要吃活的才有疗效啊!他作势往生鱼头上击下,生鱼泼啦一声跃出水面,溅得查理一头脸水,还来不及反应,只见生鱼直线下坠冲进了浴缸旁的马桶。

"找死啊?"查理在袖子上抹了脸,鱼头已经钻进了排水口,留下一截身子在外头拼命扭动。它以为那里是什么,是河口,是生路?查理顾不得许多,伸手就去拉,鱼身滑不溜丢,愈抓它就愈往里头钻。他连忙抓过一条毛巾，包住了鱼身，用力扯出来，紧紧抓在手里。裹在毛巾里的生鱼，露出一截蛇般的头，宽厚的鱼唇，几颗利牙，像个扭动啼哭的畸形婴。查理头皮发麻，连忙丢回水里。

"安分点吧，等麦可明天出院！"生鱼在缸里无声梭游。

中午，外卖店挤满了人，一半以上是外地人。有些是看到新闻，远道而来想一睹科学怪鱼的真面目；有的是报纸和电台的记者，在这里歇歇脚，顺便找点故事。

少了麦可，查理一个人要给顾客点菜、打包、买单，不时还得到厨房当二手，恨不能有三头六臂，虽然对外头的热闹好奇，一直抽不出空去打探，只能竖起耳朵。顾客七嘴八舌的讨论中，不时迸出"中国"、"华人"、"华埠"的字眼，听得他胆颤心惊。

有人说自然资源厅已经在池塘里捞出了一百多条小生鱼，看来这种中国鱼已经占领了这个美国小镇的一角，据地为王了。有人说在有关单位的明查暗访下，当年放生鱼到克罗夫顿塘的人出面了，是个华人！此人两年前受友人之托从纽约市华埠买来一公一母两尾生鱼，友人变卦不要，鱼就养在水族箱里，过了一段时日，生鱼长得太大，水族箱再也容不下，此人把鱼放生在克罗夫顿塘。随意放生是违法的，但是两年追诉期限已过……

查理听得浑身不自在。在异乡讨生活，个人就代表全体，一个华人出了名，所有华人脸上都有光，一个华人出了事，所有华人背脊都发凉。那个放生的人是谁？他在心里把小镇寥寥几户华人过一遍，有谁会老远去纽约买鱼？他站在柜台后，感到挤在店里的外地客和媒体，眼睛不时往他这里瞟。一个从没见过的男士，高大体面，胸前挂着新闻记者牌，一脸微笑走上前。

"你好，我是《前锋日报》的杰瑞，你是查理吧？在这里开店多久了？生意很好？"这个杰瑞嘻嘻哈哈跟他聊了几句，话锋一转，问起生鱼的事。听说中国人爱吃这种科学怪鱼？店里卖不卖？味道如何？说是对身体有特别功效？查理捺住性子，一句句老实地回答，但是谈到功效，他有所保留。别落了口实，教他们把中国人看成迷信、奇怪的民族。"也没什么稀奇，跟美国人爱吃的鲑鱼一样，鱼的营养好。"

"但是活吃生鱼，又是怎么一回事，是做成生鱼片？"

查理摇摇头，不知说出活宰活烹的方法，会不会被看成野蛮不文明？

看查理支支吾吾，杰瑞神色一正，追问："你，买过生鱼吗？"

"生鱼当然买过，"查理怏怏地说，"对不起，我还有客人要招呼。"

杰瑞却不罢休，蓝灰色的眼睛瞪住他，像瞪着即将到手的猎物，从齿缝里一字字吐出来："是谁把生鱼放生的？"

查理吃了一惊，只见店里的顾客，一双双眼睛都瞪着他，其中有多少怀疑、不屑，还有一些他看不懂的情绪。他看不懂这些蓝色、绿色的眼珠子，就像他们看不懂他的紧张和不安，是无辜而非掩盖。那些正在不断捕食吞噬美国本土鱼虾青蛙的生鱼，跟他有关系吗？他略带气愤地说："我怎么会知道！"

杰瑞微笑，"查理，很高兴能跟你谈话，请给我一客芥蓝牛肉。"

晚上查理和梅提早打烊，一起到医院接麦可回家。坐在轮椅里推出医院的麦可，脸容苍白，眉头锁成一条鞭，嘴抿成一根线，对母亲的絮絮问候，只是含含糊糊在喉咙里咕哝几声。扶着儿子小心上了车，查理默默往家的方向开去。

梅看着手抓前座椅背，避免受伤的后背靠到椅背的儿子，有说不出的心疼。"乖儿子，忍耐点，回家妈妈给你煲鱼汤，活蹦乱跳的生鱼哦，吃下去伤口很快就会长好……"

"我不要喝什么鱼汤。"麦可跟一般美国孩子没两样，嫌鱼汤有腥味。

"这鱼可不是普通的鱼！"一直沉默开车的查理试图缓和气氛。

生 鱼

"它现在是我们镇上的通缉犯！"

"你是说，电视新闻说的科学怪鱼？"

"如假包换！"查理很得意。

梅笑着强调："这种鱼对刀伤最好了……"

麦可截断她："不，我绝不吃这种鱼！"

"麦可，你听妈妈说……"

"我什么都不想听，我不要吃这种笨蛋中国鱼！"

"你是什么意思！"查理厉声呵斥。儿子讲到"中国"二字，语调里那种激愤刺了他一下。

"好了，好了，儿子才刚出院。"梅抹起眼角了，父子两人遂不再说话。

回到餐馆，梅把儿子安顿好，熄了灯，走到楼下，看到查理聚精会神在看电视。她坐到他身边，只见电视上正在播报生鱼入侵的新闻。

自然资源厅的官员神情凝重地表示，估计池塘里至少有上千条生鱼，两年内，两条生鱼繁衍成上千条，这种迁移入侵，严重影响美国本土生态。雨季就要来了，万一池水上涨漫淹，可能会有生鱼播迁到仅隔七十五码的小帕突河，即使池水不淹，以生鱼能在旱地移动的本领，也有可能会进入河道。一旦进入河道，以其繁衍之迅速，掠食之凶猛，河流生态势必完全改变，而且无从逆转。目前生鱼活动范围只在这四亩大小的池塘里，还有希望一网打尽……

她摇摇头。这些人在说什么，说的是生鱼吗？生鱼不就是餐桌上的一道鲜味吗，有这么严重？

新闻继续说，有关单位决定要痛下杀手，毒杀池塘里所有鱼虾，先杀水草，让池鱼缺氧，再用杀虫剂毒鱼，务求铲除所有生鱼……主播在结束报道前，不忘幽华人一默，"要解决生鱼问题，也许应该到华埠请教生鱼专家。"新闻画面从克罗夫顿塘转到一个华埠鱼市，透明水缸里几条肥黑大鱼游来游去，一个特写，只见鱼唇一开一合，似乎在说话。

查理紧盯画面，生鱼吐出一个个气泡，叫着：冤，冤，冤……

"喂，喂！"梅推着眼神发直的查理，"新闻播完，该睡了。"他颓然关掉电视。

"那么明天，鱼汤……"梅征询先生的意见。

"明天再说吧。"

查理早上从市场批菜回来，门前马路上已经沸沸扬扬。池塘的入口处摆了个摊位，卖的是印有生鱼图案的恤衫、帽子，店主看着眼熟，一想，不就是几年前对面那家快餐店的老板，头发都秃了，但是那只鹰钩鼻还是透着冷酷。

查理把脑里的影像甩掉，转身回店。

早上十点，有人到店里找他，是昨天那个新闻记者。

"早，查理！有些事想请教。"杰瑞的语气很热络，"有位叫吉米的，是你的老顾客吧，他说两天前卖了一条生鱼给你，有没有这回事？"

查理暗叫一声苦，不情愿地点点头。

"这条鱼呢？"

"吃掉了。"他强调，"买的那天就吃掉了，这种鱼要活吃，我们没有鱼缸可以养。""是，是，"杰瑞抹抹汗，从冰箱里拿了罐啤酒，"这种天气真要人命，是不是，天气一热，青少年打斗的事就多。"

"我不懂你在说什么？"

"听着，我没有恶意，只是要找点故事，你知道，现在生鱼的故事大家最爱看。我碰巧打听到，你的儿子刚出院，好像是刀伤，有此一说，华人用生鱼来疗伤，所以我就有了一些联想，希望能得到证实。"

"别把我们扯进去！"查理提高声调，"我们不想在你们的故事里！"

"你知道，有关单位要求拥有生鱼的人都要去报告，"杰瑞淡淡笑着，"这条生鱼是不是你儿子吃了？"

"我拒绝回答你任何问题，你没有权利盘问我，请你立刻离开！"查理心跳加速，眼皮急跳。不能上报，千万不能上报。上了报，麦可被歧视杀伤的事曝光，他们吃生鱼进补更要被猎奇的美国大众当作茶余饭后的趣谈，像谈生鱼一样。

杰瑞从口袋掏出两块钱放在柜台上，一句"零钱免找"，大踏步出店去了。

宰了它吗？梅幽幽的声气。

宰了它！夜长梦多，全镇的人都在找它，最安全的地方就是我们的肚子。快，快去！

水声泼啦，梅的惊叫声，泼啦，泼啦。怎么还有婴儿的哭啼？一转身，梅已经端了一个汤锅放在他面前，有点怨恨地瞅着他。

煮好了？

好了，快吃吧！

怎么是我吃？

不是你要吃的吗？梅把锅盖一掀，一个大鱼头对着他，鼓凸凸的圆眼睛，大嘴还在一开一合。梅？鱼还活着！

不是要吃活的吗？活的最补！

查理翻身坐起，一时不知身在何处。天刚微亮，梅的鼾声徐缓。他定了定神，趿了拖鞋去上厕所。一进厕所先开灯，往浴缸里看，生鱼好端端在那儿，从这头游到那头。

"作孽啊！"查理深深叹息。为什么你们要到这里来寄生？寄人篱下就该安分，怎么又惹得人要把你们赶尽杀绝？天地之大，难道就没有你们的容身之处？

他撒了一泡尿，生鱼听到水声，游得更快速了。饿了三天还这么有精神。查理想到小时候跟堂兄弟在田沟里捞生鱼的情景。生鱼住在水田沟渠里，干季水涸了，它就一扭一扭，扭过泥巴地，扭到另一个水渠里。生鱼生鱼，你哪是什么穷凶极恶的科学怪鱼，不过是因为生长的环境困难，特别能吃苦耐劳罢了。家乡人都爱你的生猛韧性，母亲用姜丝煲出来的生鱼汤，又是多么鲜美啊！

我不要吃什么笨蛋中国鱼！麦可忿忿的声音在耳边回绕。爸，他们叫我清客！

伸手把浴缸塞子拔了，水哗哗很快流掉，生鱼惊恐地在即将干涸的缸里扭摆。他到厨房里拿了大垃圾袋，快手快脚把生鱼套住，紧紧抓住袋口。

从后门走出来，天际几抹红曦，圆圆红日已经在云边蓄势待发。路上寂无一人。没有看热闹的人，没有记者，没有商贩，更没有捕鱼毒鱼者。他很快穿越马路，拐进黄泥小路。几天没过来，克罗夫顿塘四周围起黄布条，禁绝进入。他隔着黄布条看，池上不时冒出气泡，有一千多条生鱼在里头呢！它们忙着觅食、交配、产卵，浑然不觉死期将至。

查理迈开步伐往另一头走，不远处就是小帕突河。那里，应该容得下一条生鱼吧？（2002）

媳妇儿

敏玉常想起她的公公，那个冲着她叫媳妇儿的男人。

敏玉开始跟周大民交往时，就听说他的妈妈卧病在床，家里三个儿子大中、大华、大民会读书但不管事，照顾妈妈全靠老爸一人。由于这个原因，大民很少带她回家。

后来，周妈妈不行了，两人赶办喜事，文定礼就在周妈妈病床前举行。敏玉穿了件在百货公司匆匆买来的粉红薄绸旗袍，顺着苗条的身段蜿蜒，影影绰绰有点旧时代大家闺秀的味道。她松松挽一个髻，垂下几绺发丝，两挂镶碎钻长耳环，低头坐在房中央的椅子上，让大民替她戴上一条金项链，那是未来婆婆送的礼。

房里站满了人，她的妈妈和舅舅，从丰原来的大民的大哥大嫂、竹北来的二哥二嫂，只有她跟周爸爸是坐着的。小孩都在客厅里玩，房里没什么人讲话，舅舅一个人不时哈哈哈说着恭喜，想制造点喜气。大家都知道，这个婚事是赶在丧事前办的，周妈妈要看到幺儿办了终身大事才能含笑闭目。

不会有婆媳问题了。妈妈说这话时，一副老天保佑祖上积德的表情。妈妈跟奶奶的战争，一直进行了二十年，直到奶奶住进了老人院。妈妈从不去探望，逢年过节都是敏玉当代表。敏玉偷瞥一眼床上的女人。女人的眼睛时开时闭，呼吸急促，身上没有肉,只有老皱的皮包着骨,脸上搽了点粉和胭脂,抹了口红,却显得更加骷髅憔悴。房里有种难闻的气味,不知是病人身上的尿臊,还是药味。她暗自庆幸不需照顾一个重症病人,一个她称之为母亲,但实质上是陌生人的病人。

戒指戴上了。有点松,来不及改。他们叫她喊妈。她抬头再看一眼床上的女人,婆婆。

"妈!"她怯怯叫了一声,感到站在身后的妈妈身上一颤。

她一叫,屋里人都跟着用闽南语喊:"妈,妈,唔听见吭,敏玉在叫你,恭喜哦,娶媳妇哦!"

"妈!"她再次叫唤。

床上的婆婆睁大眼睛,浊黄的眼睛里蓄满泪水。敏玉觉得自己也要哭了。这是一个多么不吉利的订婚典礼。

哈哈哈,一阵沙哑的笑声,打断了众人的叫唤,大家错愕地寻找,发现笑的是一直无言坐在角落里的周爸爸。周爸爸头发全白了,穿着一套松垮垮的旧西服,歪斜的暗红条纹领带,两手撑在叉开的大腿上,笑意满盈。敏玉第一次看到周爸爸这么精神奕奕。周爸爸重听,又不喜戴助听器,几次见面,他们的交谈仅限于问候。他总是佝偻着,嘴里含糊说着什么,眼光涣散根本没看到人。现在那双眼睛却十分锐利,亮闪闪盯着她,眼神喜不自胜。原来,大民长得像爸爸,父子的眼神一模一样。周爸爸比周妈妈大了十五岁,听说是河北大户人家的独子,仆婢前呼后拥团团伺候,是爷爷奶奶父亲母亲的心头肉。

只身飘零来台，好容易成了亲，一份微薄的公务员薪水养大三个儿子，七十多岁的人了，本当享福，还要照顾卧病的太太，也真是难为他了。

"哈，哈，哈!"周爸爸还在笑，眼光罩住她，"娶媳妇儿咯，娶媳妇儿咯!"他颠颠站起来，走向敏玉，"我的媳妇儿，我的媳妇儿啊……"

敏玉连忙起身，大声喊："爸!"

大民一把搀住老爸，免得他向敏玉身上倒去。他对老爸最近时而发癫的毛病很不满。也不看是什么场合。

"妈，妈!"有人惊叫，所有人的注意力又转回病床，只见周妈妈眼睛半睁半闭，头歪着，一丝口涎正往下流淌。

订婚后两天，敏玉的婆婆就往生了。喜饼都还没送完呢，就要寄白帖发讣闻了，敏玉觉得真是晦气，但是，这似乎也是意料中的事。她绝不愿结婚典礼再度到病床前搬演。这还没什么，丧事办完，跟大民的喜事要赶在百日热孝接着办，敏玉都不知自己是新妇还是孝媳，当笑还是该哭。

婚礼那天晚上睡在办喜酒的饭店，她跟大民一动也不动躺在床上，一股悲哀淡淡笼罩他们。婚事丧事一起来，大民的精神和体力严重透支，一会儿就打起呼来。人生大事就这么办完了，敏玉的头脑很紊乱，在一片混乱中，觉得有什么事不对劲儿，是什么呢？她盯着嘴巴微开，眼睛没有完全闭拢熟睡的大民，这个人，就是她的丈夫？睡不瞑目的一个人！她赌气地转过身去。有谁的新婚夜,比她的更不浪漫?

从饭店返家,一推开门,周爸爸就笑嘻嘻迎上前,讨好地接过她手中的行李包。"爸……"公公的精神抖擞和笑意,让她有点纳闷。昨天喜宴上,他也是乐呼呼的,一点也没有丧偶的悲伤。当然,婆婆已经病了很久了,可是在人前,总得做做样子吧,敏玉当时心里有点嘀咕,还有点害怕。怕什么呢?她也说不上来。大概是担心公公又胡笑一气嚷起来,破坏婚礼的庄严气氛。

婆婆的房间重新粉刷,置了新床和衣柜,当作他们的新房。这是暂时的安排,所以她也没抱怨。隔壁是公公的房间,她探了一眼,一张单人床,一张书桌,上头乱糟糟堆了一些什么《幼学琼林》《水浒传》《三国演义》的旧书,床下也有书,放在纸箱里。大民说他爸爸以前很喜欢看书,现在年纪大了,看得比较多的是电视,中国大陆的风光介绍或是京剧。还有一间房,作了储藏室,积累着几十年来家庭生活的旧物,一直堆到天花板,没一样能用,没一样舍得丢。要老人丢弃旧物,就像扒一层皮。将来,将来都会称斤卖掉,或者花钱请人拉走的吧,敏玉漫漫地想。

厕所只有一间,跟浴室一起,里头一股难闻的公厕臭味。敏玉也像使用公厕一样,半蹲着不敢坐到马桶上。洗手时,她发现洗手台上厚厚一层黄垢,镜前的置物架上散放着淌奶的牙膏散发的牙刷长茧的刮胡刀,还有一些不知为何的小物事,在灰尘和膏渍之间。

不只是这个厕所,当敏玉仔细看时,发现这个家每个角落都积着多年的尘垢,仿佛困在一个巨型蛛网里,灰蒙蒙死沉沉,令人想瞌睡。这是个没有主妇的家。公公充其量只能照顾好婆婆和自己的饮食起居,哪有精力打理房子。大民每天早出晚归,下班后又忙着约会,也顾不上。

她打开前几天就送过来的几口皮箱,把衣服挂进充满松香味的新衣柜里。柜里的穿衣镜,照出她丰润的脸,两道为了化新娘妆特意修过的柳叶眉,一双有点往上吊的眼睛,水盈盈地漾着媚光。新娘子!她好像突然看到自己的美。青春的光从体内向外散发,形成一个光环包围着她,跟这个老朽的家,形成强烈的对比。

在家里住了一晚,隔日上午到娘家转了一下,就出发到日本度蜜月,正是春樱烂漫时节。从机场回到家,已经十点多了,公公睡得早,房门虚掩着,仗着公公耳朵不便,他们笑笑闹闹,吃了点消夜,然后一起冲澡。洗得正欢,有人敲浴室的门。

"该死,是爸要上厕所,"大民关了水龙头,拉过浴巾扔给她。

"请他等一下嘛。"

"老人哪能等?我叫他等,他也听不到。"

门敲得更急了,还听到老人沙哑的咆哮。"爸一定以为是我在洗澡。"大民像在解释什么。老爸的脾气越来越怪了。

大民套上短裤,门开一半,她围着浴巾,头发滴着水,躲在门后。老人看门一开,就要往里冲。

"爸,你干嘛?"

"你这个混小子,你把我媳妇儿藏哪儿?藏到哪儿?"老人喊着,举起拳头。

"我们在洗澡。"大民挡着不让老爸进来,但也不敢太使劲,怕伤着他。

"还我媳妇儿,你这小子!"老人突然一股蛮劲,把门撞开了,敏玉吓得尖叫。老人往儿子身后看,看到敏玉像朵带露的鲜花儿,被水汽蒸得湿灵灵的,皮肤雪般白润,头发墨般乌黑,脸上一喜,便叫:"媳妇儿!"

"爸,你找敏玉作什么?"

老人仿若未闻,一双眼睛只是盯着半裸的儿媳妇,像胶住了一样移不开。还是大民反应快,把敏玉往外一推,叫她快进房,解除了尴尬的对峙。

公公一定是因为老伴走了,幺子娶亲,一悲一喜刺激太大,所以才会……但想到公公看她的眼神,真不像一个七十开外的人啊。我的媳妇儿,我的媳妇儿……一想到他那苍老的呼唤,敏玉心头发颤,说不出的滋味。他口里叫她媳妇,眼光却分明把她当成女人,他的女人。敏玉很纳闷,在大民口中一介读书人的公公,怎么行为如此乖张出轨?

"我们说媳妇,说的是儿子的老婆,"妈妈跟她说,"他们外省人说媳妇,说的是自己的老婆。"

啊!敏玉吃了一惊。是这样吗?她一直以为,公公叫的是"儿媳妇",为什么公公管她叫"媳妇儿"?

冲澡事件后,老人又成了严肃寡言的公公,对敏玉的问安点头回礼,敏玉准备的晚餐也吃得很香,此外没有一句废话。白天小两口不在,晚上回来,公公都在客厅里看电视,声音开得震天响。凭着女人的敏锐,敏玉知道公公是疼她的。他注意到敏玉爱吃鱼,每次上市场一定带条鲜鱼,出门用餐也会点鱼,虽然没有明言,但敏玉注意到公公其实鱼吃得不多,只在鱼背上夹几口肉,不像会吃鱼、爱吃鱼。恢复正常的公公,自重自爱,一点也不给她添麻烦。他早就习惯生活自理,不需要别人服侍,有时还会主动做做家事,像买菜和洗碗,就全是他包揽。家里跷脚享福的,反倒是大民了。于是敏玉也投桃报李,特别留意老人的喜好,知道他喜欢甜烂的食物,就常煲点红豆汤,买芋泥糕,哄着他开心。老人耳背,儿子喊半天,他听不清,反倒是敏玉一靠近他耳朵慢慢说,他什么都听懂了。

周末如果遇上好天气,敏玉让大民在家睡懒觉,自己陪着公公在小区里散步。她挽着老人,慢慢走上小公园的阶梯,看着邻居孩子在草地上打滚。长年乏人嘘寒问暖,还要照顾病人,郁郁寡欢的公公,身体显得虚弱,坐在凉椅上,喉咙里不时咳咳一阵响,却连口痰也吐不出来。敏玉看着公公的侧脸,两颊生斑的肉垂着，嘴唇有点外翻，像孩子撒娇嘟着嘴，风吹白发，眼里有一丝难解的忧郁。敏玉知道该怎么做。她带着老人到附近的糕饼店，买两个刚出炉的蛋挞，香甜软滑，是老人的最爱。老人把蛋挞小心捧起，深深吸进香味，张大嘴，稀落的上排牙齿猛然向前探出，深陷蛋挞软滑的中心，温香软脂在齿舌间滑溜，老人脸上漾起满足的笑容。

相安无事三个多月，那天敏玉一下班，公公就冲着她大发雷霆，"你这个女人，不守妇道，跑哪里去了？"

"我去上班啊！"敏玉头皮一紧。

"上班，你上什么班，丢人现眼！"公公抓住她肩头摇晃，嘴里唾沫星子溅到她脸上。敏玉把老人一推，冲回房去门反锁。见鬼了，真是。她一边打电话找大民，一边流眼泪。电话不通。她镇定了些。别怕别怕，他，毕竟是个老人了，能对她怎么样？她发现自己恐惧的，不是被打被骂，而是更可怕的。她躺在床上，看着这有点陌生的房间。哪里有点怪。

她的衣柜门夹着一块粉色的布块。打开来，衣物有点凌乱，装内衣的长匣没关紧，订婚穿的那套粉色旗袍，外头罩着的塑料保护套被拉掉了。强烈的被侵犯感及它所引起的愤恨淹没了她。这个脏老头！

她把门打开，老人等在门外，她还来不及出声骂，老人的眼泪就流下来了，"我想你，好想你……"

"爸……"

"我不该把你留下来，我该带你走，我，我……"老人老泪纵横，泣不成声。

公公被诊断出有老年痴呆症。医生说，公公的大脑线路已经堵塞不通，这堵塞会越来越严重，错将昨日当今日，记忆失序行为乖张，他将会不认识人、不认识路，最后，连自己是谁都忘了。

大民和敏玉的心安了，一切都有合理的解释，爸爸的出轨也成了理所当然。如果一个人疯了，你还会在乎他对你吐口水？现在新的问题是，老人病了，他们想搬出去另筑爱巢的计划，又得无限期往后延。

老人接下来出格的行为是，不管媳妇是否在场，他照常更衣，开着厕所门撒尿。天气热了，他成天只穿一件汗衫一条内裤，在屋里缓悠悠地晃。敏玉没说话，大民倒有点尴尬。

"我爸爸，他本来不是这样的。"大民像要解释什么似的。

"我知道。"敏玉柔声说。

周爸爸课子严厉，再加上有点郁郁寡欢，大民看父亲，一直就是个不苟言笑的读书人，固执严厉不易亲近。考大学时，为了填写志愿父子意见分歧，冷战许久。他到南部读书、当兵，回到台北工作住在家里，两人不过是一个屋檐下的陌生人。爸爸现在这副为老不尊的模样，倒教他怀念起当年的威权。他不由得感谢起敏玉,本来以为她是个娇娇女,没想到这么识大体。他找疗养院的态度也更积极了。

敏玉在家里出入行动特别小心。公公在她面前越是袒胸露背,她自己就越是包得紧密,宁可背上长痱子,也不肯穿得清凉。她还是陪着公公散步,买甜点给他,但脸上紧绷着,手也不去挽他。如果大民不在家,她不去冲澡,生怕公公再来敲门。进房就把门锁住,把灯调暗,有时听到公公在外头咕咕哝哝说什么,她只作已经睡了。这些小心翼翼,她谁也没告诉,包括妈妈和大民。

公公好像时而清醒,时而迷糊,当他一个人自言自语眼光遥远时,敏玉会特别当心。有时她来不及走掉,被公公的眼光罩住了,那双眼睛里尖锐的痛苦,就像两根长矛,把她钉在原地动弹不得。在公公眼里,她是个女人,一个渴望却无法亲近的女人。这种炙人的眼光,她也没法跟别人说。

公公有时像个小孩那样使性子,有时却又像呼吸着最后几口空气的老人般认命。我是个老不死,他不止一次这样说,老不死,老而不死谓之贼。他的健康在急剧走下坡,健忘得厉害,有时不记得自己吃过饭没。别人跟他说话,他一概不理,只有敏玉弯下腰来,圈嘴在他耳边说话,脸上才有了表情。大民说是女人声音频率高的关系,却没解释为什么大嫂二嫂讲话,老爸也恍若未闻。

那个晚上,大民加班,她先在外头吃过晚饭才回家。公公听不到电铃声，她自己用钥匙开了门。客厅里没有点灯，公公房里透出一点点光，还有一种奇特的呢喃。细听，不是呢喃，是哭声。

"爸，爸？"

她走近，公公的哭声更响了，边哭边说，无限委屈。推开门，公公背对她跪在床前，两手抱胸，哭得非常伤心。

她伸手碰触公公抽搐的肩头，公公猛然抬头，一时似乎认不出她。他手里紧紧抓着一张黑白老照片，泪水滴落在照片上，他赶紧在汗衫上拭去，藏到身后。就那么一瞥，敏玉看到那是个穿着旗袍的年轻女人。

是婆婆的照片？敏玉知道不是。一定是公公在中国大陆的恋人，甚至是发妻。瞒着一家人，独自背负着对另一个女人的思念和愧疚，这种故事在两岸开放交流后，突然从地底下幕帐后窜出不少，遍地化暗为明的窃窃私语。看着满脸泪痕的公公，敏玉不禁心生怜悯。谁知道这个老人的心事呢？养了三个儿子，没一个关心。

"来吧，起来。"敏玉伸手去拉，公公却把她一扯，带进怀里。"你可回来了，我等你这么久，"他粗糙的厚掌抚摸着敏玉惊惶的脸，"不，是你等我这么久，我回来了，回来了。"他湿漉漉的老脸贴住她的。敏玉挣扎着，没想到老人的双臂像铁条般，钳住了她再不肯放。

"爸，我是敏玉，是你儿子的老婆啊……"

老人什么都没听到。他似乎沉浸在他的世界里,四十多年前吧,他跟恋人或发妻正在亲热缠绵难分难舍。漫长的分离啊,终于又摸到抱到了,恋人美好年轻的躯体,温暖柔软说不出的香甜。老人在敏玉发上脸上嗅闻着,整张脸埋进她怀里,像个索乳的婴儿。

敏玉脑里一片紊乱。公公,儿媳。三纲五纪人伦天理。她该高声喊叫,用力捶打,用尖指甲划破他的脸,用利齿咬他的手。

老人抱紧了她,嘴里呢呢喃喃说着情话。大民从不曾这样对她。事实上,结婚才多久,两人已像老夫老妻。公公这跨越近半世纪的思念,是何等炽烈,竟然在年老糊涂时爆射出来。如果她跟大民分隔两地,大民恐怕很快就有新欢,即使没有,心房也不再住着她,她只是房里的家具。

"媳妇儿,媳妇儿……"老人欢喜地流着泪。

对这个来日无多的男人,她是人生最后的盼望,是幸福的光源。此刻,他的心必是万分虔敬,感谢上苍把思念的伊人带回身边。谁知道,上辈子,也许她曾是照片中那个女人。

老人身上陈年的朽味,笼罩住她,她几乎无法呼吸,而老人还在拼命嗅着,在她脸上身上磨蹭。青春的光华和芬芳,被老人不断嗅入,留给她的是一种时间无涯的迢迢感,仿佛她也活过很久,就要来到生命的终站,在那生命的终站,不要有一丝丝遗憾。

老人哆嗦着手来回抚着她浑圆的手臂，然后探进她丝质衬衫的领口。

这件事，过了很多年之后，敏玉才告诉病床上的妈妈。寡居多年的妈妈，也走到生命的尽头了。她瞪着敏玉，没有说一句话，良久，长长叹了口气。

住进疗养院的公公，最后忘掉的人是敏玉，这让其他兄嫂有点吃味，因为她是最晚进门的。敏玉很孝顺爸爸，常陪他去散步哦，大民这样解释。他总是要为一些令人不安的现象找出解释。

公公忘掉她以后，敏玉相信，他也从对照片中女人的思念里解脱了。不久，他便撒手西归。遗物里，怎么也找不到那张照片，最后，全都让收垃圾的拉走了。

她跟大民的婚姻，只维系了三年。妈妈常归因是红白喜事一起办的关系，盟誓爱情和悲悼死亡，二者哪能混在一起？敏玉微笑听着，不置可否。（2006）

春日

天涯

春寒料峭，薄薄的日光从云后透出，空旷的公园草坡上，一个女人带个四五岁的小男孩在玩。

"这已经是最后一个球了，不要再弄丢。"女人这样说着，把手中的羽毛球轻轻一抛，球拍往前一击，球飞高了，来到男孩的面前突然失去动力，往下坠落。男孩两手握住过长的球拍赶紧来接，却还是慢了半拍，球拍在空中虚晃一招，球跌落草丛。

男孩捡起球，仔细端详。他生着一张像女人一样的圆脸，饱满天庭上一个美人尖，密密长睫毛下一双圆眼睛，高鼻子和外翘的下巴则像爸爸。这是一张综合了父母双方特点的脸，如果他跟妈妈上街，店员说他像妈妈，如果他跟爸爸散步，路人说他像爸爸。

女人没有催他，只是望着远方出神。难得的春日太阳，终于把她从终日掩着窗帘的房里引出来了。她也不能不出来，儿子吵着要玩球。"妈妈头痛呢。"她微弱地说，但禁不住儿子热切的眼光。从外婆家回来后，还没有带他出过门。她从衣柜里拿出男人留下的羽毛球拍套，里头有三支穿羊肠线的上好球拍，握手处缠的胶布已经磨损，上头一定浸足了男人的汗渍。男人从小就打羽球，曾是校队明星球员，儿子出生时兴奋地说后继有人了。她轻抚拍柄，有点担心儿子的反应，向来是爸爸陪他打球。但是儿子什么也没问。是的，她最怕儿子问起爸爸。丧礼后，让他回乡下外婆家住了两星期，她自己像只地鼠冬眠，躲在黑洞洞的房子里，不怎么吃和动，只是昏睡。

她握紧球拍，想到男人在球场挥汗打球，球衣湿透黏在身上，贴出健壮的背肌。每一次，她想到，每一次他总是用力抽送，直到大汗淋漓。新婚时，他们每个周末都结伴去打球，她的球技普通，仗着男人护持，双打所向无敌。怀孕时，她还是到场边加油，辛苦地蹲坐在阶梯上。儿子出生后，男人仍维持每周一次的打球时光，她跟儿子待在家里。男人说过，今年开始，全家又可以回到球场了……一股怒火突然烧上。单靠我，没法把儿子调教成羽球高手啊！

球筒里只剩三个球，她全带上了。才玩了一会儿，已经掉了两个。如果认真去草丛里翻找，可能也找得到。算了，丢了就丢了。过去那种用不完的精力和对事物的热情，不知道从哪里全流掉了，连对儿子的爱好像也消失了。儿子从外婆手中挣脱，冲进她怀里时，她只是反射性地抱住他。

荒谬啊荒谬，她突然咧开嘴角，似哭似笑。一个月，男人死了一个月，春天还是来了，她跟儿子在这里打羽球。男孩盯着手中的球，女人的眼光穿过男孩不知落在何处，时间冻结，接下来，谁也不知道会发生什么。至少女人这样觉得。有时感到痛，好像有人拿刀锉她心口，刀背在她头壳上使劲敲，有时却什么都感觉不到,进入了一种无声无感的空白。连结这两种极端感受的是巨大可怖的惶然,把她重重网住,她像蜘蛛网里的小虫,越挣扎就越被缠绑。

"你在干什么?"女人突然怒斥,叫声划破冻结的时间。男孩怯怯地往她这里走来。

"妈咪,你看。"他把球举高了。

"看什么?"女人极不耐烦,球拍在她手中蠢蠢欲动,想挣脱她的手往男孩头上抽过去。

"你看嘛……"

白色羽球里一只黑蚂蚁,火烧屁股似的钻来钻去,找不到路。

"有什么好看?"

"我可不可带回去养?"男孩问。

"不可以。"

"可是爸爸说我可以养宠物。"

女人愣了一下,放软声音,"我们养一只小狗,小狗可以陪你玩,你把蚂蚁放掉,它的妈妈在找它哦。"

男孩顺从地把蚂蚁放回草地。

"还要不要玩?"女人莫名的怒火消失得就像来时那么突然。

"不玩了,"男孩把球拍和球交给她,"只剩下这个球了。"

"没关系的,"她蹲下来抚摸儿子的脸蛋,"妈妈可以再买。"

"我们去看鱼!"男孩指着公园边上的池塘。池塘再过去,一边是荒地,另一边用来停放报废的旧车。从高速公路上往这里看,可以看到数百辆五颜六色的旧车排得密密麻麻。

女人牵着男孩,慢慢朝池塘走去。往常,如果只有她带孩子来玩,绝对不往池塘这边走,嫌它太荒凉,远处废车场和荒地的景观,总像什么犯罪现场。尤其废车场边有个两人深的大坑,雨季一来便蓄满了水,如果跌进去,呼救也不会有人听到。

池塘里泥水混浊,水草杂生,过去看过的大鲤鱼不知哪里去了。男孩蹲在池边看水中窜游的蝌蚪,她默默站在一旁。如果男人在此,一定会兴致勃勃跟儿子一起看,很有可能会捡起草堆里一个空瓶子,捞几只蝌蚪回家。不只是蝌蚪,蚂蚁、蚯蚓、青蛙、蜘蛛等她避之唯恐不及的小生物,父子俩都是兴致勃勃。现在,谁来教儿子认识、把玩这些?

"妈咪,你看!"儿子指着池边一团物事。是条死鱼。

"它是不是死了?"儿子显得很兴奋,捡了根树枝在僵硬的鱼体上戳来划去。

"不要去动它。"

"它怎么死了?"

"我怎么晓得。"

"是不是被车撞死了?"

儿子平淡的语气，听在她耳里却像针扎般刺痛。"我们走吧。"

"妈咪，鱼死掉了去哪里？"

"不知道。"

"外婆说，死掉了就去天上了。"

她没有搭腔，只是牵着孩子往废车场走去，孩子执意问出答案，"是不是，妈咪？是不是？"

她还是不回答，加快脚步，男孩有点跟不上，被她拖拽着跟跄向前。前头已经没路了，他们走在草丛里。

"我们要去哪里啊？"男孩问。

"带你去一个地方。"

"我不要去！"男孩开始想挣脱。

女人抓紧男孩的手，像老鹰攫住小鸡，她瞪着男孩，几秒钟后，男孩不敢再出声，顺服地跟着往前走。

不远处横着一辆报废的小货车，四个轮子都被拆掉，引擎盖整个扁掉，驾驶座门凹陷，挡风玻璃也没有了，有些杂草已经从车里长出来。她走上前去，探身望了一眼驾驶座，不知道自己想找什么。她抬目四望，这里有多少是车祸报废的车子，在惊天动地的猛烈撞击后解体牺牲？他们的主人在哪里？

男人的车卖给了修车厂。并没有什么太严重的损坏，老板说，除了驾驶座。男人看起来也没什么外伤，只是严重内出血。她等着他来，她有那么多话要跟他说，一个月了，他不曾入梦。难道在另一个世界的他已不再牵挂？不是说好要照顾她一辈子？不是说要把儿子调教成羽球高手？

"妈咪，有蚊子。"男孩拍打着脚。

蚊子吗？女人看着男孩，眼光非常遥远。

"妈咪？"

女人突然狠狠往孩子臂上打去，抬手，一抹蚊尸和鲜血留在孩子白嫩的臂膀。他在自己衣服上抹掉，外婆买的新衣，今天才刚上身，但她没阻止。

蚊尸的红与黑，死鱼苍白的肚皮，男人不瞑目的眼睛。生与死，不过一瞬间。这一刻，多少人在出生，多少人在死去，欢笑和哭泣，有什么意义？就像现在，她可以继续带着孩子往前走，走到那个蓄满雨水的大坑，那个以前认为绝对危险而现在觉得是最后解脱的地方。然后，在几分钟之后，世界就不一样了。她一点也不害怕。那似乎是最容易的一条路，不用再去想过去现在未来。故事结束。她可不可以就这样画上句点？

"我们去找爸爸，好不好？"

"好啊！爸爸在天上。"

"对，我们去天上找他。"

"你要死掉，埋在地下，然后才能去天上，外婆说的。"

"妈咪跟你一起。"

"我不要死！"男孩大声说，"我不要埋在黑黑的地下。"

"你不想找爸爸了？"

男孩坚决地摇头。这个月他刚满五岁，外婆临走前，塞了一个红包在他外衣口袋，祝福他快高长大。她看着孩子。长得真像他，会越来越像，很多很多年以后，但她不能让时间快转，转过这一天，这一月，这一年……要多久，这一切才不会那么难受？

"以后就只有妈咪了，晓不晓得？"她哽咽了，"爸爸能替你做的，妈咪不能……"

"我饿了！"男孩高声打断母亲喃喃的诉说，"我饿了，妈咪，我要回家，我要吃荷包蛋。"

天色渐暗，蚊子也越来越多，开始聚集在头顶上。天犹未回暖，蚊子却已经出来了。女人看着孩子新衣服上的污渍，洗得掉吗？

"蛋黄要不熟的哦，外婆不会煎，我要妈咪煎！"

女人抹干眼泪，牵起男孩的手，开始往回走。她感到非常疲累，而肚子，也真的有点饿了。（2007）

苦竹

夏日之夜，有如苦竹，竹细节密，顷刻之间，随即天明。

在梦里，她跟他说起这首偶然读到的日本俳句，他们见面时总是聊文学居多。她问，夏日之夜为何有如苦竹？这苦竹是什么样的？一语未毕，他突然凑过脸来，探舌在她眉心之间舔了一下。

她一惊，醒了。天已大亮，梦境还很清晰，还没有被外界干扰，那充满挑逗的一舔，分明还在眉心，湿润舌尖的力道令她惊异、怅惘，既然是梦，为什么没有梦久一点。

下午一点，她敷上净白淡斑面膜，躺在香妃竹榻，空调森森送爽，想起这一节，已经失去那种颠倒魔力，只觉得可笑，这样的春梦竟会是跟他？那么一个拘谨胆小的老男人，从不敢迎看她大胆的眼光，只在她移开目光时才偷瞥一眼。难道我会吃了你？她暗笑，就是要吃，也轮不到你。

四十多岁的她，喜欢看青春洋溢的小伙子，二十左右，五官分明唇红齿白，目光要单纯，态度有点青涩，身材嘛，要结实偏瘦，像山里一棵棵修竹，在晚风斜照中轻轻摇曳，对，就是那种感觉。常常可以看见这样清秀可人的年轻男孩。以前，当她如鲜花初绽时，她没看见，忙着躲避陌生男孩的眼光。那时候，那个保守的年代，她穿着白衬衫和长裙，头发掖在耳后一丝不乱，文胸外一定要加件小马甲，不能让人看到胸衣的轮廓。岁月匆匆，她跟跄跄跌入文胸外穿，肩带外露的年代。

男孩们总是看着她。一群女学生放学从那条有男校的路上经过，她感到许多突然亮起的眼睛，一闪一闪。她目不斜视。所以，一直要到这么多年后，她才能看见，好整以暇地打量，一株株颀然而立嫩青如竹的男孩。

对街那家理发店就是那么块宝地，养着数个清秀的男孩。年龄足以当她儿子的七号，头发理得极短，只在前额处留一长绺，染成金红，青青头皮有了那绺红发平添几分妖媚。他擅长吹鬈发，梳子一拉一卷，吹风机首尾并用，热气烘卷冷风定型，成就了一股一扭的复古麻花。把一股鬈发在脸旁一拉，弹回，轻触她脸颊。

十号是新来的师傅。那天她从长镜里看到他，坐在一旁等客人，侧脸线条清极俊极，正面看去，脸略窄，眼梢上扬，红唇像刀削般分明。他的眼光接触到她，低头一笑。下回，她指定找他吹头发，在镜里把他看个够。

五号还是个小孩，身形没长全，但双瞳盈盈，十指修长有力。那一回他替她洗了头，松颈按肩，轻拢暗捻抹复挑，她闭眼任他按去，按着按着，他笑，"姊，怎么你肩膀在动？""唔？"她睁开眼。"我手一边按，你肩也跟着动。"

"有吗？"她否认。

有吗？她问自己，刚刚真的应和着他的手势，你进我退我进你退如跳探戈伦巴？

他们每回总甜甜喊她姊,央求她把美发卡再充个几百元,买一份促销中的水疗护发,或是烫发染发等各种高额消费。她或应允或摇头,笃定如山却又忍不住微笑。就像孩子撒娇要糖,给或不给,全凭她高兴。

她至此完全懂得,老男人为什么喜欢小姑娘。

但是那个老男人,梦里的那个,倒是老成持重,没有多看班上年轻的太太。眼观鼻,鼻观心,他看着桌上那本上海话课本。小区会所开办的上海话课,一班六个太太,年岁相当,孩子都上中学、大学了,陪着先生在上海,家中大小事务有阿姨打点,学上海话打发时间,学三句忘两句。她倒是很认真,从小就喜欢语文,特别喜欢用各种语言卖弄嘴皮,她是唯一返课时能流利读出课文的学生。

休息时间,太太们聊天,她拿书到老师身旁请教"坐"和"做"的发音。老师一看她过来,突显慌乱,颤抖着摸索桌上的眼镜,她也诧异,但还是把问题问了。老师严肃示范二字发音区别,她细辨其中差异,在课本上写下:坐,俗,做,卒。她微嘟着嘴,索吻似的,从噘起的红唇送音。嘴唇是她五官里最美丽的一部分,饱满丰润,唇型微翘。

然后,她开始注意到老师从不抬头看大家,但只要轮到她读课文或发言,他便带着一种愣愣的神情,专注地从厚厚的镜片后望过来。她并不是班上最年轻、甚至不是最漂亮的一个。

有个成都太太，皮肤白皙，热情爽快，常邀大伙儿到她家吃火锅。

每回休息时间，她都去请教老师，但是说话的内容从上海话慢慢变成文学。他是退休的中学老师，年轻的时候也是文艺青年，到现在还固定阅读《上海文学》等小众严肃文学刊物，曾经出过一本书，早就断版。结婚前，她做过几年编辑，中外文学作品也看了不少，两人有了共同话题，这是其他太太无法介入分享的话题。来上海多年，头一回遇到可以谈文学的男人，向来见到的都是老公生意圈里的人，股票和房地产，设厂或培训，具象而不能抽象。

她把一周一次的敷面，移到上海话课前。轻抹脂粉，淡扫蛾眉，不动声色地打扮起来。她的腿仍然纤细修长，穿塑身有弹性的烟管裤，紧贴合身的牛仔裤，扬长隐短的名牌恤衫和短外套遮住发福的腹和臀。她让五号把青丝护得发亮，十号染成咖啡红，七号吹出妩媚的鬈发，低低束成马尾，用珠圈盘在脑后，或披散肩头。

相较起来，对手简直是一成不变，从春天到夏天，他只是脱去那件米色夹克，里头是单色恤衫和起了毛球的西装裤，天气更热，恤衫换成了短袖。中等身材，一张缺乏个性的老实脸，眼睛因为高度近视常带着一种空茫的神情，幸而有股书卷气，不惹人厌，更幸而他不时在镜片后追随蝴蝶般翩翩的她。

就跟对五号七号和十号一样,她也是笃定如山又忍不住微笑,一个要糖吃的老男人,提供了一个继续爱美扮俏的动机。她不想知道他下课后的生活,一周三个小时上课之外的家庭和其他种种。她也在他面前保持神秘,中国台湾,已经让她有异乡情调,再加上住在这种小区的多金暗示,她拥有的是他无缘窥见只能想象的奢华生活。

一个月,一或两次,老公会在不加班没有越洋电话开会的晚上,突然坐到看电视或看报的她身旁,她清楚今晚又有任务了。履行任务时,她穿上或丝或绸各种鲜丽的性感内衣,躺倒在床紧闭眼睛,随意召唤七号十号或五号。但她从未,从未,召唤过他。如果他看到她穿着这种内衣的模样,肯定吓得面红耳赤,眼镜都要从脸上跌下来吧?但昨天的那个梦,那一舔,却让她怀疑他也许不像她想的那么畏缩胆怯,反而暗藏着一种爆发性的热情,在她猝不及防时,将势如破竹席卷她,征服她。

无眠的夏夜,火烧火燎,空气胶结黏稠,浸满汗渍的裸身辗转于滚烫的席榻,企望绿竹生凉,企望竹林生风,企望终结这漫漫长夜折腾的天际曙光,但夜风无情,不消暑热却让弱竹颤栗呻吟。老公那断断续续的抽送,浊重的呼吸伴着打嗝放屁,七号的热风,十号的俊脸,五号的手指,繁复交错,一节又一节,一轮又一轮。她从未,从未,在此时召唤他,求他帮忙,求他让她自觉美好,就像白天那样。

她怎能如此分裂，分裂若此？

两点差五分，她在眼皮上抹上最后一笔发光的银色眼影，带上课本往会所款款而去。她喜欢晚几分钟进教室，让他小小担心一下。但是教室里只有他和成都太太，看到她进来，两人都松了口气。她挑了远一点的位子坐下，不看他。

过了十分钟，没有别人来。成都太太说了，"大伙儿都出去耍了，肯定是，今天，还上课不？"

他有点犹疑，"你们，要上吗？"

她还是不看他，只望着成都太太，"你上不上？"

成都太太有点抱歉地笑着，"其实我待会儿也有事，本来就要早点走，不过，对老师不好意思吧？"

他好脾气地说："不要紧，下星期再上吧，我，我也有点事。"

成都太太走了，她起身拿了课本，有点怂怂地对他说："你有什么事？"这是今天头一回正眼瞧他。

"没，没什么，不要紧，你要是想上，我们也可以……"他把眼镜取下又戴上。

她提议在小区走走，天气这么好。这是上海闻名的涉外小区，占地极广，四周高楼中包绿地，树影婆娑鲜花处处，有池塘假山，还有户外泳池白沙滩。他们走过儿童嬉笑追逐的白沙滩，走进池塘边柳荫深处。两人面向池塘而立，塘里有一群锦鲤，色彩斑斓，看到人影，都聚到他们脚前，等待着。

这一路两人都没说话,沉默中,有种说不出的压力和密度。她窃喜于这压力密度,仿佛他们之间的确是有着什么暧昧不明的情愫,这情愫在发酵中,一步一地雷。但他如此认份沉默地跟在一旁,却又让人感到委屈,堵得心头发闷。她终于捱不住了,笑着说:"昨天读到一首小诗,挺有意思,却又不太懂。"她才念了诗的上半,他便接着念完。

"原来你知道,那么,这夏日之夜和苦竹,是个什么关系?"一问出口,突然感到眉心被刺了一下,脸色乍变。

"怎么了?"

她举手摸眉心,"不知道是什么,虫还是什么?"

"我看看。"他凑过脸来,跟梦里一模一样。两人脸挨得很近,他的吹气拂到她脸上,他的脸也刹时涨红了,鼻翼紧张地掀动,眼神里有种很陌生的什么。她心跳突然飙速,搽着银亮眼影的眼睛盯着他,红润性感的双唇等着他,命中注定的事她不能负责。但他马上退回去了,垂眼看自己的脚:"没,没看到什么。"

"哦,没有吗?"她双手抱胸,把课本紧抱入怀,以免自己把课本扔到他脸上。

"咳,那个苦竹我晓得,"他清清喉咙说,"中看不中吃,满山遍野疯长,密密麻麻一大片,人到里头,就像天黑了一样。"

那天深夜，当老公气喘吁吁压住她时，她试图召唤他。有何不可呢，不过是另一个跟她不搭界的男人。他来了，但只是把眼镜拿下，疲累地揉揉眉心，然后瞪着一双空茫的眼睛说：忍着点，天，就要亮了。（2008）

如果有光

《一米阳光》的主题曲响起,十一点整,她没有来。

连着十二个星期三,她总是晚上九点左右来,有时十点到,但从来没有晚过十一点。十二点就打烊了,客人不会十一点以后才进来。不会。但我还是抱着一丝希望,从长廊最末一间的休息室踱出来,掩上房门,让连续剧的主题曲继续响着。自从五号来了,电视归他一人所有,爱看哪台就哪台,他的眼睛好。

走廊两旁有两间按摩室,一个单床,一个双床。我在单床房前停步,里头静悄悄。这是她喜欢的房间。她喜欢独自一人在房里按摩,不喜欢跟其他三教九流的客人在大厅。大厅有六个床位,很多客人是生意人,手机响个不停,乐铃像利刃,划破如厚布般盖住脸的寂静。有时,我得停下手边的工作,弯下腰去床底的塑料盒摸出客人的手机。有时他们的手机不在床下,在墙上挂着的外套里。我总是尽可能以最快的速度摸到它,比明眼人快。

我摸索着拉开来的帘幕。当她来时,帘幕会拉上,房间里只有我们两个。她趴在按摩床上,头埋进那个凹洞,脸枕着我为她铺上的毛巾。她枕过的毛巾有股沁人的幽香。我站在一旁,等她在床上调整姿势,她的颈椎不好,总在找一个最舒服的卧姿。等她趴定了，我就开始。那短短几秒钟的时间，有电流在我周身嗞嗞流窜，我的体温骤然升高，回到了童年，一个新玩具刚刚被抓在手里，一根雪糕刚刚撕掉包装纸，世界刚刚开始，我有一身的气力，有一整个钟头。如果有光，那就是光。中学老师教过，光，不是固体，不是液体，也不是气体，光是一种能量，照亮宇宙洪荒，是一切生命的源起。

大厅里还有一个客人，是四号的客人。那客人打着呼，时高时低，四号在他背上噼里啪拉拍打着，不是很带劲，有点空洞的拍打声。四号累了。她是这里最受欢迎的师傅，客人最多，尤其是日本人，她会说几句日语，也长得美，听说皮肤很白，樱唇微翘。

足部推拿房里也有人。我慢慢走过去，一个庞大的黑影子挡在面前，钥匙哐响，一身烟味。是老板。

"九号，可以走了。"老板说，"你今天才做三个。"

"下雨天。"我说。

"前阵子天冷，现在又遇到雨季，我们还要不要吃饭了？"老板说，"要抓住客人，学学四号。"

"四号说，她不要在单人房做了。"

"这由得她？"老板从鼻里喷出一口气，"别管闲事，走了走了。"

"我明天不休息。"她明天会不会来？

"要存钱讨老婆过年了？"老板不置可否。

这是我做过的第三家推拿店。前两家在城市的北边,这一家换到了西边。他们说,这里更热闹,外头大街上有很多商店,卖着最流行的服饰,还有各地的小吃,最重要的是附近有一家星级宾馆,住着不少日本商人,还有一个高档小区,保障了客源。但在我的感觉里,这里和前两家并没有什么不同。老板一样是一身烟味,一样苛刻抠门,店里依旧是日里夜里暗沉沉,精油的幽香混入厕所的线香和尿臊、客人的发油汗味以及袜子的酸味。我搓捻击振推拿,我摩滚按点扳摇,从脑勺到足底,试图唤醒手下的一团团死肉。啪啪的捶打声,在肉与肉、床与床之间空洞地回响。九号,点钟。随着老板的叫唤,我从休息室里出来。一个钟头后,我又悄然隐退。

当微弱的视力跟童年一样急急消退,从此世界就是一些晃动的影子。他们说,这辈子你就是一个推拿师傅,有一技在身,你也能有自己的家庭。挣了几年的钱,妈妈在老家找了一个女孩,跛了一条腿,耳朵有点背,但是不瞎也不聋。过年时就回来吧,你也不小了。

我的五年,跟五个月、五天没什么不同。换了不同的店,没什么不同;有不同的客人,也没什么不同;我的世界照样是暗沉沉,在僵硬如死尸的身体上做工。直到遇见她,她的身体带着生活的缤纷印记来到我面前,我才感觉到外头那个世界的热闹和色彩,原来我被困在这个暗无天日的牢笼里。

沿着街边走,夜已深,不怕有人挤撞。雨停了,空气吸饱了水汽,我不断踩进泥坑里。洗衣服是件麻烦事,我总是洗不干净。哈哈哈,女子的浪笑,烟味酒味,踉跄的脚步声,我停下,让他们过去。我没有听过她的笑声,她只会含糊地说谢谢,好的,就是那里,轻一点,或是从喉咙里发出一种呻吟,介于痛苦和舒畅之间的暧昧声音,刻意压抑着,不让人听到,不让我听到。那成了我的使命,以手肘或手指,在某些穴位上给予恰到好处的压迫,让她从内里发出这种美妙的声音。

我在街角停步太久了,一个粗哑的女声响起:"帅哥,有没有烟?"

"不理人啊?"那人碰碰我的肘,我往后缩了一下。

"别害羞,一道去玩吧?"

我摇手,对着声音的方向,然后转身往前走。

"哟,原来是……"

女人的高跟鞋扣扣去远了,一下下敲在我心上,僵冷的心发出空洞的回响。今天她没有来。为什么没有来?我拼命回想上回她来的细节,虽然已经想过无数遍。

她的颈椎比往常都要僵硬,我试了好久,也没法让它柔软,她的肩更像石头一般,我使劲地拼命推,直到她因痛而低喊出声。"怎么了,这星期?"我打破我们之间的沉默,她清清嗓子,没有回答。我继续推拿,却听到她吸鼻子的声音。她在哭吗?我的脑里一片空白,直到手机铃响。我慌忙摸出她的手机,那手机上有个小娃娃的吊饰。她接听时有明显的鼻音,

"我不想听你说什么,别再打来了。"接下来,我继续推着她的肩颈,从脑后的天柱穴到肩胛的魄户穴来来回回,心里默默祈祷着,也不知是向何方神祇祈求,最后,肩颈的肌肉终于弃甲投械软化,她也停止了啜泣。

五号把午饭买回来了。接过盒饭,扑鼻的又是炸猪排味。
"我说过,不吃炸猪排。"
"炸猪排还不吃,你想吃什么?"
"给他买鱼排,那家的鱼排不错……"四号说。
"你又晓得他要吃什么了。"五号从鼻子里出气,"还真以为自己是金童玉女?"
我拉掉饭盒上的橡皮筋,炸猪排的油味引我反胃。
"我的跟你换,"四号把她的饭盒放我手上,"是炒鸡丁。"
"算了,"我把饭盒推回去,"吃什么都行。"
"挑三拣四,也要看有没有那个命。"五号嘴里塞满饭菜,"哦,老板说最近毛巾掉了好几条……"
"九号,点钟,单人房!"外头喊。
"饭都还没吃……"四号说。
我迫不及待出去了,有人在单人房等我。但是一掀开帘幕就知道,不是她。她身上有玫瑰的香味,尤其是耳朵后面,当我撩起她的长发时。

这是烦厌的一天，一个浑身肥肉的男人，做了两个钟头，我吃掉半个冷掉的饭盒，在休息室里坐一会儿，然后连着做了两个脚。做完后，休息室就飘来盒饭的味道。我问自己，这一天，跟过去五年的每一天，有什么不同？为何这寻常的一天，竟如此难耐？我从没知觉到自己的禁锢，因为我习于禁锢，那禁锢就像我的一张皮，直到跟她相遇。

去上厕所，四号正从厕所里出来，擦身而过时，我知道她在哭。又是那个日本客人吗？刚来这家店时，几个大姊开玩笑说我跟她是金童玉女，两个人年龄模样都很般配。五号也跟我说过她的长相，皮肤白奶子大，这是他看女人最重要的指标。

"那你怎么不追？"

"我追她？"五号像受了什么侮辱似的嚷起来。人长得再好，一对招子是灰翳的，有什么用？

像五号这样的明眼人，却来跟我们抢捧一碗饭，我打从心里瞧不起。但这并不是谁瞧得起谁的问题，而是谁看得到谁的问题。有的客人把按摩师叫到酒店房间，或自己的公寓，这些活儿都是五号和几个明眼的大姊在接。

五六点是吃饭时间，客人少。老板把五号叫到办公室，门关上。谁都听不到他们在讲什么，除了我。我的视力有多差，耳朵就有多好，尤其我又站在门外不远处……还说没有，误会？这是老客人，在这里做了一年多了，今天八号休息，才叫你做……上回警告过你了，再这样下作，客人都被吓跑了，我也不能留你……

早听闻有女客让他做到一半，气呼呼走掉的事，但女客都没跟老板讲，只是不再来了。我突然心里一震，难道这就是她没来的原因？

老板开门出来，"九号，我出去一下，你帮忙留意，有客人来就看轮到谁。"老板向来都是交代五号。不消说，此时五号肯定在背后恶狠狠瞪我。老板是不该偏心五号，如果没有四号和我，他能挂上盲人推拿的招牌吗？

老板一出去，几个大姊也悄悄开溜，只吩咐，有客人来就打手机。

没有客人。一个都没有。我踱进了单人房，床上空无一物。我坐在床沿，手轻轻抚过那个洞。三个月前，她第一趟来，就在这个房间。我一进房，就闻到一股沁人的花香，是玫瑰。我问什么地方不舒服，她低声答颈椎和腰。我的手一放到她头颈，那里便传来一阵轻微的颤栗，我于是察觉，手下的皮肤如此温暖滑腻。颈椎非常僵硬，轻揉即咔嗒咔嗒作响。发丝绕上了我的手，她要求暂停，扬手挽发，就在那一刻，一股无以名之的体香让我一阵迷惘。

我从此对她产生了强烈的好奇。她肯定很年轻，因为肌肤紧致光滑，大概是什么白领粉领，颈椎和腰肌有不少耗损。她的骨架小，双腿修长，我的手从她的颈脖到肩，肩胛到脊椎，左腰右腰，然后到臀……啊，从不知道，我做的是世上最美好的工作。手到之处,那骨那肉那穴都随之苏醒,它们醒过来对我说话,说她过去七天在外面那个花花世界捱受了多少压力。我抬高她的腿,扭转她的臂,如跳一支双人舞,我拉整她的颈椎,把她整个头拉向我的怀里。一个钟头总是做梦般飞逝,腰间的定时器,无情通知时间已到,我偷偷多给她五分钟、十分钟,直到老板沉沉的脚步停在门口。我让她转身平躺,按摩她的太阳穴和脑勺。我屏住气息如临深渊,一种难以克制的颤栗,使我对自己感到恐惧。

总是可以看到她,玫瑰般可爱的脸,在梦里,有光。

做她的时候,我常在心里对她说话,问候她这一个星期的喜怒哀乐,有时也说说自己的烦恼。我知道我不该如此。不该把一个客人当作倾诉的对象,不该想要知道她在这个房间以外,在这个钟头之前之后的所有事。

每一次,我都做得大汗淋漓,几乎无法站立。有种越来越强烈的渴望,渴望以另一种方式触摸她。我的手势不再那么决断利落,常在不该停驻的时候流连,在某个特别美妙的凹陷和转弯处徘徊。她的身体不再是我要设法使之柔软的目标,而是一个处处陷阱的温柔乡。

她似乎察觉到我的异样。也许是我的喘息太浊重,或是手劲手法跟以往不同,有时她肌肉突然僵硬,喉咙里发出咳咳的清痰声。但是每回她转身平躺,我又感觉到一种无言的邀请,仿佛她正凝望我,希望我能额外做点什么。

我恨我自己。

我踱到休息室,近乎粗鲁地推开门,以为会听到五号的咒骂声,但只有浊重的喘息声。

"怎么?"

五号清了清喉咙,还是不作声。空气里有股奇怪的腥味。说奇怪也不奇怪,我几乎每晚都要闻到这味道才会入睡,但这味道不应该发生在这里。这猪猡。

"你做了什么?"

"我做什么要跟你报告?"五号说,但他的声音透着心虚。

"你怎么……"

"老子要你管?"五号突然推开桌子,一个空饭盒菜汁淋漓飞过来,我来不及闪,听见有人低呼。

是四号!

"下流胚!"我往他的方向扑去,却被移位的桌子绊得狗吃屎。

五号冷笑:"你情我愿,下流什么?要说下流,我问你,客人用过的毛巾干嘛偷偷塞到包里?"

"你胡说什么?"我喊,四号过来扶我,被我甩开了。

"一点都没胡说,我早就留意了,星期三晚上那个女的,每次你做完脸就像猴子屁股通红通红,可惜你没法照镜子!"

"你放屁!"

"我们明眼人不做暗事,上星期三,你对人家做了什么,为什么她走的时候,眼睛都哭肿了,脸上也像你那样通红通红?"

我愣住了,房里只有五号得意的冷笑声:"怎么,没话说了?到底是谁下流?"

"你……"我要生吞活剥这只猪!

五号甩门出去了,四号摸索着把桌子摆正,也出去了。如果有光,如果有光。对我这样的人,有光又如何?

那一天,她的哭泣令我心碎,当她转身平躺时,我比任何时候都希望看到她的脸,玫瑰般的脸颊,梦里一遍遍出现。我觉得她也在看我,看进我心里去。按摩着她的太阳穴,按着按着,我的手突然不听指挥,落在了她的脸颊。脸颊是湿的,是温暖的,是柔腻的,我的手就那样覆在她的脸上,她的脸很小,鼻梁端正,双唇柔软,手指抚过便微微张开。世上最可爱的一张脸。我轻轻抚摩着,抚摩着,手心越来越烫,她的脸也越来越烫,然后,一束耀眼无比的强光打中我,我昏了过去。

我相信我是昏了过去,因为我不记得如何回到休息室,不记得她如何离开。我回想过千百次,越想越糊涂。但她没有来,昨天和今天,她没有再来。(2009)

插队

彼得汪离开美国两年多了，听到有人说英语，还是会竖起耳朵。也许耳朵竖得更尖了，像猎狗嗅到野兔，忍不住肾上腺素的分泌，因为少听到，更因为他听得懂。

上海静安寺地铁站，从月台电扶梯上来，喧闹的地铁闸口处男人的语声却异常清晰，仿佛大家一时都静默了，留出那片空白让他去说。"给我收据，请，我会处理……"有口音的英语，辛苦地交涉。男人把手机紧贴耳朵，手捂嘴，身体朝墙，一种不愿旁人听到的姿态，可是他讲话的声音如此之大，在闸口回荡共鸣。怕自己说不清或对方听不明，他反复说着那几句话，"是的，我了解，我需要收据，请你给我收据……"来往的人面露好奇，他们不知道这男人在喊叫什么，只有彼得汪听懂男人语声中那种近乎痛苦的紧张，崩溃前的挣扎。他踩上通往大街的电扶梯一级级向上，准备把语声抛在底层、脑后，此时男人无效的沟通，爆发成一声巨大的"操"，紧接一连串的英语咒骂，我操你，你这混蛋，你想耍我，我操你，操操操！

彼得汪被操得头昏脑涨，站在静安寺前茫茫然。

"先生，看相吗？"一个老妇靠近他。

"啊？"

"看个相，先生，您是男身女相啊！"

他往前走,老妇紧跟不放,"先生……"

彼得汪停步,转身,对着老妇用流利的英文说:"看在老天的份上,我听不懂你在说什么!"

老妇慌忙退下,彼得汪继续往前。

彼得汪过了马路往静安公园走,跟几个朋友约在公园里一个峇里岛风情的餐馆,落地玻璃窗看出去一池荷花。但是老妇的声音在耳边念咒。男身女相。什么意思?是褒是贬是福是祸?他在美国就知道自己长得太秀气,但是来到上海,他的桃花运走不完。她们昵称他咖啡王。

咖啡王有一把咖啡壶,玻璃壶身金属圈,底下用酒精灯小火,白色棉芯浸在酒精里,吸饱了涨满了,不紧不慢吐出一簇蓝蓝的火焰,一下一下舔着壶底。用这把壶时,总是在两个人关系刚开始不久,照例是夜晚,在外头吃过饭后,到他住的地方喝咖啡。随着小火不懈地舔舐,屋里开始弥漫一股咖啡香,香味越来越浓。水遇热变成蒸汽,遇冷又成水,这冷热过程成就了汩汩流出的咖啡。女客无一例外,总是睁着勾画入时的明眸,目不转睛看着酒精灯壶,让他饱览灯下美人妩媚的侧脸。

自从来上海,彼得汪从不缺美人。他生着一张娃娃脸,一头浓密的鬈发,两个深深的酒窝,很能激发女人的母性。一米七的身量不算高大,跟娇小的上海美眉站在一起也还般配。何况以他留美多年衣锦荣归的背景,在讲实际的上海美眉眼里,卖相勿要太好噢!

这是彼得汪三年前无法想象的。他当时考虑要不要到中国大陆，不知道在那里等待他的是什么。到美国留学，是他那一代台湾人的梦，他替父母和同代人圆了那个梦。在美国找到工作，拿到身份，是他顺着梦的图示，顺着所有人的脚步往前，而他的运气好，没什么困难就在美国安身立命了。至少父母和友人都这样看，他也不多说，只是微笑着在返乡时送上一份份美国带回来的礼物。

同样，美人也常在耳鬓厮磨时，问他关于那些年的生活。哈，有什么好说的？彼得汪会耸耸肩，伸手插入自己浓密的鬈发中，那样子是有几分潇洒的。他越含糊其辞，美人的兴趣就越大，他文秀得近乎孩子气的面容，他的多金，浑身充满了待开发的秘密，都把美人的心紧紧拉住，不想走，也不想让他走。彼得从不多作解释，留美回忆是绣就他海归荣光的金线，如果没有这些，他也不是这些人眼中的彼得。只是，怎么说呢？面对从未出洋的美眉，家中唯一的"宝宝子肉肉子"，只知道欧美各国名牌，不懂被贴标签痛苦的娇娇女，他要从何说起？

彼得，我们要出去买咖啡，你要吗？纽约大学研究所休息时间，跟他比较熟的尼克问他，他当然说要。其实奖学金没到手，他中午吃的都是冷三明治，有时肚子实在受不了那个冷，到店里要一碗蔬菜鸡汤，附赠一个小面包，就是一餐，他从不买咖啡。穷学生的日子结束后，冬天买咖啡，图的就是手心那个热度，握在手里也不喝，直到烫手再换手。在美国他没煮过咖啡，只是海灌公司的免费咖啡，为的是提神保住饭碗，更为的是人手一杯，想融入能不喝？是那么一个生存的手段啊……真正开始买进口咖啡豆，买研磨机，买各种咖啡壶，竟是到上海以后了。这里各式洋货齐全，而他头一回有余裕去享受这些美式享乐。

"美国，真那么好？房子很大，都开车？很有秩序，特别会排队？"汀娜一口气问了许多，彼得汪只是眼睛半睁半闭，指尖在她丝缎般的裸肩上画符。

"你说嘛，你说！"

"美国，哪有上海好？"

"我不信！"

汀娜比起前几个女友较真多了，彼得汪叹口气，跟她说起排队。美国人很重视排队，自觉排队，谁也不敢插队，插队让人瞧不起。刚去美国那时啊，不知道队是怎么排法。去邮局买邮票，看到一个窗口前排了一长条，其他窗口前只有一个人，他就等在了一个人的窗口前，前头人办完事轮到他，还没开口，柜台后的邮务员问：你，排队了吗？

"啊！我们这里，外国人多的地方，上厕所也是排成一条。"

"所以我说嘛，上海不比美国差呀！"彼得汪不想再说，指尖往下探索。但是汀娜的问题特别多，"怎么没有在美国找个金发美女呢?"

"我对洋女人不来电。"他斩钉截铁。

如何不来电的?洋女人皮肤粗,眼睛大得像铜铃。汀娜吃吃发笑。上海女人的皮肉细致,又比老家女人白上三分。他凑近香肩,轻咬一口,怀里的人一阵战栗。这一招屡试不爽,比亲吻多那么一点恰恰好的暴力,又不那么口水相濡舌肉交缠的肉欲。

瑞吉夫也问过他,为什么没有在美国找对象。瑞吉夫是一家美国公司的亚洲总裁,印度人,每隔几个月飞一趟中国。他给了一个理由:女朋友不想来中国呗。瑞吉夫很同情,能理解现代男人为了事业在各大洲当空中飞人,牺牲家庭和关系。

关系,各种关系。美国人总喜欢把关系挂在嘴边。喜欢上一个人,谈一段恋爱,就是产生一种关系。他的关系又是什么?他在那里从二十六岁待到了三十六岁,整整十年,黄金的十年。寂寞的十年。唯一能救他于水火之中的,就是结婚。找个晚上可以光明正大搂着睡,活生生的女人,不是成人录像带里的,大马路上的,梦里的。能找的对象却那么少。女人对他视而不见。金发、棕发和红发,甚至黑发,一个个眼高于顶,从他一米七的头皮上掠过,四周都是魁梧的大汉,厚实的胸膛,虬结的臂肌,他这个玉树临风的白面书生,被比成了娘炮。

还有那个棕发的乔安娜。娇小丰满的犹太人,两颗琥珀色的眼珠，淡淡的雀斑，编贝似的白牙，脸上总是很认真的神情，听他期期艾艾说着邀约的话时，也是这么认真。乔安娜大学时修过中文，支持环保，崇尚素食主义，做瑜伽并打坐，是那种看起来灵魂很干净的女孩。她跟他出去了，绝无仅有地，他跟一个棕发的美丽女孩并肩走在纽约下城。晚风清凉，他们一步步踏过印度希腊意大利不同族裔组成的小区，看了一场东欧的艺术电影，吃素汉堡当晚餐，大多是她说他听。她的辩才无碍，而他语不成句，他从未用英语谈这么多专业以外的话题。等她跟他谈人权和污染问题时，他只能沉默了。之后，乔安娜客气地回绝他的邀约，他觉得很冤。

怀里的汀娜也是棕发的，发根微露黑夜的底色。再咬一口，香肩上留下齿痕，汀娜不依了，往他怀里磨蹭，他顺势捞起她的上衣。予取予求，她们都在讨好他，一个完美的结婚对象，或是一个完美的情人，他都可以是。她们假装天真地坐在他怀里，仿佛无所企图，不知自身的魅力和男人的一触即发，管不住他的手似的躲，又能往哪里躲？两人吻着咬着舔着黏在一起。

而那时，女人的浪笑，让他从梦中惊醒。闹钟荧光针指着一点。每个周末，隔壁的谢恩都会从酒吧带女人回来。他从未见过这些在酒吧里寻欢的女人，金发棕发红发，甚至黑发，只听到她们的浪笑、叫喊和呻吟，一波波越推越高，勾走了他的魂，吸走了他的精气神，还使劲撞他的这堵墙，死撞活撞，他感觉床摇晃起来，斗室的四面白墙往他抽搐的裸身轰然倒塌。白天，他在走廊上遇到谢恩，彬彬有礼的瘦高个子。嗨，怎么样？很好，你呢？两人擦身而过。他暗地里叫他 Shame，可耻，但他不知道，相对于墙那头的热闹，他这头的安静，是否更令人感到耻辱。

现在美眉在他身底下娇喘，她们的叫喊和呻吟比起洋女人的明显节制多了，但她们非常配合，她们讨好他，就像他讨好他们。他们是怀特先生，是史密斯女士，是菲利普，是宝琳……

艾美，二十二岁，五呎四吋，身材曼妙，要找有诚意有专业的洋男子，先友后婚。

琳达，大学生，英语系，喜欢爵士和舞蹈，要找洋男子语言交换。

你想要认识上海吗？我可以当你的向导。阿曼达，二十五岁，漂亮活泼，通英语、法语。

米色的帆布大阳伞撑开来，一张铺了橙色桌巾的圆铁桌，四张铁椅，彼得汪坐在其中一张，翻着别的客人遗落的一本英文小册，这种小册在涉外小区的会所和西洋食品专卖店里免费散发，里头全是餐馆和酒吧夜店的广告，长达数页的征友启事。许许多多的东方美眉，以似通非通的英文，谄媚地求着哪个西洋男人青睐。

田子坊的初夏，空气里充满一种奇异的骚动，那是分合之间的紧张暗流，状况未明前的兴奋，更是东西杂烩的混乱。这里本来是一大片上海传统民居石库门，石板小路边两层楼的砖面木造老房，漆成黑色的两扇对开石框木门，门上是半圆形或长方形的石头门楣，讲究一点的人家还有石雕。当其他都支离破败后，这石头箍就的石库门仍然神气挺立，把所有狗皮倒灶挡在门后。现在这里被开发成个性商店和艺品区，咖啡馆林立，上海人家把底楼让租成店面，卖各种流行服饰、陶瓷器和丝巾，妇人还照常在二楼窗口伸出长竿晒衣裳，几件半新不旧的衣裤被风吹成旗帜，她探出头来，遥遥喊过对面，那里也有个妇人在窗口，饭吃过了伐？就是这种里弄家常混合了纽约苏荷式的新潮和波西米亚，在这夏日的午后，吸引来许多洋客。

只有上海能炮制出田子坊这样的地方，让洋人舒服得像在欧美城市的某个热闹街道，却又不乏刺激的异国情调。上海让他们住得惬意，在旧租界那些时髦高级区，开着一爿爿小店，专卖洋酒和奶酪，还有从欧美进口货源的城市超商连锁。想要寻欢作乐，这里有各种奢华淫靡的地方可去。单身男女泡酒吧夜店，在健身房和网球场锻炼；携家带眷的也有他们的乐子，混私人俱乐部，住在别墅或高档公寓，他们的孩子周末踢足球打棒球，有模有样，跟在家乡时一样。不一样的是，妈妈什么事都不用做了，有阿姨有司机。他们把钱带来，把西洋礼仪留在家乡，因为这里用不着。少了西洋礼仪的润滑剂，上海的洋人更不可亲近。他们提防着所有的人，所有的人对他们敬而远之。彼得汪是例外，因为他的存在，跟洋人有千丝万缕的关系。

洛伊来了，骑着闪闪发亮的铝钛合金脚踏车，随意把车往店前梧桐树干上一靠，大步走向他。洛伊跟很多欧洲客一样，喜欢骑单车穿梭于大街小巷，所住的旧法租界，林荫夹道较为僻静，的确适合骑车，但是租金贵得吓人，只有驻外的福利和薪资才供得起。彼得汪在台资企业工作，不能相提并论。

"外头或里头？"他问。外国朋友一般都喜欢坐在街边，而他自己并不喜欢在太阳曝晒下吃饭。

"到里头去吧，越来越热了。"

这家餐厅依着石库门原来的格局，一楼设了饮料吧，玻璃柜里摆着起司蛋糕和巧克力布朗尼，二楼的大房间摆了几张台子，仿古的木桌木椅，三楼是阳台，同样撑着几把大阳伞，排了座椅，还有一个木头秋千。摆饰力求营造老上海的腔调，留声机、老电话和老电风扇，墙上贴着周璇胡蝶美女月份牌。老板是中国台湾人，口音一听就知道。

服务员来点餐，笑容满面听着洛伊半生不熟的中文，没看彼得汪一眼。洛伊点了鸡肉三明治，他点了意大利海鲜面，两人都叫了德国啤酒。洛伊是法国人，在美国成家立业，被派驻上海，从事亚洲手机市场研发，彼得汪在台资企业手机部，接的是美国订单，两人有时会聚聚。

点的餐来了，鸡肉三明治做成了猪排三明治。"我要的是鸡肉。"洛伊说。

服务员笑得惶恐了，"您要的不是猪肉吗？"

"不，是鸡肉！"洛伊改用英文，把鸡肉的两个音节发得特别清晰，chick-en。

服务员像在上英文课一样跟着念了一遍，"企—啃？"

彼得汪插嘴了，"这位先生要的是鸡肉三明治，请你换一下。"

"换一下？"服务员面露难色，大概是怕厨房那里吃排头，或老板扣钱。

"去换吧，"担心服务员再犹豫，他很快说了一句，"他不吃猪肉的。"服务员哦了一声，把盘子端走了。

"你刚跟他说什么？"洛伊好奇。

"我说，找你们老板来。"

洛伊嗤笑一声，"这些人。"

"哦，是啊！"他也摇头。巴结去吧，任你把脸笑僵，这个洋人也不会算了，鸡肉就是鸡肉，没得商量。天气燠热，彼得汪有点心烦。他为什么捱不住要跳出来打圆场？自己明明跟洛伊同行，服务员丢脸，为什么就是他丢脸？面前的洛伊好整以暇吃着新做好的鸡肉三明治，不笑的时候，他的脸容透着冷肃和不耐，一双冷冷的蓝眼珠。

洛伊的报应很快就来了。餐毕两人走出来,停在店前的脚踏车已不翼而飞。

彼得汪没有走到大路上打车,抄近路往田子坊另一头走去,那里通往真正的石库门民居,空气更阴湿更混浊,是因为横挂的绳子上垂着鱼干和肉脯,晾晒的衣裳挡住了天光,还是后门厨房墙上厚厚的油污?门口几无例外都钉着好几个邮箱,一个房间就能住上一户,邮箱上墨字歪歪扭扭写着各家订阅的报纸和牛奶。从前台绕到了后台,这是洛伊不知道的角落。彼得汪一身名牌恤衫和休闲鞋裤,穿过这片外人罕至的石库门,午餐时的不悦渐渐退潮,被另一种无力感充满。

美国最大的客户到上海来,巡检合同下几家公司的工厂。这是一年一度的考核,成绩攸关明年的订单和公司的发展,公司上下只有品管部处长彼得汪最清楚美国公司的作业习惯,由他统筹接待,从之前的协调安排,当中的参观简报,之后的数据汇整,每一环节都做得得体麻利,客户十分满意。考核结果出来,老板特别把他请到虹桥别墅区的家里吃饭,勉励有加,年底的分股和红利,定不教他失望。

忙了两个月,彼得汪决定好好放松一下。

彼得汪泡妞一定约在情调优雅的西餐厅,如是初到上海的洋客,则请在怀旧老洋房里吃上海菜,长住上海的洋朋友,通常就在西餐小馆碰面或是吃吃中国各地特色菜。今晚，他挽着汀娜从街角一家牛排馆出来，抚着汀娜长长的鬓发，一溜而下停在水蛇腰，正想提议去他住的地方喝咖啡，手机响了，是瑞吉夫。

瑞吉夫说周末晚在法租界包下一个洋楼开派对，请了很多人，有个名叫乔安娜的，跟他曾在同一个公司，现在调到上海。

"做市场研发的乔安娜？乔安娜·考夫曼？"

"不确定，总之，你一定要来。"

两人又聊了几句，挂了电话，汀娜以崇拜的眼神仰视他。其实他没有比她高多少，何况她还蹬着个三吋高跟鞋，她一定是不自觉矮下身去。

在上海能说流利英语的小姐，可能是为了钓洋客，能说流利英语的男士，则都是专业人士。从路人的注视、其他食客的抬首中，他一次又一次验证所说的是某种更高级的语言。像他这样条件的人还真不多。在公司里，他轻巧越过两个排队的资深副处长，坐上品管部处长的位子，斡旋于美国客户和公司生产线之间。彼得汪完全理解汀娜崇拜的眼光，但他无心陶醉，几个香吻匆匆把她送走，独自沿着森森梧桐树道踱去。

乔安娜？他们竟然会在上海重逢？怕不有五年了，自从那次失败的约会后，他们几乎不再交谈。每次回想，总觉得那约会有什么地方不对劲，就像吃的那个素汉堡，用煎豆腐替代了猪绞肉，再怎么健康挂帅，口味总是奇怪。

乔安娜，这个喜欢辩论道德文化议题的奇怪女人，琥珀色的眼珠，水晶球般的明亮。在美国时，他一杯又一杯灌下苦咖啡，吞咽冷色拉和硬面包，学习那种音调上扬阳光灿烂的社交英语，言不及义。他从来不能真正说什么，也没有人要听。现在他回到中国，主动拥抱洋文化，穿戴欧美品牌，出入于上海的洋人区，跟洋人敷衍得很好。英语不是他的短处了，是强项，是他穿梭于上海国际社区的通行证。他的洋朋友比以前在美国时多得多，他们下了班要找乐子要打球，会记得叫上他。他们需要他，一个现成的桥梁，已经打好磨光，即时可用。

入夜，位于僻静巷底的这幢洋楼，十来株香樟树一起放出清香，玫瑰小径的路灯亮起，煌煌的屋内客人大多到了，识与不识，都手持酒杯谈笑。负责接待的侍女穿着一式的淡绿色短旗袍，开衩到腿根，端着饮料和点心，四处走动。彼得汪刻意晚到了，他今天破天荒穿一件短袖白色麻纱中衫，配上一条黑色夏裤，头发用发胶抓出一种不经意的帅气。一看到穿旗袍的侍女，他又对身上的中国元素感到后悔。

"彼得！"人群里有人对他招手，他连忙定定神，露出招牌的潇洒微笑，往熟人那儿去。许多的介绍、握手，许多的现在和未来，他们的舌尖弹跳着国家城市的名字，世界就像一个地球仪，只手可以转动。空调开得死冷，彼得汪脸上却开始冒汗。他心里诅咒，脸上带笑，excuse me，暂别这一屋的热闹，站到了阳台上。阳台这一刻是安静的，他闭上眼睛，有没有风？好像有，有一丝风，夹着底下花园的香气拂面，彼得汪深吸一口气。

"彼得？是你吗？"

彼得再吸一口气，转身。"嗨，好久不见！"

乔安娜。琥珀色的眼珠子好像淡了一些，眼角漾出细纹，但脸上仍是那副认真的神情。"我不能相信是你！"乔安娜说得好像过去五年都在找他。她穿一条剪裁合身的黑色连身裙，深深的V字领，乳沟处躺着一枚金闪闪的坠子，皮肤是饱浸阳光的黄熟。

彼得汪喉咙发干，他当然知道洋人应对的那一套，但一时真不知要说什么。难道故人的出现像一道魔咒，一记就把他打回那段缄默的岁月？

"看看你，跟过去完全不一样，变得，"乔安娜认真寻找字眼，"变得好有自信，你整个存在都在发光！"

彼得汪笑了。好个乔安娜，存在？他头一回在派对上听到这个字眼。他镇静下来，谈天说地如一位绅士。

"回到上海，你可以说是如鱼得水。"乔安娜如此总结。

彼得汪故意一本正经地更正："不是鱼，是一只海龟！"他解释谐音的海归之意，说得乔安娜频频点头。

乔安娜跟他的谈话里，不时穿插几句生硬的中文，很认真地要他教她中文，实用一点的，例如"不要插队"。看来她才到上海不久，还在接受上海给予的文化震撼，彼得汪这时总是跟洋人靠边站，对一切不合西方文明的事嗤之以鼻。有一堵坚固厚实的石库门，把那些挡在后头，跟他不沾边。

乔安娜突然若有所思，"我们说的这个插队，有别的意思吧？"

"你是说？"

"我记得在学校读过，文革时候发生的，插队什么的，到乡下去？"

彼得汪无法置信。难道五年之后，在那个难堪语塞的约会之后五年，乔安娜又来诘问他？

"你为什么要问？"他维持着绅士风度，但口气明显冷淡。

"哦，别误会，我只是联想到，你懂的。"

彼得汪微笑颔首，"今天真高兴又见到你，相信我们会有很多机会再见面，现在，请原谅……"

彼得汪走出那个派对时，脚步有点踉跄。他今天的表现相当出色，不是吗？乔安娜给了他高度的肯定。这次成功的演出，终于可以取代那次约会的记忆，几年来，它像个湿手印阴凉凉贴在胸口，焐不干焐不暖。她没结婚，还是离婚了？总之看起来是寂寞的，他有绝对把握可以约她出去……他这么盘算着，却又分明知道不会再见她。

一股熟悉的味道逗引着他。深夜的街角，拉上铁门的报摊后头，竟有一家小咖啡馆。他往那里走去，整个派对上除了酒，什么也没吃。他点了咖啡和金枪鱼三明治带走，正要付钱，旁边一个低沉的声音用英语说："我在排队。"

这个高大的男人看起来听起来都是英国佬，比美国人更有一种傲慢。

"你是说，我插队了？"彼得汪反问。

"我是说，我正在排队，难道你没看到？"男人俯视着他。

彼得汪冷笑，"我没有插队，刚才这里没人，你搞错了。"

男人露出一丝讶异，本想说什么，但只是摇摇手，仿佛是说算了。

那个手势更加激怒彼得汪，酒窝深深陷入抽搐的脸颊，好像有人突然从他脸上剜去两块肉。什么意思，我们就是不懂得排队，不可理喻？他高声喊："我是绝、绝对不、不可能去插你的队的，你、你最好搞清楚。"也许是太愤怒了，他的英语竟然结巴起来。

男人瞪着他，彼得汪从那对冰蓝的眼珠子里看到两个字：疯子。

收银员皱起眉头，"到底是谁先来的？"

"是我！"他吼，喷出浓浓的酒气，收银员的眼光带着怀疑。

"是我，我先来的。"他试图控制自己，像个有教养的绅士，这是他整晚，不，多少年来都在扮演的，他这么体面的一个人，怎么会不排队？

收银员的眼睛犹疑地望向英国佬，然后朝他眼珠子一瞪，"是你就是你，付钱呀！"

什么态度？你巴结去吧，再巴结他也不会把你当回事。他猛力一捶桌子，开始大声咆哮。英国佬试着说什么，收银员也在说什么，但他的声音盖过他们，盖过所有，在咖啡馆里回荡、共鸣，放大到无限，我操你操你，操操操！

彼得汪第二天醒来想到这一幕，觉得不可思议，那个咆哮的人，他自己都不认识。认真一想，也说不清自己是什么样的一个人。他四仰八叉躺在席梦思软床上，只是发呆，然后，他看到了自己。到达美国的第二天，他站在无人排队的邮局窗口，望向那名邮务员，好奇而无辜，不知道羞辱正在等他。

(2009)

最后的华尔兹

梦忆大舞厅开在上海古北一个商业大楼九楼，全层统包，客人从电梯一出来，迎面就是墙上满贴的国际标准舞竞赛海报。一幅立起来比人高的是世界冠军得主到上海巡回演出海报，洋男洋女摆出了优雅的华尔兹舞姿，穿着燕尾西服的男人峻拔挺立，油光的头发一丝不乱，眼里含笑，怀里往后仰倒的女人，金发高盘也是一丝不紊，露肩裸背的桃红云裳舞衣层层累累，头往左后方偏，长翘睫毛蓝眼影，笑得优雅。但是杜丽丽知道这个姿态摆出来费多少腰力，那像天鹅般斜后探出的修长颈项，需要多少钟头的按摩推拿。

她移步到玻璃大门前，一个穿白衬衫系红领结的服务生抢上前开门。一进大厅，她不往舞厅那两扇金框酒红厚绒大门走去，却到吧台旁坐在了高脚椅上，一个大提包搁吧台上，掏出维珍妮凉烟，一边抽烟一边对着杯橱的镜面掠头发。服务生小李多少精乖，立即用耳上戴的对讲机通知里头："帮杜小姐留一个台子，舞池边浪厢。"

杜丽丽是熟客了，专跳下午场，国标舞专场。"梦忆"是新开的舞厅，听说老板是中国台湾人，老板娘舞跳得好而且是个红迷，所以店名里有个梦字；另有一说，老板的二奶叫梦娜，梦自此而来；更有一说，店名是请高人算笔画合了老板八字才拍板定案的。不管此梦从何而来,这里的舞池跟百乐门的不遑多让,装潢则不走老派舞厅金碧辉煌的路子,而是简约优雅,镜墙幽幽反映壁嵌灯火,红沙发黑台面,台上五角水晶瓶里四季鲜花,夏天端来搁了柠檬片的冰水,冬天是龙井绿茶祁门红茶,晚场有现场演奏和餐点,四周立了大屏幕,不停播放英国黑池国标舞竞赛和表演的带子,吸引了不少舞龄十年二十年的中老年舞客。来得更多的是海归、新贵、日商和台商太太们,就近到舞场来消磨时光,请了舞蹈系专科毕业的年轻舞者伴舞,热情拉丁和优雅摩登,双脚踏两船,摇晃来摆荡去。杜丽丽不一样,她一心一意只跳一种舞。

能把一种舞练好,也不简单。国标舞一举手一投足都有讲究,它像剧院里台上一分钟台下十年功的精致唱作,而交谊舞则是野台上粗陋无文的即兴演出。杜丽丽曾经误闯上海那些跳交谊舞的小舞厅,黑压压摩肩接踵,全是中老年人,走起舞步四肢动,头和躯干不动,没什么视觉美感技术含量。如果那些小舞厅是大众浴池,浸泡着芸芸众生,"梦忆"这种地方就是高级 Spa 了。小柳这样说。

一根烟抽尽,一个颀长的身影终于推门而进,笑着朝她招呼:"杜小姐,你来啦!"男人背个包,黑衣黑裤,额头高阔,眼睛狭长,一头黑色鬈发帅气地拢到脑后。

"小柳。"杜丽丽似笑非笑点个头,慢慢从高椅里下来,自己拎了包,带头进了舞厅。两人一进舞厅,都往场子里打量,看有没有熟人，更要看今天舞客的水平高低。舞场是习技之地，更是炫技、竞技的地方。场子里只有五对，四对是老客人了，有一对没见过，一顿一挫斜步横行跳着探戈，架势十足。

小柳眼神锐利盯着场中人，杜丽丽自顾自去更衣室换衣换鞋。今天穿的是一条在南外滩订制的圆裙，长度及小腿，白色紫色红色一瓣瓣，转起来姹紫嫣红如繁花盛开，舞鞋是刚从中国台湾空运来的包头红酒缎两时半。圆裙虽美，却显得腰粗，舞鞋倒好，可能也是她的腿还没怎么走样。她在穿衣镜前转个圈，打量，再转个圈，还要再转个圈时，进来一个人。李珊。"哦，你刚来啊？"李珊身材丰满，一件黑色细带直统短洋装绷在身上，缀着一条条流苏，紫色裤袜，金色舞鞋三时高。

"小柳晚了。"她在包里摸薄荷口香糖。

"又晚了，那你要他上足时间才能走，不需要对他们太客气！"

李珊语气中的轻蔑，让她有点反感。"毕竟是老师，我只看他们教得好不好。"

"小柳还行吧，我那个就有点捣糨糊了，只顾跳自己的，不管我。"

李珊的老师，从舞蹈学校毕业一年多，在舞蹈教室里专教拉丁，几次在场里看他扭腰摆臀臂转莲花，把李珊像甩陀螺般甩得直打转。这些年轻老师曼妙的舞姿，还真是魅惑性感，但他们没有一个会跳摩登。小柳不一样，三十出头，是北京舞蹈学院的全才生，摩登拉丁一把抓，几次在电视上为嘉宾伴舞。当然学费也不一样。

"小柳，就是太忙，我想再多排一堂课都排不上。"

"是吗？"李珊若有所思，"我本来还想，是不是要换老师。"

"他没空。"话一说出，察觉自己答得太急了，"还是，我帮你问问看？"

"算了，比赛完再说。"李珊已经报名社会成人拉丁组，三个月后在卢湾体育馆比赛。李珊一定不晓得，小柳是评审之一呢！杜丽丽不无骄傲地想，敷衍几句就赶紧出去了。

她的新舞鞋踩在红地毯上悄无声息，回到他们的台子，面向舞池的小柳却像后脑勺长了眼睛说："看看这对，蛮好。"

是那对新面孔，在跳狐步，流畅轻快腾云驾雾，凌波舞步就是这样吧？小柳说狐步是摩登舞里最难掌握的，激励她学，她总不肯。没有人只跳一种舞的，他说。有没有听过"一往情深"这个词？她问。小柳笑，是那种见识到代沟的笑容。

杜丽丽对别人的舞功没那么大兴趣，"刚才遇见李珊，她好像想跟你上课。"注意着小柳脸上表情。

"哦，李珊。"小柳没说什么。这里大家抢学生抢得厉害，换老师也换得凶，但是低头不见抬头见，不好轻举妄动，遇到坏学生，不是那种笨手笨脚拎不清的坏，是那种百般挑剔耍脾气的坏，那可真是哑巴吃黄连。而且，他知道杜丽丽在想什么。他站起微微欠身,手向前潇洒一伸,"Shall we dance?"

两人先在场边走了几趟基本步热身,待到华尔兹乐曲一响,小柳即拥着杜丽丽昂首开步舞去,一二三,一二三。杜丽丽提醒自己,一拍要短,二三拍要长,下压延伸,企及最高点,松落,再下压……套路已经学完,这几个星期都在打磨抛光。一支舞曲结束,小柳并不稍停,继续跳下一支,右手紧贴她肩胛骨下方,左手与她右手交握,杜丽丽感觉身上热起来,后背开始出汗,盘上去的发丝抖落了几绺在脸上,痒得人心神不宁。"头不要动,功架摆摆好。"小柳像对小学生般。

她吸气拔开上身后仰,小腹贴向小柳,两人如连体婴般,又如一个树干叉出去两根花枝,在舞场里旋转再旋转,一个双峰点地,她缓缓下腰转头,一个婉约略带梦幻的转头……右腿一个跟跄,小柳把她抱住了。

华尔兹过后是桑巴,小柳不管,继续带着她在场里飞舞,其他的摩登舞客也照旧自练自的。舞客鲜少有能同时驾驭摩登和拉丁者。这时,李珊和老师下场了,他们笑容满面在场中央,腹部和膝盖随着音乐律动,咚咚咚咚,扭胯前进,咚咚咚咚,弹腹向前,只见李珊舞衣的流穗碎碎不停摇晃,丰乳肥臀和圆滚的腹部弹跳着,咻一声,媚笑着从老师胯下钻过去……"专心!"耳边响起小柳的声音。

专心。她收束心神。年纪大了,学舞本来就慢,脑里有的,身上使不出来,顾此失彼,总是不能教人满意,偏她还不专心。这不专心的毛病，也是由来已久，早就有人对她耳提面命过了。她那时怎么会那么不专心呢？其实不是不专心，是灵魂出了窍，所以，他要说"魂灵桑紧底！"那也是心急冲口而出的老上海话吧？他常说的几句上海话，至今刻在脑里，为什么舞步就虚浮不实，没有刻在身体里？三十年后，再来跟这个上海小青年学舞，再来听他说：侬啊，专心！

连着跳了七八趟，杜丽丽没有因为熟稔而跳得更好，反而因体力不济开始频频出错。等到小柳把她送回台子，她已经汗流浃背，气喘吁吁了。小柳啜了一口冰水，笑吟吟看她，"回去练了没有？"

"你，"杜丽丽一杯冰水饮尽，看着小柳往她杯里加水，喘着气说，"我，我累死了。"

"基本功不行，你以前不是有基础的吗？"小柳促狭地说，拿起桌上的纸巾抹汗。

"你也会流汗啊？我以为你是超人呢！"杜丽丽恨恨拿起纸巾往脸上一抹，纸巾上全是脂粉。真是糊涂了，抹汗把脸给抹花了，幸好这里灯暗，可能也看不清。只恨年过半百，不化妆就没"脸"出门。

"你可以开始学新的舞了。"

杜丽丽把蝴蝶夹取下，把及肩的鬈发重新梳拢盘起，眼睛不看小柳，但她也像额头上长了眼睛，知道小柳的眼光一直没移开。

"你可以学得很快的。"

"还是把华尔兹再加强吧。"杜丽丽语气坚决,小柳就不再吭声了。毕竟要学生多学,相当于要学生多上课,多花钱。

小柳起身去外头讲电话,杜丽丽看着舞池。李珊跳完桑巴,略过探戈,现在跳伦巴,在舞池中央扭摆着,身体时时保持着上下互拧的姿态,特别显得胸部高耸,臀部圆翘。其他几对拉丁舞客,男的也是清一色的年轻舞者,举手投足都是一丝不苟的专业水平,身体像蛇般从头到脚一波波起伏蠕动,而女的都是中年妇人,个个脚步虚浮,挺着小腹胡扭乱摆,靠着男舞者的引带借力在场中移动。那一对对一双双,怎么看都像是养着小白脸的妇人,绝望地要留住小白脸的心。杜丽丽嘴角一撇,她是绝不会这样出丑的。

华尔兹已经学了半年,真的该学点别的?其他摩登舞,她过去也跳过,只是没下苦功,但是陪老张出去跳跳舞还是够用的。她喜欢的男人都比她老,快三十岁时嫁了五十开外的老张,十五年后就走了,没有生个一男半女。现在的老公比她大了十来岁,是个舞痴,不是痴迷的痴,是白痴的痴。整十年,她不曾跳舞。愿意让她这样花钱花时间珍重学习的,也只有华尔兹了。那时跟老张也算夫唱妇随,但是两人一跳华尔兹就要吵架。弄不明白你对华尔兹就有这么多疙瘩?老张也是随父母流落中国台湾的上海人。她喜欢听他的上海口音。

有很多事老张是弄不明白的。虽然她是真的爱过他,不像对第二个，只是找个有经济基础的伴罢了。其实，她曾想对老张说的。答应他求婚的时候，在他病床前，她曾经想说。秘密不能分享，但一天不分享，它一天不安分，滋味时时在变化，梦魇般压在胸口。又像她这个人，永远没让人完完全全明白过、爱过，因为她有一个部分盖在秘密的阴影下。老张至死爱的杜丽丽，不是她。

其实也没什么。她二十三岁，这一生，她再也没有比那时更美了，之前，带着青涩，之后，有了沧桑。就在那一年，她像一朵花绽开，骨肉亭匀，白皙的脸上永远健康又娇羞的两朵红晕，眉眼如山水盈盈，迷你裙下一双无瑕玉腿。她在中国台湾南部一家美国航空公司的俱乐部图书馆工作。每一天，她都是满怀期待地醒来，预感生命里有什么重要的事情即将发生，而她将因此脱离父母严厉的看管，飞向自己的世界。那个公司洋人特别多，他们高大有礼来来去去，借阅杂志时，总要跟她开开玩笑。有一天，一个洋人邀她参加周五晚上俱乐部的舞会。俱乐部有时会举办舞会，只有洋人和主管可以携伴参加，像她这种小职员是没份的。她当然去了，穿上最漂亮的洋装，走进平时放映电影的交谊厅。那天，椅子都靠墙放，天花板拉了线安上水晶彩灯，大家嘻嘻哈哈喝着饮料。灯暗，音乐响起，舞池出现了一对对人影，她好奇地看着他们移动，脚步这样那样换来换去。约她一起去的洋人在哪里？洋人没有出现，出现的是一个穿西装头发掺灰的老绅士，微笑着，眼睛里有什么会勾人。小姑娘，怎么不跳舞？不会跳不要紧，我教你。

他让她叫他祈伯伯。后来才知道他是公司的副总裁之一，中英文俱佳，温文儒雅，比其他洋人主管更有一种绅士风度。如果她知道，标准的华尔兹舞是男女贴着腹部跳，年轻的她一定不敢答应。但那时在舞会上，祈伯伯握住她的手，他的手温暖厚实，他的笑容诚恳，而她跃跃欲试。他们跳了整晚，她一直因自己的笨拙在发笑。

"怎么不跳了？小柳呢？"李珊不知何时已在桌边落座。

"去打个电话。"她这才察觉小柳已去了一段时间，汗湿的上衣贴在身上久了，都冷起来了。

"你对他真好呀！"李珊话里有话。

杜丽丽哪会不懂，传闻很多女学生把男老师当成伴。她淡淡地说："不用跟小朋友太计较，我是运动健身，不跳足九十分钟是不会走的。"

"我刚才看到他跟一个女的在讲话，八成是在找学生。"李珊唯恐天下不乱，手一指，"喏，就那个。"

是那个伦巴跳得不伦不类的肥婆！杜丽丽正想说什么，小柳回来了。

"小柳老师，听说你是上海区国标舞比赛评审？"李珊的笑容让杜丽丽看了火气更旺，"什么时候给我指导一下？"

"先问问你的老师吧，"小柳不想在杜丽丽面前多说，"我这里还在上课呢。"

李珊吐吐舌头走了。杜丽丽不等小柳邀舞，率先下池去。

小柳的手是凉的，凉而软滑，年轻的皮肤，没有历练过的掌心。他把她往自己身上一带，腹部紧贴，她就像要避开对方的索吻似的，上身往后仰头朝左四十五度。他凉凉的手指轻托她的下巴，调整一下角度，就像开车前调整座位和照后镜。满意于座驾的现况后，小柳便发动引擎了。一步跨前，她依顺向后，一步后退，她紧追向前。跳舞的时候，他是主人。

彩灯旋转，朝四面八方投去彩色光束，有时一道特别亮的光束凑巧照进眼睛，让人有一秒钟什么也看不见。

你要完全相信我，让我带着你。我不是用手来带你，是用腹部，贴着它，感觉它。从没有跟男人有过肌肤之亲的她，贴着一个男人的腹部。南台湾的夏日焚风，汗湿的薄衫。那块肉温暖坚实又活跳起伏，顶推她向后，又内缩引她向前，她不禁偷偷转头看那块肉的主人。侬啊！魂灵桑紧底！主人这样叹道。其实他自己也不专心，不时偷看她一眼，叹口气。她知道，有什么事情不一样了，因为他握住她的手热得发烫。是这般良辰美景，是这般情意绸缪。

那时他们已经跳了好几次舞，瞒着她家人，有时在公司舞会，有时在外头舞厅，他们跳华尔兹，只跳华尔兹，这是他的最爱。当年他是上海圣约翰大学的高材生，多少名媛淑女愿意跟他跳舞，他也的确娶了门当户对的一位。但他说，我最欢喜跟我的小姑娘跳，我晓得她有一天会跳得很出色。欢喜，他总是把喜欢说成欢喜。因为喜欢一样事，就会欢天喜地？一开始，她没有察觉到欢喜就是喜欢，甚至是爱，等到明白了，已经太迟。

最后一次在他家客厅，百叶窗吹进 70 年代末夏日的晚风，淡淡的蚊香味，昏黄的灯，沙发前的木板地光可鉴人，他放着一张黑胶唱片。那是一栋有草坪的洋房，小区的居民大多是公司的洋人主管。跳了一趟之后，他握着她的手没放，告诉她，这是最后一次教她跳舞了，因为他办好退休，就要去美国，太太和女儿早就去了美国，等他一家团圆。去了美国，他说，我要想办法回上海，回去看看。她不知道要说什么，只是望着他，那时她还不知道，还不知道这该死的贴着腹部跳的华尔兹，这上升下降潮水般让人发晕的起落，这手和脚的碰触、眼光和微笑的交换，已经让她无法再回去天真无邪的存在。她不知道，之后多少年，他使劲把她揽到身上彼此相贴的这个记忆，会发酵成销魂胜过性爱的感官经验。

再跳吧，记住我教你的舞步，将来见面，我们还要跳！他拥她入怀，在客厅一遍遍跳，那首歌她记得很清楚。Somewhere my love there will be songs to sing, although the snow covers the hope of spring. Somewhere a hill blossoms in green and gold, and there are dreams all that your heart can hold. Some day we will meet again, my love……

总有一天在某个地方，我们会再相见，吾爱……

小柳一个止步，巧妙避开就要撞上他们的舞客，一派悠闲地继续向前。他拥着她就像捧着一束鲜花，小心呵护，还要展示给所有人看这如花美眷，似水流年。在极难得的时刻，当两人跳得无比契合，她就又变得年轻柔软，她就又灵魂出窍，飘回到三十年前中国南台湾的夏日，从内里发出满足的叹息。

但不是今天。她觉得自己整个泄了气，腰挺不直，脚步更是错乱。她最讨厌上课的时候有人干扰，她要这九十分钟安静专心，两个人都把心放在舞里。

"累了吗？"小柳停步。

"有点。"

"那再练练基本步就下课？"

他们在舞池一角绕着四方练基本步。你进我退，压步上升下降，我进你退，压步上升下降。当年祈伯伯就是从基本步开始教起。如果他只是找个年轻女孩排遣寂寞，他不需要这么认真。他说，我最欢喜跟我的小姑娘跳舞，她有一天会跳得很出色。他没有跟她要什么，只是握着她的手，把她拦腰拉近跟他相贴，而她觉得已经把童贞给了他。

账单送来，直接送到杜丽丽面前。大家都晓得，像这样男少女长的舞搭子，都是女的买单。杜丽丽买了单，又数了几张百元大钞给小柳，小柳把包一背，潇洒一笑："杜小姐，我走了，下回还是老时间？"

"老时间。"杜丽丽微笑目送。她不像有些人，下了课请老师饮茶、吃饭,让老师陪着去推拿,也许还陪着做其他的事。也难怪。当男人以如此潇洒帅气的舞姿,托带着你腾云驾雾时,谁的心里不发颤呢?没有谁比她更了解个中滋味了。

她缓缓起身,到更衣室去换衣鞋,此时场子里又开始了华尔兹。疲惫的杜丽丽沿着场边往前走,没有回头。最后一条华尔兹跳过,她的舞伴已经离开了。(2009)

兵 与 兵

依着体育馆管理员的指示,冯一萍穿过篮球场上架了网打羽球的一干人,到了更衣间旁一个小房间,里头一张桌子,一面窗,窗子开了一条缝,钻进上海严冬的寒风,一个大汉缩着脖子对窗抽烟。

运动员也抽烟?她本能起了一种疑问。其实也没什么,这里的男人几乎都抽烟,运动员也不例外,何况已经退了役。应该问的是,怎么室内运动场也抽烟?一运动起来需要大量的氧,这下可好,吸进的是二手烟。她还是改不掉台湾人对二手烟的大惊小怪。

"请问,是杨教练吗?"

男人转过头,"你是谁?"

"我,"她愣了一下,"呃,想学乒乓球。"

"孩子几岁了?"他转过身来,拿过一张报纸,在上头掸烟灰。

"孩子?"她又愣了一下,问孩子干嘛?

杨兴瞪起眼。他有两道刷子般的浓眉,左边那道中间断秃了一截,让他的瞪眼有点狰狞,冯一萍想起家乡庙会时被信徒顶着出巡的七爷八爷,铜铃大眼,巨肩晃着大袖,仿佛一栋楼危危朝她压过来。他的眼神锐利,配上鹰钩鼻和厚唇,两脚跨开挺坐在圆凳上，可以想见年轻时活跃球场上的霸气，据说，上海女球迷很"吃"他。

"不是孩子要学，是我。"她连忙解释。

"你？"杨兴不客气地上下打量。腊月天，一顶灰色毛线帽压住眉梢，胖墩墩的黑色羽绒服一直盖到小腿，穿一双毛边皮靴，她看起来臃臃肿肿一团。

冯一萍有点不高兴了。她想，爱教不教。或许，人家不收成人学生？

但是杨兴没说不收。"我这是一对一教学，你到管理员那儿问问时间学费，排好了他们会通知我。"

"哦。那……"她不知道该问什么。记得小时候学钢琴，老师要她伸出双手十指张开，看过了才收她为徒。乒乓，需要什么条件吗？

"到乒乓球具专卖店去搞个拍子，初学者的专用拍，让他们给你粘好双面反胶，横拍啊！"

横拍？反胶？冯一萍想问，但是杨兴把烟捻熄，摆出谈话结束的样子，她只好转身走人。都走到篮球场边了，又叫她，"喂，你姓啥？"

"我姓冯。"

"台湾人？"

她点头。

从此，杨兴称呼她冯太太。也不知是哪里来的印象，中国台湾女人都是陪着先生在上海，冠夫姓，习于被称作某太太。冯一萍偏是单身，几年前离了婚，接受公司委派，到上海来开发英语幼教。冯一萍也懒得多说，只是打球。后来熟了，不好再纠正，将错就错。

第一次见面，两人留给对方的印象，在第二次见面上课时，几乎全盘颠覆。

站在乒乓球桌旁的杨兴，整套的运动上衣长裤，蓝底白边十分帅气，个头儿很高，至少一米八，唯一显年纪的是那已经后退的发际线和稀疏的灰发。而脱去长羽绒服的冯一萍，一身劲装显得身材结实匀称，头发扎成马尾，眉目清朗脸色红润，散发一股勃勃生气。五官跟满街美女相比可能平常，气质却是纤柔妇女中少见。杨教练不说废话，一上场先教持拍，然后教正手击球。他带了一桶子球，一颗颗喂到冯一萍面前，冯一萍凭感觉见球就打，手动脚也动，双膝微屈。

打了几记，杨兴问："也打别的球吗？"

"羽球。"她有点得意。乒乓，很容易上手嘛。

"嗯，麻烦。"

羽球和乒乓击球的方式似同而实不同，对手腕和手臂的运用各有讲究，二者混淆反而学不好，老帅宁可学生是一张白纸。冯一萍显然不是白纸。练习了一会儿，他已看出这个新学生除了年龄大点，却是常运动的人，身手灵活手眼协调，教给她的击球姿势，做起来轻松自然，竟比许多老学生要好。她击回的球，越来越有准头，带着一股柔劲，正是乒乓中不可言说只能意会的力道。是块好材料啊！看她身材比例，在他那个年代，不也是百里挑一的好苗子吗？

一堂课六十分钟，冯一萍大汗淋漓，却没开口要求休息，杨兴也不管。两人一直打，到最后，已经可以来回打上五六十回合而球不落。

"你早二十年学，肯定学得出来。"下课时杨兴淡淡说着。

"你是说，我太老了？"冯一萍拭汗，喘气。

"打打健身也无所谓。"杨兴拿起扫帚扫球，"怎么现在才想到要学？"

"你看，兵这个古字，是一个人两手擎着一个武器，可以说是武器本身，也可以指这个拿武器的人。"

秦念滨边说边在纸上画了个兵的篆体。在冯一萍眼里，那个字像一个人居中，左右各有一把大叉子。但她不敢乱说。授课时的秦念滨很严肃，身上有种好闻的烟丝香。这个年代抽烟斗的老人不多，冯一萍就爱这腔调。

冯一萍爱秦老师身上凝聚结晶的一切所有。他的温文儒雅，对书画的知识和收藏，一手瘦俊的好字，上课前要小小口啜饮的一杯白葡萄酒，下课时慢悠悠在石楠木老烟斗里装烟丝。他知道上海哪里有地道的本帮菜，哪里有保存最好的石库门老建筑,在哪条巷弄里有精修皮鞋的老鞋匠,对过的燕皮馄饨味道最是正宗。他什么都沾染都知晓,却不执着于一门一科,优游从容随心所欲。秦老师说到庄子的大鹏鸟水击三千里,扶摇而上九万里,她就自惭从小无大志只凭直觉过日子,误以为日子过得还可以。秦老师说到印度敬神舞蹈的手势如何千变万化指人说事,她就下定决心存钱下个旅游目标就是去印度看舞蹈,不去普吉岛乘快艇。说是教书法,秦老师只让大家临临帖、讲点书法家的名人轶事,不布置作业,或布置了作业也不批,只是闲谈。

这种随性教法让其他同学颇有怨言。这是文化课,你懂不懂?会写书法的人多得是,但要能像秦老师这样浸淫于文化并从容出入其间,可遇不可求。跟冯一萍持同样看法的人不多,慢慢地,六人的书法课变成三人、两人,最后只余冯一萍。秦念滨却不在意。他需要好听众,而没有人比冯一萍更专注。

从小,冯一萍就是一个奇怪的女孩。她的个性有点男孩子气,跑得快跳得高,跟小男生成天疯在一道。她做什么事都是一头栽入,不留后路。恋爱结婚也是如此,家人激烈反对,她选择离家跟诗人兼酒徒的男友公证结婚。几年后老公外遇,她毫不留恋便离了婚,孩子交给公婆,自己又过起单身生活。她的开始和结束都异常分明,没有一般女性那种万缕千丝反复犹豫。与其抱残守缺,她宁可另辟蹊径,另寻圆满,那或者也可以说是一种奇特的洁癖。

当她对秦念滨报以甜美微笑时，完全看不出她管理几个幼儿英语教室的明快干练。她甚至没有告诉秦老师自己从事外语工作，因为样样精通的秦念滨，偏就是外语最弱，只懂一点俄语。在自己的偶像面前，冯一萍愿意无条件臣服。当秦念滨装好烟丝，以火柴潇洒划出一点星火凑近烟斗，烟丝在她眼前一瞬间变成金红，那就是魔术的开始。

"乓这个字呢？乓呢？"冯一萍突然打破斗室里的宁静。

"这两个不是古字。"秦念滨的大笔在砚池里吸墨，"为什么问？"

"这两个字，好像一个兵站不稳，"冯一萍说出心里的想法，"各缺了一只脚。"

"嗯，各缺了一只手吧？"秦念滨眯起眼看她。

冯一萍有点不好意思，老师才说了，那是两只手。"那是，一个在运动中的人，重心落在一只脚，哦，不是脚，是，一个打正手，一个打反手。"

"你打乒乓？"秦念滨原本凝神要写点什么，这时把笔搁回案头。

"不会打。"

"乒乓，很好玩的。"秦念滨像想起了什么，指着书架边上一帧黑白照，"你看看。"

冯一萍凑上前瞧，几个大男孩合照，短裤运动衫，最当中的男孩捧着一个奖杯，清瘦且青涩。

"啊,这是老师吗?"

"十七岁。"秦念滨说,"最好的年龄,最糟的年代。"

"老师是乒乓队的?"

"哈哈,十岁开始打,进了上海队。"

"后来呢?"

"后来,后来什么都没做成。"秦念滨吸了口烟,徐徐喷出,"一年不到就退役,大学也没念完,糊里糊涂过了好几年。"

室内沉郁的空气,让冯一萍感到要窒息。每回说到往事,秦老师总是三言两语带过,调侃说她没吃过苦。她很惭愧。这辈子已没机会在年轻时候吃那种苦,影响一辈子的苦。只能像现在这样忍受迈进中年后慢慢渗进来的苦涩,小虫般这里那里啃咬,又像打摆子般一阵冷一阵热,非致命性的,但逐渐忘却什么是舒坦无忧。

"老师现在还打吗?"

"跟谁打呢?"秦念滨语带萧索。

跟我打呀!冯一萍在心里说。秦老师的乒乓一定打得优游从容,就跟他这个人一样。她一定要见识老师的这一面,这可能是他最鲜为人知的一面呢!冯一萍想得很兴奋,唯一要解决的问题是,她必须先学会打乒乓,而且要打到某种水平。

自助者天助,这是冯一萍很喜欢的一句英语谚语,而这句话恰巧就印证在她身上。根据教练所言,她是少见的一块打乒乓的材料，可惜晚了二十年。

不到一年，冯一萍已经学会乒乓球的基本技巧，从正手反手搓球提拉，一直到现在的弧圈球。这种飞跃性的进步，让杨兴很是惊异。

"我教了几十年的球，也遇到过有天分的孩子，但一上来就学成这样，你是头一个。"

杨兴噏口作声用力踏足，一个看似雷霆万钧的发球式，却被冯一萍识破不过是虚张声势的上旋球。又一个小白球侧旋过来，她略缓出手，稳稳击出。

一个乒，一个乓。乒乓球对她来说，像是《红楼梦》里宝黛初见，这个妹妹以前见过。

"你像一个人，在上海队，打得不错，人很甜……"

球在掌心，他迟迟不抛，眼神遥远，见到了半世纪前的小师妹。小师妹后来怎么样了？浮想联翩时，一个下旋球过来，她猝不及防。

"球往下切，不要平推，平推就出界了。"杨兴绕到身后，握住她的手示范。他的手极大，手指的力道像可以捏碎骨头，她的指头被狠狠挤压在拍子上，像上了手铐。原来的沾沾自喜痛醒了，她领悟到自己打球不过是玩票，而杨兴打球却是拼命。他的鼓励不过是维持她的兴趣，让她自愿多缴点学费吧？

原本一周一次的课，现在是一周三次。

"冯太太，还不懂吗?"杨兴有点急了。"就像，就像切菜一样，"他把拍子当菜刀做出剁菜的姿势，"用力往下切。"

教练以为她熟谙厨事呢，冯太太。冯一萍连忙点头表示领会，杨兴松了口气，回到对面去。冯一萍也松了口气，在杨兴近身相教的那一分钟，她一直屏住气息。

回到家匆匆冲个澡洗了头，半湿的中长发往后拢齐夹好，她换上一条宽脚黑色真丝长裤，一件米色V字领棉线衫，骑了电单车赶到秦老师家。秦念滨的白葡萄酒已经喝了半杯。

这已经是这个月第二次迟到了，冯一萍在书房一角落座。秦念滨没问她被什么耽误了，他向来不问她的事，她也不说。并不是不想说，是不好意思把那点无聊的事拿来说。杨教练倒有时要问的，她不敢多说，说了全是谎言。老公孩子买汏烧，一个莫名其妙滚雪球般出现的谎言。

秦念滨递给她一本新淘得的字帖，她翻了翻，不能专心。她对书法大概不像对乒乓那么有天分吧？至少，老师从没夸过她，她这样一周一次来上课，一年多下来还是很糊涂。有时梦见，老师说不能再教她了，一块朽木……

"今天，不上课。"秦念滨把空杯一放，扣一声敲在桌上特别响。

"啊?"她急了，"抱歉，我迟到了，作业也没写，这阵子忙……"她赶快交代认错。

秦念滨笑了，"出去走走，你都没闻到桂花香？"

秦念滨的家不远处有个公园，里头有桂树数千株，每到秋日，这一带的空气充满桂香，走在路上，人都晕陶陶的，至少冯一萍是这样。她默默走在老师身旁，脑里无法想什么，整个被那浓郁的甜香所笼罩，像是跌进了糖果屋的孩童，太满的幸福不真实。

这是她跟他头一回走出书房。每周一次跟他在书房里坐两个小时，她以为此生没有机会跟他做其他的事。沿着红砖人行道徐徐向前，街上的桂林米粉和克莉斯汀饼屋人进人出，小门脸的服饰店和鞋店则静悄悄，店主低头在手机上撒来撒去，一个脚踏车店，老先生在给轮胎打气，打好了，丢五角钱到水盆里。那是投水许愿的金币。上海这个老区角落充满了人和车的声音，但是冯一萍觉得像在看黑白默片，她跟秦老师是这影片里唯一的色彩和声音。下了几天的雨，今天的阳光出奇地好，蒸腾得花香更加无所不在，仿佛有厚度般一片片沾带到身上，不单是鼻子，她的眼睛耳朵都灌进了这香味，她的心更紧紧包住这香。

她转头看秦老师。秦念滨枯瘦，背微驼，两只裤管被风吹得飘晃。他走路的样子有点不稳当，仿佛要向前扑去。一个乒，一个乓。她突然又想到那两个字，各缺了一只脚。不，不是脚。她不由得放慢脚步。

公园里却不似想象中清幽。老老少少都涌进园子里来了，闻闻桂花香,搓搓麻将打打牌,瓜子壳吐得一地黑白不分,聊天的声音震天价响。

"去喝茶。"秦老师熟门熟路带她左弯右拐,过了座小桥,来到一个五开间的传统建筑,雕梁画栋,梁柱上刻的都是戏曲人物,木制的茶桌和茶椅排在廊下,入座望去四面皆绿,花香更加沁人。这里竟然一个人也没,显见茶费不菲。服务员从里头姗姗而出,眼皮子都不抬,"吃点啥?"

点了两杯龙井,两人对着面前的绿树黄花,秦老师轻咳一声,似乎意味深长,她心里猛跳了几下。秦老师说:"你晓得这园子以前是谁的吗?上海滩大佬黄金荣。后来,日本占了,国民党也占了,园子搞得一塌糊涂……"

她点点头,有点失望。黄金荣是听过的,上海滩的电影和电视剧仿佛也看过一些,管这园子是谁的,此时此刻,它的花香是属于闻者的。一个状似带着飘忽曲线的旋球,不过是平淡的直球。每次都谈古人古事!这铺天盖地无远弗届的花香,让她有了秋怨。

"初开园那时,我就常来玩,那时才十来岁。"

"打乒乓球那时?"

"嗯,跟几个球友来白相。"他举头四望,仿佛在找寻年少时的玩伴,"现在两样了。"

冯一萍鼓起勇气,"老师,有空我们打一场?"

秦老师有点吃惊,"你说不会打的嘛。"

"我会了。"她喉咙被什么哽了一下,这一刻才明白自己的痴傻,"打得不好,打着玩。"

"我很多很多年不打了,自从,"秦老师沉吟着,眉心纠起来。他有深深的眼袋和明显的抬头纹,此刻见了天光全都现了形。"自从我的腿坏了以后。"

"腿,怎么了?"

"跟一个朋友干了一架,狠狠的一架,他破相,我伤腿,可是他还能打球,后来美国乒乓队来中国访问,他就在机场欢迎他们。"

冯一萍听出他语声里的苦涩。

"想当年,大家都想进乒乓队,有国家养你,吃穿不愁还有工资拿。接下来三年自然灾害大饥荒,乒乓队的人没有饿肚皮,还能往家里捎罐头。"秦念滨看着手里的玻璃杯,茶叶正缓缓往杯底坠落,往下往下,直达郁郁菁菁毒蛇吐信的绿色丛林,"有个姑娘,是教练的独生女儿,那时候,全上海男子女子前三名才能入队,她、我和那个朋友都打进去了。"

"干了这场架,前途毁了,那个姑娘我也配不上了。"秦念滨沉吟了一会儿,笑了,"也好,要不这辈子只会、也只能打乒乓。"

是为了那个姑娘才打架的吗?冯一萍想问,秦念滨先问了,"你有多少胜算?我不过是个腿不方便的老人。"

"我不过是个弱女子。"冯一萍微微一笑。

秦念滨也笑了，深吸了口气，"邪气香噢！"

因为功力增进，冯一萍换了个拍子，全新胶皮，球速更快搓球更旋。但是想着跟秦老师的比赛，她就有点分神，几个旋球都没过网。

"怎么了？"教练不满意了。

"我在想，"她朝拍面呵口气，手一抹，"如果年轻时候球打得很好，老了还能打吗？"

"那要看身体状况。有基础的话，要恢复一般是很快的。"杨兴一边说话，一边使劲侧旋，"你要跟谁打？"

"一个老师，我跟他下了战书。"她回削，抿嘴一笑。

杨兴愣了一下。那个笑容勿要太妩媚噢，把一个学生变成一个女人。高挑一个球，她正手下压。"打得好吗？别给我坍台。"

"他以前也是上海队的，叫秦念滨。"她准备接球，来球却在网前下滑，"腿有点不方便，但我大概打不赢。"

"你能赢。我的学生怎么赢不了一个腿有毛病的老人？"

杨兴的话语有种尖刻，冯一萍感到不舒服，不过是陪老师打着玩儿呀。

但是杨兴非常较真，接下来每堂课都在模拟战况，特别指导她如何对付直拍快攻。那个年代的人多持直拍，杨兴自己也是。下课了，他的球继续来，十分钟，十五分钟，只为了让她多练习。吊球，打两边角落，咬住对方的弱点猛攻，快、准、狠、变、转！所有比赛都要分出胜负，有人维持表面的优雅想赢得从容，有人杀气腾腾让敌人不寒而栗。长年竞技场上的磨炼，早就让求胜成为杨兴的本能，没有什么优雅什么腔调，那是一场又一场血淋淋的肉搏战，每场胜负都代表着目标近了一点或远了一点。

高二那一年，他进了令人艳羡的乒乓队，冬练三九夏练三伏，拉单杠练臂力，各种球打成千上百板，枯燥的操练从早到晚，终年不断。所有的辛苦为的就是上赛场，争取重要的比赛，争取胜利。每到比赛，多少人买票来一睹他的风采，杨兴的名号叫响了，他成了许多人的偶像。然后文革来了，乒乓打不成，他跟大家到北京去串联，运动员最好的时光都耽误了，只有1971年临时被召回上海，跟美国人打了一场，说是乒乓外交。文革结束，乒乓队又开打，但他盛年不再，只能当教练了。就这样，带队训练带团出赛，直到退役。他没法去想乒乓对他的意义，它是生活的全部，让他存活，也取代所有。

这天打完球，天已全黑，从二楼的体育馆看出去，学校操场上的路灯照出雨线一条条。他们都没带伞。篮球场上的人走光了，管理员把大灯关了，只留高墙上两盏一闪一闪的日光灯，照得人脸苍苍，世界惨白。

"还不走？"管理员来催。

"走了走了。"杨兴把球包一背，拿了水壶，大步往楼下走，冯一萍紧跟其后。体育馆的大门在背后关上，他们站在走廊里一筹莫展。雨下到草上和泥地里，窸窸窣窣像在耳语，天空墨黑，寒意透进汗湿的衣衫。

曾经也有这么一个雨夜，他在女孩家门外徘徊。那件事情过后，女孩还是一个人，他默默等了几年，终于鼓起勇气。当再也受不了那湿冷那狼狈，那没完没了的煎熬时，他伸出冻僵的手敲开女孩家的门。但是来年，她的父亲他的教练就死了，她成了黑五类。

女孩过了两年也死了。站在身旁的这个冯太太，明快的气质有点像她当年。是投胎来的吗？如果是，她就更应该打赢这场球。

"你的对手，做什么的？"

"他是我的书法老师，是个收藏家。"

"很有文化啰？"杨兴从鼻子里冷哼一声。当年曾有机会保送交通大学，他选择进乒乓队。时代在改变，人人钻空子在弄钱，他卖老命教球。每周日风尘仆仆到杭州陪一帮老板们打球，他们说久仰大名，打开抽屉，里头厚厚几叠人民币，抽出几张来塞到他手里。他感到屈辱，但还是每周都去。

"他为什么找你打球？"他突然恶狠狠逼近她的脸，两眼冒出凶光。

"是我找他。"冯一萍力持镇静。

"哼，记住，不要手软。"杨兴冷冷丢下一句，大踏步走入雨中。

杨教练一再传授制胜攻略，他那充满企图心攻击性的眼神，对她施了催眠。如果她赢了，他会多以她为荣。但是，即使她能，她怎么忍心？他不过是个腿不方便的老人。

这场比赛，她从来没想过要赢。她只是单纯地想陪他打一场球。也许不那么单纯，不只是打球，她想跟他一起做一件事，球来球往，能量在彼此之间传递，直到球落地。输赢不重要，重要的是当下只有她跟他，一个乒，一个乓。

然而，乒与乓，不管是缺了手还是断了脚，都来自"兵"，是攻击的器械，也是持器械的人。手里高举武器，那就避免不了对抗对斗。但是，有没有可能，有没有可能那其实是各缺了一点的两个人，合在一起便圆满了？

"秦老师，侬好，长远勿见。"

"侬好侬好。"

"有日本来的新拍子，要看吗？"

"不用了，给我一块反胶，一块正胶，中颗粒的。"

林师傅去柜里翻找，他的眼光不自觉又去看那面墙，墙上挂了一张黑白老照片,一架飞机,机翼上清楚的220编号,机前蹲一排站一排,是中美的球员和领导。那里,就在那里,过去看过无数次现在老花再也看不清但不会忘记的就在那里,第一排蹲着咧嘴而笑浓眉大眼的男子。

那本该是他。

这么多年没真正打过球。大女儿小的时候,陪她玩过一阵子,她没兴趣。是个念书的材料,跑到美国去了,在那里成家立业,给他添了两个混血儿外孙。小儿子不是打球的料,也不是念书的料,在出版社里混饭吃。老伴早走了,两人一辈子相敬如宾,因为根本不上心。他不在意。对很多事,他早已不在意。

唯独这一件。刚改革开放时,他见机收了几张字画,现在市价都不菲,养老不愁,教书讲课,不过是排遣寂寥。手里有闲钱,陆续买了一些各具威力的世界级名拍。一面面精工打造的板子光裸着没有上胶皮,多少年来闲置在上锁的橱柜里。这些名拍,再怎么精致高端,再怎么科技文明,也无法取代当年那支粗糙的球拍。他拍子高举,猛力抽打,正手反手正手反手,结结实实的耳括子,打得那人淌出血涎,打得那人后退倒地。伤了腿,怎么不给治呢?不是说他是块料吗?及时治疗,肯定能再跑再跳,那时只要那人肯出面说句话。只因他的腿伤跟女儿有关,需得避嫌,把他一生都耽误了。

"还在看那照片?"林师傅挠挠头,"照片里厢侪是阿拉爷额老教练老队友,侬认得伐?"

秦念滨摇头。

"怎么样?"

冯一萍一到,杨兴就迫不及待问,她只是怅怅瞅着他看。

杨兴心里一恻。她像一枝长茎中折的花,还吸得到水分,但不够,很快就要脱水枯萎。也许不该逼她,不该给她太大心理压力,原本能赢的反而输了。她虽然是打球的料,但对方毕竟是块老姜……老姜这些年体能状况如何,两年前听说动了大手术……他那时才打多久,后来发展出的新技他会吗……

"输了?"杨兴问。

"赢了。"她说。没有一点高兴的样子,反而有点落寞,有点伤心。这真把他给弄糊涂了。

"好呀!情况如何?"

"他赢一局,我赢一局,然后,又赢一局。"她一副不想多说的模样。

"蛮好蛮好。"杨兴点头,不问比数了,看她那模样,好像那年整个队拉到青海高原锻炼,氧气稀薄,连呼吸都费劲。"今天,再练练弧圈球?"

天冷,她来上课的路上把拍子插在后裤腰上焐着,像焐着一只有生命的小动物。太冷的拍子是打不来球的。这都是杨兴教她的。那冷拍子还插在裤腰里，时间不够久，她温暖的肉还没能焐热它。

"今天，不上课。"冯一萍直视杨兴的眼睛。他的眼光很单纯，刚才是开心，现在是惊异。长年的球场征战，乒来乓去，正手反手，一道道银白的弧线划过球台，他只要不让那弧线中断。而那天，球台对面的那对眼睛，眼神却十分复杂。

不论单纯或复杂，都到了说再见的时候。她感到很抱歉，眼前这个人教会了她乒乓球，而她跟他说了这么多谎言。

比赛一开始，秦念滨谦谦君子，给了几个直来直去的软球，但是冯一萍心神不宁。穿着运动服的秦老师，身体干枯无肉，衣服挂在骨架上无风自动，持拍的手青筋暴起，跟拿毛笔时大不相同，回球飘忽近乎诡异，拍子在手里倒来倒去换边打，直球旋球变来变去，还有，虽然带着微笑，但笑容是块皮蒙在脸上，眼睛里没有笑，只有，只有……

冯一萍就这样输了第一局。

秦念滨一派绅士风，问她要不要休息一下？他备了茶水还有毛巾。冯一萍很懊恼。这场球完全没有发挥平日水平，幸好杨教练不在。

"老师宝刀未老嘛！"冯一萍甩了甩手臂。

"承让承让，你个小姑娘也算可以了。才打不久？"

秦念滨几句话，意在安抚，却激起冯一萍的斗志。她想，今天赢不了，也不能输得太难看。要让杨教练，也要让秦老师看看她的本事！

第二局一开始，冯一萍一连丢了两分，秦念滨微笑了，带着君临天下的神情，直板快攻毫不留情。冯一萍深吸口气稳住，不停大角度吊球，让秦念滨跑起来，几个弧圈球也拉得威力十足。秦念滨没料到冯一萍能打出这种水平，再加上跑不动，虽然勉力回球，终被打死。冯一萍险胜一局。

冯一萍打得全身都热了，等着秦老师夸奖，但是秦老师只是喘气，咽口水，摇头。两人默默换边，第三局开始。

冯一萍发球，抛球前，直视秦老师的眼睛。那眼睛里有太多情绪，凭着一年多来相处的理解，她读懂了一部分，那是愤怒、是惊疑、是犹在晦暗中咕嘟咕嘟加温未成形的仇恨。他将会恨她，如果她赢了这一局。

书房里的秦老师呢？她为什么想跟他打球？

不圆满，不会圆满了。一个乒，一个乓。（2010）

丹尼和朵丽丝

这是北新泽西的一个小镇，树木繁茂，人口不多，幼儿园、小学和中学，都只有一所，在这里长大的孩子，男生一起打棒球、踢足球，女生一起打垒球和学跳舞，华裔家庭的孩子多了项课外活动：弹钢琴。钢琴老师布朗小姐，是所有学钢琴孩子的老师，当然包括丹尼，从七岁开始。

凯若总提早二十分钟把丹尼送到门口，看他抱着琴谱推开布朗小姐家的门，她就加速开走了，沿着那条林荫小路往前再开个十五哩，是一个华人超市，每星期她都要去采办一回。她是一家诊所的助理，负责排定看病时间、整理档案，还要帮病患量身高体重和血压及种种杂务，从早到晚没有一刻休息，午餐往往是在家做好的三明治和三合一热咖啡打发。她在超市里同样眼捷手快，只买美国超市没有的东西，像是活鲈鱼，一去就让他们捞一条宰杀，等待的时间先买其他，台菜烹饪的特殊调料像酱油、黑醋、虾米、八角，肉松和面筋罐头，当然还有吃惯的空心菜、豆芽菜、细长条的茄子等。她总能在丹尼下课前赶回来，来得及跟布朗小姐寒暄几句。

上完课的丹尼笑眯眯的，他喜欢这个老师。他从没有什么特别不喜欢的人，阳光开朗，婴孩时就少哭，只是笑，甜蜜地笑。凯若的心被那笑整个融化了，妈妈，儿子，他们的两人世界。那时，丹尼的爸爸已经搬出去了。

第三次上完课，她就听到朵丽丝这个名字。

"朵丽丝开始弹《满天星》了，布朗小姐说我再努力一点，下回也可以了。"

"谁是朵丽丝？"

"朵丽丝就是朵丽丝。"

朵丽丝是在丹尼之前上课的孩子，早到的丹尼总能听到她学什么新曲子。她很快就发现，朵丽丝的妈妈露西余周日也在中文学校义教中文。早年，中文学校由中国台湾移民创办，师资都是台湾人，教的是注音符号和繁体字。随着中国大陆移民越来越多，这些学校也逐渐转成汉语拼音及简体字教学了。

更常来接女儿的其实是药剂师约翰余，清瘦的中等身材，头发梳理得一丝不苟，看着女儿的眼光流露出一种男性身上少见的温柔。余家是上海人，曾在法租界拥有两层洋楼，七个房间四个卫浴，有喷泉花园和大草坪，门口有警卫。解放后，一家九口挤在洋楼的两间房。但是，不管家运如何败落，余家的家训是传下来了，于是有了在美国北新泽西小镇乖巧的三兄妹。这不容易，尤其美国校园多的是吸毒和滥交，父母不见得管得了。

一年后，丹尼跟朵丽丝一起参加了学校的才艺表演。小镇学校的才艺表演，只要有胆量的孩子都可以上台，但台上有一半以上的孩子是华裔，他们娴熟地弹奏钢琴、跳芭蕾舞或踢腿翻滚表演武术。其他族裔的孩子表演街舞或唱歌，也有人表演魔术。这些表演的技术含金量不同，有华裔家长低声用中文议论着：唱歌的孩子音准有问题，街舞和魔术很可爱，但，你也知道……凯若坐在观众席里骄傲地等着她的丹尼出场。台上弹奏着《小步舞曲》的是朵丽丝，披散着一头乌溜溜的长发，戴一个闪闪发亮的头箍，穿粉红色的小洋装，有蕾丝的白袜、白鞋，就像童话里的公主。她知道丹尼是这样觉得的。

节目单上，丹尼和朵丽丝的名字并排着，一上一下。这是头一回他们的名字同时出现，后来又出现了好几次，最轰动的是出演《罗密欧与朱丽叶》，那是中学的事了。

朵丽丝有时会到家里来，跟朋友一道，或只有她，跟丹尼一起听音乐，有时在客厅里看电影，她总是在不远处，厨房里榨果汁，地下室洗衣服，或打开客厅一角的橱柜，那是隐藏式的书桌，揭盖架在拉开的第一层抽屉上成了写字板，她在那里开支票付账单。她没说，但朵丽丝那双细细的吊梢眼，永远像瞌睡般慵懒，哪里比得上丹尼充满活力的大眼，让人感到希望无限。

她从不曾要求丹尼的琴弹得多好、当选年度模范生，或是成为学生会主席，但是丹尼却一一达成了。她的丹尼就是这么好，假日还去养老院弹琴给老人听。天使，他是上天赐给她的小天使，补偿她这一生在各个方面的欠缺和遗憾，例如二十年死守一份工作，没有升迁，薪资少得可怜。但这份工作给了她完善的医疗保险,还有能信赖的医生可以随时请教。在美国,一生病,哪怕只是牙痛,都能蚀尽你微薄的积蓄。更重要的是这份工作让她认识了许多人,人人都知道她是张医师诊所的凯若,在路上遇见了,总会亲切招呼。再没有比住在一个小镇而没有人认识你更让人难受的了。

但不是现在,不是过去这三个月。她不要任何人过来跟她招呼,问候她:"你觉得怎么样?有什么我可以帮忙的吗?"如果可能,她会立刻搬离这个地方,搬到一个没有人认识她、认识丹尼的地方,如果可能,她愿意搬离这个国家。这种事不会发生在中国台湾啊!但是原乡的亲人,他们的诘问可能更令人窒息。怎么会发生这种事呢?他们会一直问一直问,直到把她逼疯。

她曾学过一阵子瑜伽,想治背痛。老师尤金是个极瘦的白人,留着灰白的长胡子,终年穿一件棉布袍。他教的瑜伽不仅是动作,更是身心灵的结合,至少这是他标举的目标。他常谈论养生的道理,并亲身实践,她印象最深刻的是他奉行"食不语"。用餐时要专注于你的食物,这样才能真的吃到食物的味道,在填饱肚子时,感官也得到充分的刺激和满足,帮助消化系统迎接食物的来临。"吃得对时,吃饭也是一种冥想。"他这样说。但是,在人群里吃饭呢?像她这样的上班族,吃饭时免不了有人打扰。尤金说如果外出吃饭,或跟朋友一起,他会带一个牌子,上头写着:"抱歉,我吃饭时不说话。"有人想跟他搭讪,他就指指那牌子。

凯若也想要那样一个牌子,挂在胸前,上头写着:"抱歉,我哀悼时不说话。"

在小镇唯一的报纸上,丹尼和朵丽丝的名字一次又一次被提起。这样的悲剧闻所未闻,或者说匪夷所思,在这个有太多人际关系联结的小镇上,从学校到健身房,从宠物店到冰淇淋店,人人嘴边一度都挂着他们的名字,或者,被冷血的陌生人简称为"那两个蠢蛋"。

蠢蛋。事情发生的时候,她也狠狠啐过,真蠢啊,孩子!你怎么会做出这种事呢?但是丹尼已经冷了,硬了,不能再回答她,那甜蜜的微笑永远消失了。十三岁时矫正好的一口齐整的白牙,在泛紫的唇间闪着冷光。花了几千块,忍受两年的怪模样,以为会受益一辈子。是一辈子,只是太短了。所有的努力,房间里那些奖牌和奖状,常春藤名校文凭,还有纽约市一份梦寐以求的工作,结果呢?阳光小孩给了妈妈这么多的期望,结果呢?

最后一次,丹尼和朵丽丝的名字同时出现,是在追悼仪式的节目单上。余太太露西已于一年前因为癌症去世,哥哥姊姊赶回来,都希望朵丽丝跟丹尼可以一起举行追悼仪式,他们本来就有共同的老师和朋友。只有两个人不那么乐意,一个是丧子的凯若,另一个就是丧女的约翰余。

大家都知道,余先生最疼爱的就是幺女朵丽丝,不但因为这女儿来得晚，跟兄姊差了十岁，而且还跟奶奶年轻时长得一个样，也是那么文秀。朵丽丝，在约翰余细心看护下长大，如一朵玫瑰初含苞后徐徐绽放，她的纯洁和清芬让为父的多么骄傲。然后，出现了一些蜜蜂一样扰人的男孩。那个叫丹尼的最常出现，在前院跟朵丽丝有说有笑，后来竟然要跟她一起演出《罗密欧与朱丽叶》。他坚决反对。为何教中学生这种故事？难道教育者不知道年轻的孩子是一堆干柴，轻易可以着火烧成灰？罗密欧和朱丽叶是两个背着父母偷尝禁果的逆子逆女。

但是朵丽丝眼泪汪汪求他："爹地，我真的想要演这个角色，每个女孩子都想要，我好不容易才有这个机会……"他最怕女儿的眼泪。好吧，你想当朱丽叶就去当好了。

进入十年级时，他对已经出落得亭亭玉立的女儿发出警告："不准谈恋爱，不管是那个丹尼，还是其他小伙子，都不可以理会，一切，等进了大学再说。"

"谁在谈恋爱了？我们不过是朋友。"朵丽丝的眼睛闪亮如星，话语似真似假。

不管真假，女儿如愿进了能光耀门楣的名牌大学。然后，露西开始抱怨疲倦，体力不济，张医师建议她照片子，片子里出现了不该出现的白点，然后……那是一场注定要失败却不得不尽全力去打的仗，仗打完，他发现自己已是个年届退休的老头了。

朵丽丝毕业了，她知道老爸寂寞，回到北新泽西的家，在一家电信公司上班。当别的美国小孩远走高飞去闯天涯时,他的宝贝女儿凤还巢了。新的人生才刚开始,就发生了那件事。

如果,如果他的朵丽丝一定要死,一定要在如花盛开的此时死去,为什么不让她车祸、生怪病,或让她滑雪时出意外撞上大树之类,为什么不让她像其他人一样正常地死去?为什么要让她死得如此,如此,如此不像个余家的小孩?他无法告诉上海的亲友朵丽丝的死因。"她死在车子里。"他这样说,这也是实话,"跟她的男朋友一起。"另一句实话。没有人敢向这伤心的老人多问一句。

几乎是同时,当朵丽丝回到北新泽西,丹尼也回来了,二手斯巴鲁后车厢及后座载满大学四年的书本和衣物。他已经寄出几份求职信,返家等待面试通知。回来的当天晚上,他在家吃妈妈精心烹调的干煎鲈鱼和宫保鸡丁,吃过饭就出去见朋友了。凯若很有理由猜测,那朋友就是朵丽丝。一个母亲的直觉,她知道朵丽丝一直在那里,他的朱丽叶。后来,她也有理由相信,丹尼愿意住在家里,尽管工作的地点在纽约市,也跟朵丽丝有关。她对朵丽丝平添几分感激。

八月最后一个周末,白天仍十分燠热,凯若在厨房里烧豆腐味噌汤。这几年,中国超市里也可以买到味噌了,不需要开远路去日本店买。她喜欢在汤里摆点鲑鱼。鲑鱼肥美不输鲈鱼,鱼油化到汤里让汤头更加鲜浓。丹尼在旁帮忙切葱花,吹着口哨。"什么事那么开心?"她问。"哦,我每一天都很开心。"丹尼把葱花放进一个盖碗，每回喝汤放一小撮，汤味更鲜美。然后丹尼问："妈，爸爸是你的初恋情人吗？"

丹尼从没问过她跟他爸爸之间的事，离婚前是太小，之后成了禁忌。这是第一回，也是最后一回，而她并没有回答。

周末的午饭向来吃得晚，下午两点，丹尼去冲澡。她记得这个细节，因为她在心里嘀咕着，才吃了饭又洗澡，有碍消化。丹尼冲了澡，刮好胡子，换上一件新衬衫，一米八的个子站在她面前帅气十足。"我要出去一下，不回来吃晚饭了。会给你带冰淇淋，草莓的，对吧？"

这是儿子给她的最后一个允诺，也是儿子对她说的最后一句话。草莓冰淇淋。那碗葱花后来成了葱干，在冰箱的角落窝了一个多月才被清理掉。

快九点，她正在看电视，电话响了。是约翰余，提着嗓子近乎嘶叫："出事了！"

"出了什么事？"

"你快来，我家。"

她到的时候，两部警车已经停在余家长长的车道上，路边点着灯的人家，百叶窗卷起，露出一或两个人头。黄色的塑料条拉起，这是命案现场。但塑料条挡不住邻人好奇的眼光，还有媒体，还有整个小镇。她把车子停在路边，前头就是丹尼的斯巴鲁，她脚一软，几乎就要扑到车上去。但她深呼吸，勇敢地往前走，走进余家。

隔天报纸的头条写着：一对华裔年轻男女，在拉上卷门的车库里亲热，车子开着空调，一段时间后，两人一氧化碳中毒身亡。女方的父亲发现他们时，女的瘫倒在车上，男的半身倒在车门外，显然是发觉有异但来不及求救。男的是二十二岁的丹尼陈，女的是二十二岁的朵丽丝余，两人都是小镇的居民，生于斯长于斯，不幸也命葬于斯，他们的父母拒绝了本报的采访。

那只是序曲。第二天，丹尼和朵丽丝的故事继续被挖掘，小镇里有太多他们的师长和朋友，他们深切痛惜哀悼。第三天，出现质疑，这个悲剧告诉我们什么？两个大学毕业、前途无量的年轻人，为何要在闭不透风的车库里亲热？为什么不在自己的房间里？据悉，那天朵丽丝的父亲出去了，家里没人。

为什么？凯若问，跟那些没心没肝的好事者问同样的问题。这些华裔学生功课虽好，缺乏常识，好的，这是问题的第一层意思，还有第二层、第三层……像洋葱一样可以一层层往下剥，直到泪水模糊了视线。她知道，儿子是不能把朵丽丝带回家来关进自己房间的，她总是在那里看着他们。而朵丽丝的家没人，为什么不？

事情发生后一个月，她开始能正常饮食，虽然还是睡不好。她把在儿子房间里找到的应该是属于朵丽丝的东西集中到一口纸箱：几件衣服、写着朵丽丝名字的书和光盘、一个粉红色的音乐播放器、发夹、一个停摆的女用表。

她先打了电话，约翰余的声音听起来沙哑，无可无不可："如果不嫌麻烦就送来吧。"

揿了两回门铃，门才开一条缝，一双布满血丝的眼睛从里头充满戒备地看出来，像一只困兽在洞里准备反扑。"就是这些。"她把箱子摆在门口，看来对方不准备请她进去。

她已经很久不想跟人说话了，不过，如果他请她进去，她会的，会坐下来跟他喝一杯咖啡，如果他提议，因为，好几个无眠的夜里，她痛苦到要窒息时，她会想到他，约翰余，这个世上唯一能了解她失去了什么的人。她怨恨他，却又渴望跟他分担。是的，如果能聊聊丹尼或朵丽丝该有多好，他们是多好的两个孩子啊！别人不会晓得，他们是心头的一块肉，现在这块肉被残忍地剜去了，伤口还在滴滴答答淌着血。

"你那里，有什么东西是丹尼的吗？"她探问。

"没有。"约翰余冷然说，"她姊姊把她的东西都打包了。"

"你，还好吗？"她颤抖着声音问，仿佛是在问自己。

约翰余瞪着她，充血的眼睛是两个红灯，警告她不要再往前一步，停止。

太过分了，这个女人还有脸跑到这里来，问我好不好？养的是什么儿子？到人家家里来，做出这种事？他的朵丽丝，他的玫瑰啊！他纯洁美好的女儿，盛开中的一朵花，就这样被折断了。在那该死的车里，他的女儿一丝不挂。他忘不了女儿脸上的表情，眼睛瞪得很大，嘴巴张开，不知道是窒息前的惊恐，还是做爱中的高潮。不，他多希望不是他发现的，老天，把那影像从他脑里永远删除吧！他瘫倒在门后，听到车子远去的声音。

他的女儿是在犯罪啊，然后神就从天上劈死他们。为什么不听爸爸的话呢？爸爸说，跟男人在一起要当心啊，他们随时想占你的便宜，占到便宜拍拍屁股就走人。你没看到报上写的那些未婚生子的故事？

"爹地，我已经成年了。"朵丽丝即使在抗议，声音也永远那么温柔，她知道爹地是为她好。

"无论如何，"这是每次谈话后，他作结的习惯语，"无论如何，你要记住，我不许你乱来，绝对不能丢余家的脸，只要你还在我的屋檐下。听见了没有？"

朵丽丝咬着下唇，那副楚楚可怜的模样，他几乎要心软。老伴在的话，可能也要拉住他让他别再说了。但是他怎么能不说？这物欲横流道德沦丧的世界，只有这屋檐下是他能捍卫的净土。

想到他周末常要去老友家打牌，空着一个房子，他又加了一句："这是我的房子，我不允许！"

他知道很多华人父母被迫接受了美国的性开放文化。上海的亲友跟他说，中国现在也比以前开放很多，时代不同了。但他离开中国时，未经婚姻认可的性还是禁忌，他维持着这份禁忌，就像维持着他的中文报、龙井茶和麻将。

他的女儿却以这种方式离开人间，留给小镇茶余饭后的谈资。这样的事，总是女的倒霉。那个丹尼，不过是个闻到花香的臭小子，不知道用什么花言巧语骗了你，在车里亲热，多么美式，多么廉价啊！难道我没警告过你，我可怜的朵丽丝？

时光向前流淌，凯若继续失眠，然后她接到信用卡的索债信。是丹尼的卡债，他拿的是副卡，由凯若授权使用，所以凯若得负责还债。她早该处理丹尼的卡债，不该坐等利息罚款累聚到如此惊人的数字。她必须承认，自己不再是那个诊所里麻利的凯若了，她现在往往归错档案，记错名字，排错看病时间。"这是暂时性的，"张医师告诉她，"你会度过的。"她微笑。是的，她终究会恢复正常，但那只是旁人眼中的正常，能吃能睡能工作，但她不会再有真正的宁静了。

丹尼在学校的信用卡用度，她每个月都付清，从学校回来不过三个月，吃住都在家，怎么会欠下这么一大笔钱？她查了一下，发现最大的一笔开销就在他死前两个星期，一家网上珠宝店。

她上了这家店的网页，这是针对年轻人的珠宝设计专卖店，网上下单，十天内可到货。她打了客服电话，客服小姐问有什么可以帮忙的吗？货早已签收。

"我只是想确认买的是什么？"

"根据订单，是一枚戒指，更确切地说，是一枚白金婚戒，纯手工雕刻。"

凯若力持镇定,"我可以看一下它的样子吗?"

客服小姐把货号告诉她,在网上的婚戒一栏可以找到。挂电话前,她提醒凯若,因为定做的戒指内圈有镌字,恕不退换……

约翰余接到凯若电话,说有重要的事要当面告诉他。还能有什么重要的事?生活里甚至没有什么有意义的事了。"你过来吧,我在后院。"

凯若走上余家那长长车道时,不可避免又想到那天晚上。那辆车可能还停在车库里,希望它还保持原样,没有送洗或卖掉。车道上停了一部马自达,是余先生的车,挡风玻璃上积了些落叶。因为一直停在车库外吧?凯若绕到后院,余先生两手握着大耙子站在那里,脚边一丘色彩缤纷的落叶。

看到她,他木然问:"什么事?"

凯若没有马上回答,她再走近点,走到这个拒人千里的老人面前,极力克制心里的激动。是一家人啊,本该是一家人。她很快说了,发现丹尼买了个婚戒,婚戒内圈刻了字。

"唔?"约翰余望着她。

"刻的是,"凯若调整一下呼吸,"丹尼和朵丽丝,永远的爱。"

"所以?"

"我怎么也找不到。我相信,戒指已经给了朵丽丝。"

约翰余沉默着。

"朵丽丝走的时候,有没有戴着什么?"

约翰余脸一沉。他最不愿意回想的就是女儿是赤条条走的,他粗鲁地哼着:"没有。"

凯若想再说什么,看约翰余的脸色,忍了下来。让他消化一下这个消息吧,这是好事,不是吗?虽然在某个层面上它让人更心痛。但她的丹尼至少是爱过了,也找到人生的伴侣,他的朱丽叶,伴着他到天堂去了。两个年轻人是在求婚成功后的狂喜中做爱,不幸同赴黄泉的,不是像一些人揣测暗示的,不过是一时欲火焚身,不过是一对露水鸳鸯。

"他们相爱,你晓得的,不是吗?"最后她用英文说。

约翰余不知道自己在院子里站了多久,等他回过神来,脚边扫好的落叶又被风吹散了一半。他扔掉握在手里像拐杖支撑自己或像剑棒可以击退敌人的大耙子,在出事后第一次打开车库门。有人打扫过了,原来在这里的,那些多年积存的垃圾,无用但没有丢弃的纸箱和发霉的书,来不及种下的陈年种籽,过期的杀虫剂,坏掉的割草机和淘汰的烤面包机,虫蛀的梯子和落齿的竹耙,还有,那些散落的衣物,生死一线间残留的痕迹。

清空的车库里,仅有的是朵丽丝的红色福特水星,找到工作后贷款买的新车。

约翰余打开后车门,就在这里,丹尼裸身仆倒。壮实的小伙子,那身肌肉却没能助他逃生。车里所有属于朵丽丝的东西都清空了，她的音乐光盘、太阳眼镜和薄外套。伸手抚摸那皮椅，近乎全新的皮椅，他的朵丽丝就倒在这椅上，再也没有醒来。青筋坟起的老手，颤抖地摸索着，一寸寸在皮椅角落夹缝，在地毯上，那么温柔，那么轻，仿佛他的触摸会让一切崩塌瓦解。就像头一回把她抱在怀里，小小的眼，小小的鼻，张大嘴哭泣时粉嫩的牙床和舌头，轻轻握住她的手，小而白的手背上浮着青纹，像一片蝴蝶兰花瓣贴在掌心，那大小悬殊的比例，柔软与粗粝的差距，让他几乎无法承受，绝对要轻啊，轻轻地……你总是这么听话，你为什么要这么听话？爸爸不在家也不敢违抗。不能在房子里，不能在爸爸的房子里。朵丽丝啊，你真的订婚了吗？你真的……他的手指触到一个金属圈。

白金戒指，细致的玫瑰雕花，圈内刻字。他的老花眼怎么也看不清那行字，但他知道，是丹尼和朵丽丝，永远的爱。
（2011）

攀岩

黑夜,她在攀一堵岩壁。全身赤裸贴在岩壁上,一尾肉色的壁虎,壁面冰冷,又湿又滑,触手有些粗糙的绒毛突起,可能是青苔,也有从壁缝里钻出来的杂草,拂过她的脸。如果她愿意,她可以发出节奏分明的响亮叫声,嗒、嗒、嗒嗒嗒嗒嗒……像少女时代那些突然醒来的深夜,壁虎的叫声伴随着墙上老挂钟的滴答,父亲的咳嗽,母亲的轻语,还有老唱机里传出的凄凉的《荒城之月》,一次次撞击她的耳膜,在耳内形成永恒的回音。

贴在这岩壁上,世界停止。如果不试图移动自己,世界真的就此停止,恐惧和孤单会把她完全吞没。她努力再往上一点,需要一点推力。

她以前攀岩过,或近似攀岩。少女时代,跟几个初识的朋友,一起去一个干涸的河床玩。

河床旁一堵岩壁挡住去路,男生们高低错落地站在石头突出的地方,一脚高一脚低,居高临下看着她们。

上来啊!

那石墙看来无处落脚,能勉强搁脚或手的地方,都被他们占据了……

大学发榜前的暑假,一行七人,三女四男,在车站集合。

客运车两人一排，不对号，绿面塑料椅皮开肉绽露出棉絮，窗户大开着迎进有稻香和草腥的暖风。她跟俐俐坐，罗娜独踞司机后的位置，四个男生坐在后排。发榜前的日子真是太漫长了，在身份和命运未定的此刻，或其实已定但无人知晓所以就算未定的此刻，当俐俐说有几个一中的邀着到这山里小镇来玩时，她马上答应了，直到看到眼前四个陌生男子时，她才惊觉自己的大胆。

俐俐是她的死党，就坐在她的正后方，上课两人老是传纸条。她扭转手臂把纸条放在背后，等俐俐接去，而俐俐把纸条往她桌上扔，动作太明显，有时落在裙上，老师总是点俐俐，有几次还被罚站。考试时，她故意身体斜偏，露出一角试卷照顾俐俐，虽然俐俐说不需要。她各科成绩都是班上的佼佼者，只有体育不行，跑不快，跳不高，而俐俐是田径校队，跳高跳远都难不倒她。头脑简单，四肢发达，她这样取笑俐俐，俐俐就闪着那对内双长狭的凤眼回敬一句：书呆子！

另一个女生罗娜，是男生邀来的，读的是升学率不及她们学校的第二女中，听说外祖父有荷兰血统，鼻子又尖又挺，嘴唇很薄，毛发像洒了金粉，在阳光下闪闪发光，穿泛白牛仔裤的腿笔直修长，罩一件宽大的白衬衫，黑皮带，刚留到及肩的头发系一条宽边绿色发带，还时髦地戴了大镜框的太阳眼镜，神秘地遮住半张脸。她敢打赌，四个男生都想看罗娜太阳眼镜后的眼睛，白衬衫下的乳房，连她也好奇，这女孩是否生了对猫眼，而胸乳是否能挤出深沟。看她黑猫似的早熟妖娆，一定早就交男朋友了，大学大概要重考吧？

两个男生一高一胖。长得高高瘦瘦的那个，介绍的时候说是才子，她便留了意。胖子戴黑框眼镜，驮个大背包，笑呵呵很随和的样子。还有两个男生，一黑一白，身形瘦小，好像没发育完全。他们都是一中的，跟一女中门当户对，鸡犬相闻，老死不相往来，因为都是高材生，都守校规。女生头发剪到耳齐，男生理平头，呆蠢的模样只能收心读书。

车子沿着崎岖山路开，她有点晕车，在鼻下抹了点绿油精。小时候她不晕车的，妈妈说她一定是书读得太辛苦，体质变差了。她拼命忍住从胃里泛上来的虚乏，那里有什么空落落的不踏实，早餐的酱菜稀饭拼命搅动着。好容易到了终点站，也是他们的目的地，发软的脚一踩在实地上便好多了，她大口吸着山里特有的沁凉空气。辽阔的蓝天上云朵有毛边，像妈妈手里一小团一小团撕下的棉絮，放在一个旧药袋里备用，旧药袋上蓝色原子笔写着爸爸的名字。她看着那棉絮，突然有点悲伤。

要走多久？有人问。小黑好像来过很多次，半小时吧，他讨好地对她们说，这一段沿着河谷走，风景很美哦！

一个小时过去了，目的地河畔山庄还不见踪影。一路渺无人烟，偶尔见到石头旁有烧炙的痕迹，可能曾有人在这里烤肉。也有一些空水瓶和塑料袋被随意丢弃。她跨过一块大石头时，一脚踩在一个软软的物事上，吓了一跳，原来是一只童鞋。

小黑说他小时候来玩，这条河在雨季的时候还有水，只能沿着岸边走，大胆一点的下水去，水就到肚脐眼，一点都不危险，伏下身去游水，站起来就涉水而行。怎么不危险？她马上说，不是一群女学生去溪边烤肉⋯⋯

惨剧发生时震动了每个人，大家都记忆犹新。学生们在浅溪里涉水打闹，突然上游的水库泄洪，大水顷刻来到，几个来不及上岸的女学生被水冲倒，再也没有站起来。捞上岸的时候，她在电视新闻上看到，白布下拱起扭曲的物事。妈妈在旁感喟地说，可怜哦，都硬了。她无法相信，跟自己同龄的女学生，就这样死了。爸爸看了只是摇头。那时爸爸已经病了三年多，话越来越少。

俐俐说，这里绝对不会泄洪啦！小黑也说，我说的是小时候，现在早就都干掉了。她咬咬下唇。怎么会说出这么煞风景的话呢？完全不像她这么有头脑的人会说的话。这里当然不会有危险。临出门时，妈妈叮咛她，难得跟朋友出去散心，好好玩，还把爸爸的相机递给她。相机里有拍了一半的底片，拍的是她的毕业典礼，上台领奖，跟老师同学合影。平日没什么照相的机会，就趁这次出游，把底片拍完吧⋯⋯她嘴里嗯了一声。升上高三以后，她不再直接回复妈妈的话，只是嗯一声，有时代表肯定，有时否定，而妈妈不加反抗地接受了青春期女儿的冷漠，或者不想刺激女儿准备联考绷紧的神经，又或者，妈妈早就被病人榨干了应有的情绪？

一条干涸的河，还能称之为河吗？

男生像说好了似的，高个儿才子在前头带路，胖子在后面压阵，另外两个或前或后像护法。才子突然开口问她，有什么嗜好，电影《光阴的故事》看过吗？张艾嘉，杨德昌。还提了赫胥黎、卡夫卡之类奇怪的名字。长大以后她从未走进电影院，电影院的记忆，竟还是小时候妈妈牵着她的手，去看《梁山伯与祝英台》。而那些名字奇怪的作者，听都没听过。她嘴里含含糊糊应答着，头都不敢抬。

罗娜一语不发，脸上一种莫测高深的神情，有时微微一撇嘴，竟像是冷笑，仿佛在嘲笑她的手足无措。一个躲在茶色眼镜后的明星，谁也不敢跟她搭讪。有什么了不起，大概也就是读读言情小说吧？班上那些成绩挂车尾的同学，有不少就喜欢读言情小说，但都掩掩藏藏，老师看到要没收的。那些言情小说在肉圆店隔壁的租书店有得租，周末的晚上补习回家经过，总看到里头灯泡昏黄，几个人影或蹲或站，悄无声息，她好奇什么书这么好看？

罗娜一派气定神闲，不快不慢边看风景边走。几个男生不时会走到她身旁，但似乎没有人成功地聊上话。俐俐一考完就把头发削短打薄，刘海斜分，一只眼从发缝间瞄人，现在一件薄衫搭在身上，在胸口打结，小飞侠般在大石间跳跃，提了口真气，又像练过轻功，越走越快，她后来就跟不上了。唉，俐俐，你怎么不等等我？

汗水从草帽里不停流下来，脸上汗津津，颈项和胸口也是，泡泡袖的粉红上衣贴在背上，她的脚步越来越重，呼吸越来越沉。走不动了，真的走不动了，她在心里哀告，但为了面子，还是咬紧牙关往前。一罐黑松沙士及时递到面前，是胖子。很热哦，看你脸都红了。她感激地点头接过。平时妈妈从不让她喝冷饮，沙士只有在发烧的时候加点盐饮下，说是秘方。此时这触手清凉的沙士，正是她需要的一帖清凉剂。

仿佛在唱和着此刻流过心田的轻快，有人吹起了清亮的口哨，是一首她从小就会唱的歌：我们快乐地向前走，伸头向云里瞧，太阳高挂在天空中，春风也微微笑……她笑了，举目寻找，是小白。这个沉默的男孩，吹起了欢快的音符。一首接一首耳熟能详的旋律伴随着他们的脚步，《绿岛小夜曲》《兰花草》《秋蝉》……突然间河道一个大转弯，眼前出现了一堵岩壁。

男孩们爆出一声欢呼，仿佛这就是他们的目的地，个个争先恐后向岩壁跑去，手脚并用，抬抓跳悬弹滑贴爬，一阵忙乱后，才子在最高点傲视群雄，风吹衣襟，小黑和小白在岩壁的中间部位，像左右护法，小胖喘吁吁地只登了三分之一，咧嘴傻笑。

"上来吧！"男孩齐喊。

那岩壁至少有三米高吧，或四米。壁面光溜溜的，怎么上去，又不是壁虎。

"上不去的！"她抗议。

"我们帮你，"小胖说，"来，踩这里。"他缩脚，让出可容半只脚掌的平地。如果她站上去，有半个身子会跟他紧贴一起。

她四处张望，岩壁旁明明就有条小道，完全不需攀岩的，正想说什么，俐俐已经开始她习惯性的踢脚动作，左脚踢踢，右脚踢踢，从踢脚动作，就知道她是左撇子。然后双臂高举过头，身体成一直线，像个跳水选手，再夸张地伸展腰背，把这直线折成两半，弯腰双手环抱脚踝，屁股挺出，男孩们兴味盎然地看着。

不要啊，俐俐……她在心里恳求。曾经，她曾经有过不祥的预兆。她跟俐俐值日，被体育老师差遣去体育馆拿垒球用具。俐俐经过平衡木时，突然起意翻身上木，两脚一前一后站着。那横木看起来好窄，俐俐却开始一步步往前，走得挺得意。一会儿金鸡独立，一脚悬空在横木边不失优美地划动，然后一步步向后，转身，仿佛在做着体操训练……她的心突然一紧，想出声警告时，俐俐已经摔了下来！

就像当时临时起意，充满自信地上了平衡木，俐俐现在也充满自信地面对岩壁，和壁上四个或许暗怀鬼胎的男孩。她不希望俐俐上去，不希望。她希望俐俐和罗娜都能跟她一样，看出这堵岩壁不适合好女孩攀登，在攀登过程中，可能会受到羞辱，看出这不过是这几个男孩的诡计，想表演一出英雄救美。

如果她们三个团结起来，坚决不参与这个无聊的游戏，男孩们也只好摸摸鼻子从高高的岩壁上下来。如果她们对男孩的邀约不理睬，绕过石壁从那条小道过去，男孩也只能跟上来。但这一切必须要她们三个同心协力。

然而，来不及了，俐俐做了第一个叛徒。她轻踢了一下脚下的土，如一只准备撒蹄奔跑的牝马，一阵助跑来到岩下，一脚就踩上了胖子让出的半个巴掌的空位，胖子伸出去抓扶的手还来不及碰触到她，俐俐已经像猴子般往上去了，抓住小黑的手一借力，人便往小白那里去，这几步上得十分轻巧，显然刚才暖身时就已估算过。现在跟小白贴壁并立，如何从那里往上到顶点，便是个问题了。俐俐试探性地抬起脚踩一个冒出杂草的石块，脚一滑，险些摔落，被小白抓住了。

俐俐如果摔下，脑壳重重撞击在地，可跟从平衡木上侧身摔落不一样啊，那将是完全失控的自由落体，脑浆四溅杠上开花……她感到内急。从出发到现在，几个钟头过去了，她注意到男生有时落在后头，突然追上，大概是择地方便去了，但是她们三个女生却一直没机会。沿途没公厕，要上厕所只能找个有掩蔽的地方蹲下来，单是这个念头，就让她脸红。你说，怎么跟这些男生说请等等,我内急?幸好一路都在出汗,不觉尿意,但刚才那罐沙士,还有此刻停步下来,再加上面前险峻的情势,她感到万分的内急了。就在这一分神中,俐俐不知怎么竟然已经上到高峰,跟才子并立,得意地接受大家的欢呼鼓掌!

她想起当时俐俐从平衡木摔落,反射动作般,起身第一件事便是一跃而回,重新站在了平衡木上,双脚微微颤抖,脸上带着倔强的神情。但不是她,她没有摔落再回去的勇气,连上平衡木的念头都没有。站在壁上潇洒自得的俐俐,跟那个才子临风而立,天造地设像一对璧人,而她刚才一路还在幻想,她们三人当中,她是优等生,最配才子。从未有过此刻这样,她会读书的这点优势,派不上一点用场,在干涸的河床和光溜的石壁之间,四肢发达才是王道。

"上来吧!"这次呼喊她们的是俐俐,"这里可以看得好远,哇,我看到河畔山庄!"她不禁怨起这个死党了。俐俐应该最清楚,别说这石壁,她连树都没爬过。像俐俐刚才那种猴子似的丑态,她怎么能在众人之前做出来?那个爱美的罗娜,肯定也不会愿意。想到这点,不由得生出一丝希望。罗娜如果不愿意,哪个男生敢勉强?

"罗娜?"她第一次叫出这个名字。打从见面到现在,她们竟没有说过一句话。

"要上吗?"罗娜问,嘴角还是那抹嘲讽的笑,"你不上,我就上了哦！"不等她回答，罗娜取下了太阳眼镜，微侧着头，妩媚地把眼镜收进衬衫口袋。风吹云散，只见那明月般发亮的脸蛋上两道弯眉，一双大眼睛，睫毛长翘像洋娃娃，让人不由得在心里发出赞叹。但是当罗娜抬头看向众人时，有只眼睛却不协调地转向另一方，让她的注视显得飘忽而诡异……

罗娜没让大家有调整心绪的机会，她微笑着把手放进胖子肥厚的掌心，胖子使劲一拉，她顺势踩上胖子脚边的空地。但是她既没有俐俐矫健的身手，又没有那股由下往上的冲力，右脚上去了，左脚悬空。下一步呢？根本无路可走。眼前能搁脚的地方被胖子占了，除非在岩壁上钻缝。

罗娜不知道该如何上去，男孩们却有办法。只是几秒钟的犹豫，罗娜踩上胖子的肩头，小黑下来一步接应，顺利送她到了小白身边，她一贴在石壁上，就显出宽大白衫下丰挺的胸部。小黑在下推，小白在旁拽，她踩着男孩的膝头和肩膀，男孩抓住她修长的腿，托住她浑圆的臀，颠颠颤颤，一路往上。

罗娜千娇百媚如女神般登上最高点，一上了高峰，旋即把太阳眼镜戴上，恢复了一路的神秘冷艳，兀自眺望景色。

现在大家的眼光都投向落单在岩壁下的她。

"看到了吧，不会爬也没关系，只要你愿意上来，就一定可以。"才子向她喊话。

她面色惨白，冷汗直流。面前这堵太高的岩壁，是一场太难的考试，一场她完全没有准备的考试。前面的人都通过了，可是她不是她们。小学六年，中学六年，她把优等生的角色扮演得这么出色，去到哪里，都是一块金字招牌，让爸妈在亲友间挣足面子。有了这块招牌，师长疼爱她，同学仰望她，她也以为自己高人一等。在父亲久病而气氛压抑的家里，她的好成绩给大家带来希望，那一张又一张的奖状，那如探囊取物的第一志愿，还有未来水到渠成的好工作。但她现在孤零零站在这里，一步也动不了。如果她不试图移动自己，世界真的就此停止了。

"来啊！"胖子伸手到背包里掏出青箭口香糖嚼起来，嚼着口香糖的他，脸肉颤动，看起来竟然有点像隔壁嚼槟榔的阿财叔。

"快点，过了这里，山庄就到了！"小黑说。原本带笑讨好的语声，此刻仿佛有几丝不耐。

"To be or not to be, that is the question."才子吟了一句莎士比亚名句。补充教材里有的，她也知道，这才子也未免太炫耀。

日头升到中天，刚才的云朵不见了，只有被日头晒得发白的天，缺水而布满沙尘的树木，半人高一丛丛的杂草，干涸已久而裸露着棱棱怪石的河床。谁说这里的风景很美？

为什么她一定得上去？她既没有俐俐的身轻如燕，也没有罗娜的千娇百媚。她不愿让男孩碰到她的身体，也不愿在众人面前扭曲成奇怪的姿势。

"如果,"有一天晚上看过报纸新闻后,她鼓起勇气问妈妈,"如果一个女孩被强暴了,她该去死吗?"

妈妈惊讶地停下手边的工作,看她一眼,确定不过是个假设性的问题,才淡淡地说,"死,有那么容易吗?"

死有重于泰山,有轻于鸿毛,为贞节而死,难道不是重于泰山?后来她才知道,母亲说的不容易,跟死的意义无关,是死这件事。

死,不容易吗?她此刻就想死。宁愿死。

"快上来,我肚子饿了……"俐俐喊,跟众人一起羞辱她。仰望,太阳直射眼睛,俐俐的脸看不清。她突然明白了,在俐俐心中,她从来不是什么好朋友,她们在一起,因为她要。谁能拒绝优等生?她突然明白了,传纸条时,为什么每次都是俐俐被抓。

刚才没注意,俐俐最后也是被男孩推拉着上去的吗?陌生男子的手,有意无意擦碰含苞待放的女体。那些溺水的女学生,十六岁,永远寂寞了。器官和感觉都在那里深埋如种籽,还没能抽芽出土看世界呢,除了读书考试,她们不知道其他。

或者,她这一刻突然怀疑,只有她不知道。她为什么没有进去那家租书店呢?为什么没有看过一本言情一本武侠呢?她在防范抗拒的是些什么?

小白悠悠吹起口哨,曲调哀伤,竟然是爸爸初病卧床常听的《荒城之月》。如果是爸爸,一定会拼命攀上这岩壁吧?他坚持了那么久，活得比死还痛苦。如果是妈妈，也会手脚并用爬上去吧，她说死不容易，而上去是唯一的生路。她绝望地盯着自己的球鞋，走了半天路，鞋面上已经沾满了灰。没有人再继续劝说，只有《荒城之月》的口哨声在河床、岩壁、树梢和她的耳膜回来荡去，然后，连这声音也静止了。

她抬头，岩壁上一个人都没有。

他们丢下她，赶往下一站去了？不，他们不可能就这样走了。被钉在原地的脚，此刻终于能移动了，她摇摇晃晃走到岩壁前，伸手，触摸，岩壁被太阳晒得发烫。一列大黑蚂蚁，匆匆忙忙从这条缝出来，钻进另一条缝。

近看岩壁，肌理复杂非她所能想象。然后她听到，岩壁的另一边传来渺渺的笑声。男的，女的。合力攀岩后，他们全都成了一国的，亲密无间，水乳交融。或者，此刻他们已经在做着言情小说里写的事情了？让俐俐跟那发育不良的小黑吧，他一边亲吻她的嘴一边爱抚她结实的屁股，让罗娜跟那死胖子吧，胖子把她压在地上，在她滑弹的胸乳上恣意磨蹭，小白在旁吹曲子助兴，而才子则吟唱着 to be or not to be，做，还是不做……

这一刻，她再也不能忍耐了。她往最近的草丛跑去，还来不及完全拉下裤子，已经尿出来了，伴随着两腿间强烈到近乎痉挛的快感，尿液疯狂地喷射在草叶间，溅到鞋袜上，在她两脚之间形成一个小水洼。

她从口袋里掏出卫生纸，擦拭沾到尿液的裤子和鞋袜。等她站起身把裤子穿好后，才看到岩壁上一排站着六个人影。虽然日头炎烈看不清他们的脸，但可以确信的是，有十一只眼睛在看她，还有一只眼睛害羞地转开了去。

　　此后，她在梦里常变成一尾攀岩的壁虎。（2013）

回音壁

那个男人，四十开外，对着镜头说："听说他们找到我儿子了，这次，是真的找到了……"

没有出现在镜头里的男记者问："你心里有什么感想，给大家说说。"

"现在不好说，等见到了，确定是我儿子，我再说。"男人抖着手把烟凑近嘴边。

她把电视遥控器紧紧攥在手里，聚精会神。

全中国有太多孩子失踪了。他们或是在街上被拐走，或是在小公园里被带走，照看他们的外婆或阿姨、爸爸或妈妈，在眼睛那么一转开、脑子那么一恍神时，心肝宝贝不见了。最可怕的不是孩子再也找不回来，可怕的是他们几乎都不得善终。这些拐子要的不是孩子，是挣钱的工具，于是马路边天桥上出现一个个折手断脚身上伤口终年淌脓的乞儿，大太阳和冬日酷寒中，他们躺卧在那里，如一床发臭的破烂棉絮，而他们曾是含在嘴里怕化了的心肝宝贝。

上次看到的那个节目太可怕了。奶奶带着孙子在家附近小公园广场上玩，阳光很好，一群五六岁的小娃儿互相追逐，大人们聊着天。等到奶奶要回家烧饭时，孩子找不到了。他们找了很久。那个公园、那个小镇、那个县，甚至跨省去找……有人说哪里好像见到孩子了，他们就赶去，像在海里捞针。没有路费了，没有体力了，没有眼泪了，然后，消息来了，南边山区一张报纸上登着一具被丢弃的男童尸体，耳朵被割掉，手脚都折断，黑溜溜躺在那里像个长方形的包裹，眼睛半开半闭。那张惊怖的脸竟然有几分惊怖的熟悉。节目结束前，男孩的爸爸决定出发去确认。经过半年的折腾，他脸上的情绪只余疲惫。"如果是俺的孩子，俺就把他好好葬了，让他早日投胎。"

而现在电视上播出的，是一个不知疲惫的父亲。孩子已经丢了七年，那年，孩子六岁。他跟老婆小本经营公婆铺，卖点日常杂货还有平价烟酒，设了两个投币电话，方便外地打工的人打电话回家。附近的人都是他们的顾客，来了都要逗逗他儿子小鹏，都说他方头大耳十分福相，也有那把幼子留给乡下公婆进城打工的女人，逗弄小鹏的时间总要更长些，痴痴看着他圆圆亮亮的眼睛，捏捏胖鼓鼓的脸颊，说特别像老家的儿子或女儿。小鹏跟生人处惯了，什么人逗他都笑呵呵的。

男人记得那个瘸了一条腿的人。面生，操北方口音。他中午时来，买了一包烟，进店前跟孩子玩了一会儿。傍晚时他正看电视，那男人又来了，带着一个行李袋，说事情办完要回家去了，买了两条饼干和一瓶水在路上吃。那人走出店去，看看天，一轮金日在西边坠了一半，然后看小鹏一眼，抬步走了。他边看电视边做生意，忙完手边的事，天都黑了，想着叫孩子进来洗澡，可是孩子不在店前那个小凳上。

起初他没在意，附近都是熟人，看孩子可爱带去玩的也有，但是附近几条路上问过没找着。媳妇晚饭也不烧了，两夫妇喊着孩子的名字，把附近又扫了一遍。天更黑了，这条路就那么一盏微弱的路灯，黝暗的路上最亮的地方就是他的店，他的店是附近的路标，但是孩子却没能找路回家。一直到公安把设在附近的监控录像拿来看，看到那个瘸腿的男人先是拿了饼干逗小鹏，把他一步步引到几步路外，然后迅雷不及掩耳把孩子拦腰一抄，挟着往前去了。孩子踢着脚，手摆动着，镜头里的他们消失了。他的儿子从他的眼皮底下被带走了，孩子在呼救，他却没能去救他！他浑身颤抖，老婆早就哭倒在地。

之后七年，他都在找孩子。小店生意让老婆照顾，他到处打听消息，后来有了网络，他与同病相怜的父母们联合起来，帮着找彼此的孩子。有些幸运的父母的确找到孩子了，无论多远，他都去祝贺。他也有几次听到消息，说哪个省哪个城哪个地方，满怀希望赶去，一次又一次失望。早就过了寻回孩子的黄金时期，朋友和亲人都接受了小鹏已经不在的事实，但他不同意老婆再怀胎，小鹏会找到的，他在等爸爸去救他。他一遍遍跟老婆说，跟自己说。梦里，他几次重新抱着小鹏，七年了，小鹏没有长大，还是那个胖嘟嘟手短脚短眼睛圆亮的小童。他，还在长大吗？一次次见到血肉模糊的什么，拼命追赶着什么，怎么也追不上。噩梦醒来一身冷汗，立刻又出门去找。

终于等到这一天。微博上转来一条消息，一个人的远亲有个儿子来路不明，今年十三岁，长得方面大耳。他的爸爸半年前死了，是个瘸子。他立刻通过寻孩组织联系警方，传来的消息初步证实，那是个路边捡来的孩子，小名叫朋朋……

警察让他到当地的长途汽车站前等，警方要护送孩子过来。他蹲坐在马路旁吸着烟，不愿跟记者多谈。这记者其实是熟人，帮他发过几次寻孩的新闻。镜头拉近，男人拿烟的手微微颤抖着，喷出一口长烟，望着车子应该来的方向。

"孩子的妈没来？"

"她在家等消息。"

失望的打击有时会让结痂的旧伤刹那间撕裂。出门前，丈母娘从老家赶来了，陪着老婆在家，她们没有特别准备什么菜欢迎孩子，就怕不是。镜头里两个女人脸上都带着愁容。三十出头的女人脸上满布细纹，小声说着："就怕他受不了啊，万一……"

节目到此为止，下集再续。

她长长吐了口气，明白寻子男人的心情。孩子丢了比死了还可怕。死了，就有个了结，再怎么悲恸也有个了结，你能在一段长长的停滞后继续向前。而丢失，你永远在想孩子在哪里？你能怎么找到他？你还该再找下去吗？

找回的孩子，被拐子当成儿子养了七年的孩子，还是自己的儿子吗？

宝爱的东西像古董花瓶，宿命的结局就是有一天摔得粉碎。之前，你再怎么小心翼翼，也难免手滑。几次差一点就摔了，那是上天的警示，在给你做心理铺垫，总有一天。我们真能抗拒这宿命，让花瓶永远不摔吗？

七年前，儿子吉米也是六岁，旭东被公司派到北京，那时，他们已经从中国台湾到美国住了十几年，半个美国人了。公司的派遣津贴优渥得难以拒绝，怀抱着无限好奇，以及那种美国住久后的天真，一家三口迁到北京，住在外企海归新贵聚居的朝阳区。东富西贵南穷北贱，北京城历史书上如此说。

那时，她还没有看过任何失踪小孩的报道，不知道同为黑发黄肤的吉米，混入了人群，就像一粒米掉进了米缸。不像在匹兹堡，拐带一个华裔小童无异于自找麻烦。又，在那个白人世界，谁要一个华裔小童？

她带着孩子在路上走。吉米这段时期是不愿大人牵的，要自己走。而且特别喜欢跟在她身后走，像母鸭带小鸭。妈妈，你走到哪我跟到哪。他们就这样走。她注意到一路有人打量她，男的女的老的少的都有。因为她洋气的服饰？因为她特别轻松的步伐？因为她东张西望？还是因为……她走下一个长长的地下道，过一条特别宽的马路。北京有很多这种多线大道。地下道里两边贴着广告，一些陌生的明星脸孔代言着她从未听过的品牌。还有标语，贯彻实施抓紧什么什么的中心思想和谁谁谁的谈话。

旭东比她先来三个月，房子都打点好了才接他们过来。一来就跟她说，美国那些信用卡不好用，身上带点钱，取钱倒是方便的，就是要当心。哦，不用给小费。她很快就发现，身上最好常备零钱，如果掏出百元大钞，小贩手指搓摩，对光照半天，还是半信半疑，找钱的速度慢很多。但是一切都很新鲜。对三十八岁的她，小别胜新婚的先生、聪明伶俐的儿子、新晋的富豪阶级、同文同种却比美国更异乡风情的北京，都让生活充满流动的喜悦。没什么可以打扰这份喜悦。

一个不比吉米大多少的小乞儿扯她裙摆。"阿姨，我肚子饿。"

她转身想跟儿子说话，儿子不见了。

吉米？吉米！

"吉米你在哪里里里里里⋯⋯"

"妈妈。"

吉米叫她，睁着圆圆的大眼。他蹲在一个小摊前，玩一个手摇鼓。她冲上前把儿子紧紧抱住。

晚上，旭东有应酬，半夜才进门，一进门就吐得一地，长裤、皮鞋、公文包，全是灰黄色的稀泥，还有几管没消化的面条。没听说外企也要应酬成这样？一到北京，她就没搞清楚过旭东的工作情形，不像在匹兹堡，从没有晚上的应酬，上下班都是跟同事拼车，除非路上有交通事故，进门总在六点半到七点之间。他的上司和伙伴，晚饭时他一个个说给她听，圣诞节的公司派对上,她见到他们就像老朋友。然后有了下属,部门里的人越来越多,除了跟旭东关系特别好或特别坏的,她已经不甚了了,吉米一出生,更顾不上了。她到北京时,旭东已经高速运转起来。他人聪明,适应环境特别快,不像她,像只小船在大洋上陡起陡落,又晕又吐。等到好了,都半年后了。

帮旭东收拾好,衣服从里到外全换过,两人并躺下来关了灯,她才说:"吉米今天差点丢了。"

"吉米……什么?"旭东含含糊糊地问。

其实也不算丢,吉米就在她三步之外,蹲在小摊前。但是一整天她想过无数可能。如果,那个乞儿没来拦她,她继续往前走,吉米没跟上……

"是我不好。"她哽咽了。

旭东没再追问,翻过身,一会儿鼾声如雷。

她记起吉米更小的时候,三岁,在海滩。那个夏天第一次去海边,沙滩上到处竖着大阳伞,男女老少或作日光浴,或追逐笑闹。大海就在几步之外,卷送着白色碎浪,送来带咸味的凉风。吉米拿着红色的小勺,往桶子里舀沙,满了倒掉再舀,怎么样也不肯靠近海。

她想游泳。侧躺在大毛巾上,抚着被太阳烘得发烫的大腿,人中、颈脖上、乳沟里都汗津津的。旭东看着她,眼光里有什么一闪一闪。生过小孩,她的身材更丰腴了,这件旧的苹果绿一件式泳衣有点裹不住她。谈恋爱时,他们一起读过梭罗的《湖滨散记》，做着在山里小木屋安家的梦。婚后来美国，真的去了瓦尔登湖。那时她也是这样，被绿色的湖水引得坐不住，先是手里的《湖滨散记》掉进水里，接着脱了上衣短裤下水去。旭东立刻跟上，两人在水里嬉戏拥吻。躺在沙滩上，她知道旭东也想到这一节，所以眼光那么热。

附近几把阳伞下的男男女女，笑着说着吃着，莎莎舞曲大声播放，海风吹拂下，沙滩上的人们就像个大家庭。两人突然很有默契地站起来，牵着手往大海走去。脚踩到湿沙时，她回头看吉米一眼，他在那里专心地玩沙，对爸妈的骤然离去，一点也不在意。这距离也不是太远……她跟旭东一头扎进冰冷的大海。

也不过几分钟，就像扑进大海那样迫不及待，他们突然从水里起身，拔腿往回跑。沙地此时像流沙，拼命抓住他们的脚，让他们跑得跌跌撞撞。有那么一秒钟，她以为吉米不见了，到处都看不到吉米，然后发觉看错方向了，她亲爱的小吉米，还在那里舀着沙。她跟旭东湿漉漉坐回伞下，好一会儿说不出一句话。

在海潮声、人声和音乐声中，一个被掳走小孩微弱的哭声，如何被听到？她不懂，为何她跟旭东会同时犯糊涂？他的精明和她的母性，都没能阻止他们丢下孩子奔向那海。

不会了，不会再发生了，她绝对会把孩子看得牢牢的，绝对会好好照顾他长大。

吉米八岁生日那天，旭东人在美国，她带孩子去天坛玩。

北京城的南区相较于东区，显得杂乱无章。许多的老胡同，高墙森森挡住她一个外来人的眼光，从黑色宝马看出去的眼光。这是旭东为她创造的新生活，她不用出一分力，家里打扫炊煮全有人代劳。

那时的旭东，经过一番惨烈的争斗，把自己的人马一举带走，另组公司了。资金、人才、市场，硬件和软件，忙得不见人影。他的世界更宽广、压力也更大，目光像捕猎时的老鹰般锐利无比，前额也像老鹰般秃了。人一会儿在欧美，一会儿又飞日韩，即使在中国大陆，也不一定在北京，更多时候在上海、在深圳。"你不懂"成为他的口头禅，说话常带训斥的语调，仿佛她也是俯首帖耳的下属之一。

她迷上红酒，酒柜酒器各种水晶杯，几千块一瓶的名酒一箱箱地买。独自吃晚饭时就开始喝，喝到上床，孩子的功课有北大的家教帮忙。她开始发胖，两颊肉鼓起，眼珠子沉陷。旧衣一箱箱地丢，看都不多看一眼。朋友从美国来，都不认得她了，诧笑，怎么，北京的日子这么舒服？她下意识捏捏腰上的肉，漠然笑着，大腿肥厚无法并腿坐。走吧，去格格府，还是东来顺？

在红绿灯前，一辆卡车停在旁边，车里全是待宰的猪仔，挤在一起无辜地拱着鼻子。司机小王让他们在门口下车。松柏夹道，天地辽阔，灰蓝的天上几只风筝越飞越高，变成几个小白点。天坛是天子祭天之地,是向上天献祭之所,牛犊或羊羔。她牵着吉米,牢牢地。孩子在太阳下走了一阵子,头脸全是汗,她拿出面纸替他揩干。宝蓝琉璃瓦三重檐的祈年殿宏伟庄严,在日光照耀下闪闪如宝塔,是上达天听的建筑。她照了几张相,相片里儿子垂头丧气。这是中国最伟大的建筑之一啊!他不懂,也不想懂。

"那个好玩的地方还没到吗?"吉米掉了门牙的嘴有点傻气地张大着。

"快到了,要走过那座桥。"

"啊!"吉米偎在妈妈裙子上磨来蹭去。"爸爸呢?他可以背我。"

她脖子往里一缩,像要咽下什么,却只是挤出颔下几层肉。旭东什么都变了,唯一不变的是对儿子的爱。到现在,一回家看到吉米,还是常常要把他背在身上,嘴里叨念着小时候爸爸背着去哪里哪里玩的旧事。如果旭东是飞得老高只剩下小白点的风筝,拴住他的线头是握在儿子手上的。他的心肝宝贝。

她举步上桥,走得有点急,吉米气喘吁吁追着,"我走不动了!"

"怎么走不动呢?八岁了,不小了!"

吉米睁着一双茫然的眼睛,那眼睛真像他爸爸。有一天,也会变得那么锐利?

今天是吉米生日,她却把他带到这个几百年前皇帝祭天的地方,不如去小公园。刚才进门处就有片绿地,一群人在那里抖空竹,把个死木头抖得像有了生命,跃上纵下,飞远了又回来。嗡嗡嗡,空竹的声响像巨大的蜂群,震动她的耳膜。那也许对吉米比较有意思,但是既然来了,她只能拉着儿子继续往前。走过了长长的桥,来到皇穹宇,就是回音壁的所在地。两年来,司机小王陪她的时间最多。他是司机,也是地陪。去哪里买什么玩什么,都靠他指点。在来的路上,小王跟她说起天坛最有意思的地方,莫过于这回音壁。回音壁其实是皇穹宇的围墙,皇家黄的砖墙十分平滑,墙头一溜蓝色琉璃瓦,长约两百米,厚约一米,两人高,"您跟孩子一人站一头,您这边轻轻喊他,他那边一准听到。"

走近回音壁,四处都是叫唤的声音。北京城里无时不刻都挤满全国各地的游客,大着嗓门说笑。

"吉米,你站这儿不要乱走,妈妈到那一头去,待会儿你听到妈妈跟你说话,要回答哦!"

"说什么?"吉米感兴趣了。

"说个秘密。"她神秘一笑,把孩子的胃口吊起来,转身快走到弧形长墙的另一头。

另一头也挤满了人,她觅着一个空处,嘴巴贴近了墙,喊着:"吉米?吉米?听到妈妈在喊你吗?"

吉米,你听得到吗吗吗吗吗……妈妈妈妈妈……

她把耳朵贴近墙，好像听到什么。再听，一片嗡嗡，不知是四周的人声，还是刚才空竹的余震，或者，却是多年前的浪潮声……她闭上眼睛。潮声来了，去了，又来了。咸咸的海风，人们的说笑声，她被阳光烘得发热。她跟旭东在水里，浪潮一波波强力打上他们，他们紧紧牵着手。水变得温柔，湿润柔软的唇与舌……她但愿此刻就在那里，就在他俩激情地奔向大海的那一刻，和衣跃入湖水的那一刻，她但愿时光倒流，把爱情还给她，她但愿有什么来打断这囚徒般干枯的日子……

她心里咯噔一声，血往脑门冲。

南腔北调各地的游客，挡在她身前，涨红着脸比手画脚说这说那，冲鼻而来的汗味烟味和蒜味。她得越过这堵人墙，她得用跑百米的速度，用尽吃奶的力气，她得……

一粒米掉进了米缸！

祭坛上的羔羊索索发抖！

卡车过去了，里头挤满了脸孔污秽的小孩，他们是谁？要被送去哪里？

广告过后，竟然接下去播放寻儿记的下集了。

"来了，来了！"记者喊着。一部车开近，下来一个公安，然后一个男孩。男孩指着男人说了一句什么。

"是不是，是不是你儿子？"记者问。

男人不说话，夹着烟的手使劲摩着下巴。公安把男孩带到他面前，"孩子刚才说了，您是他爸爸！"

男人盯着眼前的男孩。儿子，朝思暮想终于到了面前，公安和记者盯着看，全中国的观众盯着看，要看这团圆的一幕，拭泪的面纸都准备好了，但男人只是摩着下巴，说不出一句话。

画面跳接到旅馆，男孩在打电玩，爸爸新买的玩具，男人在跟老婆讲手机，笑逐颜开。是的，没错，是咱们的儿子！再三跟孩子的妈保证，"我第一眼没认出来，孩子长大了，可是他记得我，他记得我是爸爸……"一直表现得很镇定的男人，此刻终于崩溃，失声痛哭。丢了七年的儿子，竟然能找回来，这是近乎神迹了。

她不曾告诉任何人，当年在回音壁，她没有发疯地推开人群狂奔，只是随着人潮移动，慢慢往回走。这一回是真的了，她所恐惧的噩运终于毫不留情地劈头打来，古董花瓶毕竟还是在她手里打碎了，由于她的愚蠢她的失职，命中注定要失去的她必得献出。献出吧，献出这爱的结晶，心肝宝贝！就像死囚犯终于捱到执刑的那一天，她感到一种解脱。但是，神迹般地，吉米还在那里。他保持贴耳在墙的姿势，专注聆听着不曾传来的回音，浑然不觉自己的命运差一点要全盘改写。

一次又一次，上天把孩子继续托在她手里，一次又一次，她痛至骨髓地感知，有什么重要的东西真的丢失了。几次在梦里来到回音壁，独自对着没有尽头的壁墙，未及张口，叹息的回音便将她淹没。（2014）

失物招领

我掉了一顶草帽，在一家披萨店。那是我们高中毕业班的聚会，我一直在注意历史老师法兰克，他戴着顶茶色的鸭舌帽。他有各式各样的帽子，戴这顶看起来跟其他顶一样帅，因为他有一张瘦长的脸，深麦色的头发和水蓝的眼珠，笑起来嘴角往左斜，看起来有点坏，特别适合戴帽子，当然他主要是想遮住秃头。我一直看着他，想着毕业后就再也见不到他了，他准备搬到西岸去了，就是这样我把帽子忘了。

第二天，我特地去取帽子，因为夏天才刚开始。披萨店在美林镇的主街上，所有的店都在这条街上，冰淇淋店、文具店、干洗店、加油站、药房和超市。如果你需要什么到主街上去就对了。吃过晚饭后我就去取，老板认得我，"安娜！怎么样啊？要不要来一片披萨？"打从我有记忆起，这家披萨店就在这里了，即使不是如此，他也会认得我的。当妈妈推着一岁大的我在主街出现时，镇上的人都记住了我。他问我要去哪里读大学，要我以后记得常回家。

那天晚上开始下雨，下了整整一星期，前院的石头长了青苔，草地上冒出几棵野蘑菇，细细的长茎打伞似的顶个小尖帽。好容易太阳露脸，要出门时，我发现草帽上长出了一朵黄色小雏菊。

"我的草帽长出一朵花！"我惊叫。

妈妈在起居间里拼图，这是她多年来的嗜好。她正在拼一幅梵高的《邮差》，绿油油蓝汪汪的一片大海，每片拼图上都有同样的白色碎浪，她在蓝绿海里找线索，对我的大惊小怪如常地答："哦，是吗？"

我没法像她那样，什么事都胸有成竹，对生活有种天生的信心。这不在我的血液里。我天生就极端敏感，没有安全感。没有用，即使我一直在试图模仿，我还是会被草帽上一朵无害的雏菊吓到。

我戴上它，照着门口的穿衣镜，草帽有点大，完全盖住我前翘的前额，两道细细的凤眼充满怀疑，小鼻子，唇厚，细滑的黄脸上有黑痣没有雀斑。这不是我的草帽。

一定有谁拿错了。虽然这草帽挺漂亮，甚至还多了一朵花，但我还是想找回属于自己的草帽。妈妈常说丢掉的东西只要你记得掉在哪里，总是可以找回来的，有好心人捡到了你的失物，他们会在原地等着，或交到警察局或负责的单位，例如火车站的失物招领处。

但我想我是永远失去它了。

"我的草帽掉了。"我走进起居间。

妈妈抬起头，拿下架在鼻梁上的老花眼镜，温和的灰蓝眼珠困惑地看着我。"你正戴着它呢！"

"这不是我的！"

"是吗？我看不出有什么不同。"她心不在焉地说，端详手中的一枚绿色拼图，它跟桌上其他拼图没什么两样，至少在我看来。这是2000片的拼图。小时候，她曾耐心地陪我玩，我的第一个拼图是白雪公主和七矮人，一共十片，我玩到闭着眼睛都能飞快地排出来。然后是50片，100片，500片，到了1000片，那是纽约市的布鲁克林大桥夜景，我在璀璨的灯火里迷了路。没排完的拼图，我的14岁生日礼物，就那样日复一日铺在房间地板上，走来走去都要绕路，非常碍事。妈妈后来说："这是你的拼图，如果你想把它完成，你就完成，你想收起来，就收起来，想扔垃圾箱，"她停顿一下，"我建议你捐给第三世界的小孩。"

第三世界的小孩！电视上那些骨瘦如柴没有饭吃的小孩，那些濒临死亡极需善心人士救助的小孩！妈妈就是这样一个善心人士，她定期捐钱给慈善机构，在邻里间收集旧衣物，捐给贫户，在教会里主持慈善募款，感恩节时做火鸡给单身在外的学生吃。我就是她的善心最大的受惠者。第三世界的小孩！他们哪需要这种昂贵的拼图？

我恶意踢着那幅半成品，把已拼成的部分踢散开来，有的拼图块滚进床底。现在它们不完整了。不完整的拼图就是一种诅咒，那个缺口破坏了整幅图画的和谐。它基本上就是个废物了。

我看着低头专心拼图的妈妈，逐渐被时光漂白的麦色长发松松挽成髻,垂下的几绺发丝,拂在松弛的颈肉上。她从过了五十就开始发胖,一年五磅,怎么样也瘦不下来,她总嚷着要慢跑要跳有氧舞蹈,但是美好的周末,天气好容易才放晴,她却窝在家里拼图。

"今天没有人看房子?"

"哦,下午有一对夫妻,很急的。"妈妈拿下眼镜,"好像是华人。"

最近几年,有很多华人来看房,不是住在这里的华人,是从中国飞过来的,专程来投资房地产。我们这个小镇到纽约就是一班公交车,过了华盛顿大桥可换搭地铁,既享有小镇的安全宁静,又能直通大都会,所以他们就来了。

纽约市。当我还没上幼儿园,还没加入小镇白人为主的儿童群时,我们几乎每周都去大苹果。妈妈带上大包包,里头是尿布、奶粉、果汁、干粮、湿纸巾、乳液、防晒油、一套干净的衣裤,我最喜欢的小鹿斑比布偶,还有一两本图画书,沉甸甸地挂在推车上。我们在高速公路边的草地上等巴士,太阳晒得我脸上出了汗,背上发痒,时间漫长得让人受不了。等我们一上车找了位子坐下,她会舒口气,带着鼓励的微笑看着我,"出发咯!亲爱的。"这些劳途奔波其实是不必要的,因为后来证明,我跟谁都玩不来,但这就是妈妈,她永远想给我最好的,出于一种强大的责任感。

在我还没上学时,她总是喊我的中间名,Moon-moon,月月，这是我的第一个名字，是赵院长取的。我进院的那天，刚好是中秋节后一天，一轮满月。妈妈告诉我，月亮对中国人来说，比太阳还重要，在诗词歌赋里不断出现月亮的意象，跟中国人的性格和情感也比较贴近，保持着距离，淡淡地，美好的念想。有了我之后，妈妈爆发了一阵中国热，疯狂地阅读关于中国的一切，但她越是深入，就越是迷惘，一时抓到了，一时又溜走。她跟我分享所有她知道的关于中国的一切，我敢说我比学校那些正宗华人家庭的孩子知道得更多，她甚至送我去上中文学校。

我回家来跟她说中文：我七岁了，我想吃饼干，我是好孩子……她灰蓝的眼睛里带着骄傲和困惑，把我搂在怀里。我的名字叫月月，我上学了，我会数数儿……她只是搂着我。

当她叫我Moon-moon时，我更正她，是月月。月月！她模样滑稽地噘起嘴，模仿我的唇形，就像我过去跟她学说话一样，但她发不出月月的声音。我写中文作业时，她盯着那些方块字，就像盯住一个个找不到方向和线索的拼图块。我不了解为什么妈妈不懂中文？她不是神通广大无所不知吗？

我在房间里大声地一遍遍读诗，妈妈探头看。我得意地读得更大声了：床前明月光，疑是地上霜。举头望明月，低头思故乡。

你在读什么？听起来是诗？

是的，这首诗里有我的名字。我指给她看，"月"字像一把梯子，她现在认得"月"这个字了，因为它是我的名字。

那么，这是关于月亮的诗？它怎么说？

说一个人看到月亮，想到自己的家乡。

妈妈脸上突然露出一丝紧张的神色，但立即就被温柔取代了，她小心翼翼地问，月月想念什么呢？

我想念……我不知道想念什么。妈妈和我的世界似乎已然完足。爸爸早在我五岁时就离开了，从此再没见过，我只记得他很高大，把我抱起时，我很害怕。还好他很少抱我。他走后，我很快就把他淡忘了。

后来，妈妈又试着问过我，以各种暗示和刺探，你想念什么吗？再后来，我明白了，这问题跟爸爸无关。我说，我什么都不记得，也就不想念什么。妈妈摸摸我的头，叹口气。她到底是希望我记得，还是不记得？

妈妈从来没有隐瞒过我的身世。从我记事起，她就跟我说起我是怎么来的。房间五斗柜底层有个纸盒，里头收着一条小碎花薄毯，当初我就被这条薄毯包裹着，放在了南京火车站的候车室长凳上，此外一无所有。没有一张纸条写着出生年月日，父母万般的惭愧和请托，像珍妮·芳芳·汤姆逊那样。也没有一条红线系着一块玉佩，作为孩子永远的念想，像克丽丝汀·珮珮·怀特一样。我，安娜·月月·海瑟勒只有一条旧毛毯，起着毛球。

我天真地问：有人把我弄丢了吗？他们没有回去找我？

妈妈很诚实地摇头（诚实是她毕生的信仰），她没有试图美化我被亲生父母弃养的事实。他们肯定很穷，肯定是有各种困难无法抚养你，她说，所以我成了你的妈妈。

17年前，妈妈玛丽安·伊芙·海瑟勒在南京儿童福利院认养了一岁的我，因为她自己无法生育。在美国认养一个同文同种的小孩是非常困难的，小宝宝稀缺，认养的条件太苛刻，还有很多宝宝是健康有问题的，因为未婚小妈妈酗酒吸毒。从欧洲等地认养小孩，同样要经过漫长的等待和没完没了的申请程序，妈妈已经38岁，不能再等。消息传来，中国人重男轻女，人们倾向于放弃他们的女儿，换取生养儿子的机会，有很多很多女婴等待领养，认养的条件和审查相对宽松。在大纽约地区，很快出现了数百个像我们这样的家庭，大家定期聚会，交流各种信息，什么地方能买到可爱的小旗袍、灯笼竹筷、春联窗花之类。那时候市面上买不到中国娃娃，妈妈坚持不让我玩金发芭比，所以我有了全套的温尼小熊家族，还有可爱的小鹿斑比。妈妈曾经帮忙组织春节义卖、元宵提灯、中秋吃月饼的活动，大家都燃起了中国热。他们的做法得到亲友的赞扬和支持，认为对孩子心理健康有益。

小时候，在几个生日派对上，当彩色气球飘飞，我们吹着纸哨子，转着塑料制的竹蜻蜓，在某个人家的后院或客厅跑来跑去时，总听到大人们在说，哦，我们将来要带女孩们回南京去寻根，一定要带她们回去。即使我还那么小，也感觉到这个心愿是如此沉重。我知道他们害怕。他们拼命把在美国能找到的二手中国文化给我们，但他们自己在那文化里找不到方向。

我曾经以为，所有的孩子都跟父母长得不一样，而父母可能因为某些原因，会把孩子送给别的更称职的父母。

后来，珍妮的头在墙上磕出了血，因为她恨自己没有妈妈的大眼睛和蓝眼珠，没有金色柔软的头发，太阳晒了会泛红的白皮肤……后来，克丽丝汀进了急诊室，开刀取出她吞下去的那块玉佩，她拒绝跟任何人说话，休学了一年……后来，我没有再跟这些小玩伴见面，妈妈也没有再提起她们，虽然她还是跟其中几个家庭保持联系，关注他们的脸书。

我像个模范一样，平顺地长大，成绩不错，游泳校队，15岁跟男孩子约会，16岁摆脱掉我的童贞，不是班上最早，绝对不是，但至少没太落后。现在，我抽屉里有几份美国排名前五十的大学的入学许可。

我甚至一直去中文学校，直到成为学校最元老的学生，直到成了助教。他们说我的中文说得很流利，这真是个奇迹，尤其是生在这样的白人家庭。

即使是青春期，当别的同龄女孩快把她们的妈妈逼疯时，我还是那个黄色小甜心，微笑几乎是我的第二层皮肤。她们用各种方式背对父母，她们天不怕地不怕，只怕变得跟妈妈一个样儿。但是我怎么能背对，我从未真的像她，她甚至没法给我什么化妆建议。我的皮肤紧实细致，黑发多且硬，扁平的胸扁平的臀，鼻子这么小，眼皮好像永远浮肿着。我丑吗？美吗？谁能告诉我，到底要反叛什么？看着镜子里那个长着中国脸的我，我的外表和内在是分裂的。

我没有进入过她的身体，从她的血肉里生长，从无到有。她签了一些文件，捐了钱，然后有了我。后悔的妈妈不能把孩子收回肚子里，但是如果我的妈妈后悔了呢？我们看上去那么甜蜜和谐，并肩微笑走在主街上，人们友善地对我们挥手。但是当我们走出熟悉的美林镇，走到了外头的世界，就像上回我们开车去北边的新英格兰，那里清一色的白人，人们会多看我们一眼，搞不清楚一个中年白人女性和一个年轻的东方女孩是什么关系。他们疑惑的眼神抛给我一串串的问题。历史课上学到，二次大战时，美国土生土长的日裔小孩被送进了集中营，在那一刻，基因种族胜过了后天养成。现在没有战争，但任何时候家庭里都能挑起战火，父母和小孩，美国和中国……这些问题单是臆想就已经太疯狂，没有人会去讨论这些。

那些看房子的华人可没那么含蓄。当他们在妈妈办公桌上见到我的照片时，总是会问：这是谁？听到答案时，他们张大了嘴。英语比较流利的就要多问几句，他们才不管什么隐私不隐私，就好像有个什么明清古董被偷运出国了，有权要问个清楚。妈妈总是告诉他们，南京儿童福利院。

一诺房产中介公司里，妈妈是最资深的经纪人，这一波华人顾客，不约而同都找上妈妈，可能其他几个同事没敢争取，觉得妈妈更能胜任吧，有个女儿从中国来。有的买客听讲不行（一般读的能力强一点），这时，妈妈便会请我放学后去公司一趟，或是像现在这样，在周六的傍晚跑一趟。

一诺房产中介公司就像一般的民宅，它是一座小巧的两层楼房，白墙，淡绿色的窗框，窗台上有小花盆，门口插着木牌写着"一诺房产，值得信赖"。上班族只有周末才看房子，我进门时快五点，琼和艾伦都在，喝着不知第几杯咖啡，桌上有甜甜圈。艾伦拿了一个草莓酱的给我。可以换那个巧克力的吗？我正要开口。

"月月！"

有人字正腔圆喊出我的中文名，一个陌生的女人。妈妈在旁兴奋地介绍说女人从南京来，这句话就足以让我的心跳停了半拍，忘了我想换另一种口味。

那是个穿着两件式套装的女人，身材娇小，戴着闪亮的耳环项链和戒指，打扮得异常正式，一个镶金的粉红方包放在膝头。她正上下打量我。她身边坐着一个理平头戴眼镜的中年男人，略有点发福，穿着衬衫和深色长裤、尖头皮鞋，带个真皮公文包。从他们的打扮，我猜不出他们是什么教育背景，从事什么行业。在我们这里，除非有什么正式活动，夏天大家都穿着短袖短裤，年轻人喜欢穿人字拖，有些成人穿平底凉鞋。

妈妈介绍说他们拿旅游签证，其实是在美国到处看房子。他们说南京好一点的公寓要美金一百万。一百万，我们这里独栋独院的好房子都可以买三间了。他们坐妈妈的破车往山坡上的深宅大院去,那些华宅藏在林荫深处,五房四卫三车库,现代简约风格,处处透着气派。他们马上就相中了一栋百万豪宅,跟妈妈回到办公室,签约付意向金,让妈妈去跟上家商谈。

妈妈明显被这即将到手、得来不费功夫的大生意弄得晕陶陶,当听到这对夫妇来自南京时,忍不住打开了话匣子,甚至当他们要求见我一面时,妈妈便拿起了电话。那个盛妆的太太一直瞅着我看,好像我是什么奇珍异兽,好像白人家庭的教养会让我长出犄角。我低下头去吃那个草莓酱甜甜圈。

"你会说中文?"仿佛要测试我的中文水平,她突然用中文跟我聊起来,"你妈妈说你要去读大学了,去哪里呢?"

这个问题我回答过无数次了,但还是第一次用中文回答,我讲得有点不顺畅。语言毕竟是一种日常工具,不用就会生锈。申请大学对我不是问题,但大学的学费实在太高了,为了我读大学,妈妈一直拼命在存钱,没舍得换车,连着几年没有去度假。房产经纪人的收入不稳定,妈妈一直在伤脑筋,我知道我必须贷款,课余时间拼命打工,麻烦的是,我也需要一部车……

"月月小姑娘,你长得真好,住在美国,还要去读大学了。"她摇头,有点感慨,"你真是幸运啊,遇上了这种好心的美国人。"

"嗯。"我需要在陌生人面前，为这种幸运感谢老天吗？

女人突然摸了一记我的手臂，我往后一缩。她可能是想表达善意，但我不习惯陌生人间骤然的肢体接触。这陌生人却压低声音，用一种推心置腹的口吻说："你亲妈把你放在车站，人多的地方，就是希望你能活下去。我听说在有些乡下地方，不要的女婴会被丢在荒郊野外……"

一直沉默着的那个男人也开口了，"是真的，乡下人把女婴放竹篮里，傍晚时在村子里转，一家家问有人要吗有人要吗？问到最后没人要，竹篮就被放在村外的土丘上，天一黑，野狗就来了……"

"好了，请你们在这里签个字。"妈妈递过买房意向合同，"我马上给对方经纪人打电话。"

他们忙着签字，我低头看着那难吃的甜甜圈。你要么就吃掉它，要不就带回家，或者丢垃圾桶，总之，你自己要拿定主意。我起身离开时，没有跟任何人打招呼。只听得琼抬高声调对妈妈说："你可真有先见之明啊，让安娜学好了中文。"

我沿着一诺房产前的大马路往前走，拐进图书馆的绿地，从后面停车场边门绕出去，走上一条小土坡，接上肯特路，走个五分钟，就到了我的学校，隔着铁丝网是我们的篮球场，现在里头空无一人。我一直梦想打篮球，但身高不够，只好进了游泳校队。他们都说，华人子弟的身材适合游泳地板运动之类的。但这些都是冷门运动，篮球才是正道。

不争气的眼泪涌上，我庆幸四下无人。

你要她吗？要吗？就像提着的是一篮鸡蛋或面饼。他们亲眼看到了女婴粉嫩的脸蛋，张着没牙的嘴巴握紧小拳头在哀哀啼哭。谁能不救助这脆弱可怜的小生命呢？但一个个女婴就这样被放在了荒凉的土丘上，野兽的利爪划开她的粉脸，尖牙咬进她的胸膛。拒绝收下女婴的村人成了共犯，是他们一起把女婴喂了野兽！

我是幸运的。虽然我被遗弃了，但我被好人家收养了，虽然我成为白人世界里的中国怪物，但我还活着，所以我是幸运的……

此刻我才发现，手里竟然还抓着那个吃了一半的甜甜圈。我使劲把它丢过铁丝网，抓住铁丝网使劲摇晃，像一个绝望的囚徒。我用尽所有力气喊出来："我恨你们，我恨你们，我恨你们……"

不知过了多久，我的嗓子喊破了，全身力气也散尽了，坐倒在地，脑里一片空白。手机响了两次，或三次，我没接。妈妈一定在到处找我。我站起身来，拍掉裤子上的土泥，慢慢往回家路上走。

"嗨，安娜！"

一个戴着棒球帽的男人朝我走来，笑容满面，是法兰克。我挤出一丝微笑。

"你在这里做什么？"

我在他关切的注视下低下头去,"我,我正要回家。"

"嗯,你瞧,我本来是不想告诉你的,但既然遇到了,我想这就是命运。"

我抬头看他,他的表情很严肃。什么命运?

"我想说的是,我有你的草帽。"法兰克嘴角扯开一丝坏笑。

"什么?"

"是的,安娜,我拿了你的草帽,那天聚会结束时,你忘了带走。"

"啊,是的。"

"你要我拿来还你吗?"他望着我,水蓝的眼珠本来闪着促狭的泡泡,随着我异常的沉默,逐渐沉了下去,"安娜,你还好吧?"

他温柔的语气,让我只想扑到他怀里痛哭一场。

"有什么事,你都可以告诉我,你知道的对吧?"

"你想还我,就还给我,不想还我,就带它走,或者把它丢到垃圾桶。"说完,我快步朝前走。

"安娜?安娜!"

我把一切都搞砸了。注定要失去的,就会失去,你无计可施,这就是命运。

一进家门,闻到了我喜欢的烤苹果派的香味。

妈妈从厨房里出来,"你怎么了?"

"没什么,只是累了。"我故作轻快,"我闻到什么?你又拿超市里的来糊弄我?"

"从小你吃的都是超市的好吗!"妈妈笑了,"来杯咖啡!"

我们母女在饭桌前坐下来,我切了两片热腾腾的苹果派放到餐盘上,那是青花图纹的餐盘,妈妈特地在日本超市买的。日本的,中国的,看起来都一样是东方的。

"你后悔过吗?"我问。

妈妈看着我,我知道她懂。可以这样做吗?可以收养一个外表跟自己完全相异的一个中国的女孩吗?孩子将来会有认同危机吗?在那些生日派对上,说着要带我们回南京寻根的时候,迷惘和疑虑就在那里了。

"下午那对南京的夫妇很健谈啊,让你有感触了?"

"你后悔吗?"

"我感谢上天的安排。"

我们安静地吃着苹果派。南京弃婴的故事感觉很遥远了。但或者,南京并没有那么遥远,因为妈妈说了,那个有玉佩的克丽丝汀·珮珮·怀特,发了脸书,他们在南京找到亲人了!

珮珮跟她妈妈一起回到南京儿童福利院探访,地方媒体一报道,网络上一传播,凭着儿时的一块玉佩,竟然真的找到亲爸。亲妈几年前病逝了,亲爸一直记得当初给了小女儿这块玉佩,那是家里唯一值钱的东西,后来也知道女儿被送到南京儿童福利院。家里有个小她一岁的弟弟,懂事后曾回到孤儿院探听姊姊的下落。

我点开了脸书,看到珮珮跟南京家人的合照,她的爸爸又黑又瘦很显老,倒是弟弟跟她长得像,都像妈妈吧?

"现在有几个家庭在约着一起去南京,你觉得呢?"

南京更近了,近得不仅是故事里的原乡,不仅是五斗柜纸盒里那条薄毯子。

"月月?怎么样?"妈妈搂住我肩头,"我一直知道你想回去,今天这房子已经谈妥了,现金交易,可以进账三万多,我们的旅费有了!"

妈妈灰蓝的眼睛里闪着光彩,终于能实践自己的承诺,带女儿回去了。或者她是对的,或者我潜意识里一直想回去,去填补生命最开头的空缺,找回失落的那块拼图,所以才这么认真学中文。是不是找到有血缘关系的亲人,我就完整了,不高兴时敢大声跟妈妈争吵,离家出走,做出各种叛逆的事,在气极的时候也可以理直气壮喊出"你当初就不该领养我"的话?

深夜,白昼的暑气消散了,夜凉如水,窗外虫声唧唧。附近人家早就拉下窗帘就寝,只在檐下留了一盏黄灯。这个小镇,我的小镇,全世界我唯一熟知的地方。再三个月我就要离开了,离开这林木交合的马路,路两旁朴素古雅的小楼房,推着婴儿车散步的犹太妈妈,遛狗的年轻人,还有滑着轮鞋呼啸而过的男孩女孩。一年又一年,春天我们打着喷嚏整理花圃,夏天在院子里摆摊卖旧物,秋天我们把落叶扫成堆,冬天清理门前的积雪。四季的任何时候,屋里都是安宁舒适的,妈妈在起居间排着拼图,在厨房里加热超市的苹果派……

我盖着薄毯,躺在床上无法入睡。我比较怕冷,他们说是体质关系。有些东西,即使离开了,一样留在我的血液里。身子底下的床越来越硬,硬得像木板。18岁的我,细长的身子盖着小花毯躺在木板椅上,四周是嘈杂的人声,火车进站离站,广播声,吹哨声……我戴着一顶草帽,一动也不动地躺着,静待我的命运。车轮摩擦铁轨,唧唧,唧唧,发出阵痛似的尖叫,一朵、两朵、三朵,越来越多黄雏菊从帽子里长出来……

第二天早上,我给法兰克发了短信:我想告诉你,我有钱去读大学了!还有,你可以拥有那顶草帽,因为是你捡到的!

(2015)

善后

明天就是中秋了。友兰下了车，站在铁门前，拎着一盒月饼，没有马上揿铃。月饼是香港荣华的蛋黄白莲蓉，黄金色的铁盒，盒盖是蓝天一轮明月，并开两朵艳丽的红牡丹。

过去妹妹友竹总是拎着大包小包，精心准备了妈妈喜欢的吃食，什么话梅、蟹壳黄、核桃酥、削好的苹果和梨，妈妈喜欢什么，她心里明明白白一本账。根本不必要的，疗养院里包吃包住，何况那个什么话梅，看护也说了，老人家容易噎到，危险。后来话梅不带了，改带咖喱酥。咖喱酥也不那么合适，一咬一身屑。友竹不管，还是照常张罗了各种妈妈可能爱吃的食物，每次变着花头，像一个殷勤的情人，其实妈妈哪晓得这些，连来的人是谁都不认得了。这些食物带去，有时妈妈并不马上吃，或只尝了一点，临走时就交给看护。那个看护，小黄还是小王，安徽还是江苏的，接过时笑得合不拢嘴，这些点心最后会进到谁的肚里很难讲。无用功呀，她常在心里嘀咕，但不敢说出来。她一直有点忌惮这个妹妹。

从小，妹妹友竹样样比她强，学习好，当干部，还比她高三公分。别小看这三公分，从小学六年级起，她就一直多了这三公分，两个人走出去，别人都以为友竹是姐姐，何况她又能说善道，得理不饶人。友兰本来也不想当姐姐，当姐姐要礼让妹妹，做妹妹的榜样，而这个倔强的妹妹早就骑到她头上。她唯一胜过妹妹的，就是得了妈妈的瓜子脸，一双长而如燕尾向上飞的凤眼，薄唇轮廓分明，左边嘴角上一个浅浅的梨涡，笑起来颇有几分妩媚。美中不足的是眉毛疏淡，不描画就几乎没有，神情显得淡漠，一种还没开张或即将打烊的模样。友竹像爸爸，方脸高颧骨，浓眉大眼，皮肤黑，不怒自威。男生喜欢招惹友兰，拿她的铅笔，从后面一把扯掉她的发带，她只会哭，总是妹妹替她讨回公道。长大了，那些欺负她的男孩倒过来追求她，写诗传话，在门口站岗或堵在半路上。她很早就结婚了，一直没生育。过了几年开小学同学会，跟那个最爱欺负她的同桌小赤佬好上，还怀上了，老公气不过也在外头玩，但是该办的手续都没办。友竹看不过去，出面硬是押着姐姐姐夫签了字，又自作主张让她跟男朋友去领证，赶在女儿落地前名正言顺。

友竹习惯替姐姐善后，她看姐姐的眼色常是怒眼圆睁，里头有不屑、不耐和不可置信：你就这么捣糨糊下去？友兰不懂妹妹担心什么，事情总是能解决的，不是这么解决，就是那么解决，即使一直无解，到最后不也就解决了。你越是风风火火跟命运对着干，命运就越是起伏落差大，这道理友竹不懂。

疗养院有两道门。人走的铁门森严，一条条只容伸出细手臂的间缝，二十四小时铁将军看守，防止院里的住户不小心游荡出去。车走的是自动铁门。这里收的多是重症病患不良于行，有的失去自主能力，失忆或痴呆，既然住进了这里，也只有救护车才能送他们出去。亲友可以来探看，但鲜少有带病人出院的。当初就是没法照看才送来的，何况病人们走不动吃不了，万事不关心，外头的花花世界早跟他们无干。

妈妈住在这也有三四年了吧，一年总有那么几次，逢年过节，她不得不上这儿来探望，不来的话交代不过去。说白了，就是没法跟友竹交代。除了友竹，这世上再没有人会在意。爸爸走后两年，妈妈确诊为老年痴呆，这时女儿小敏正紧锣密鼓准备高考，家里气氛比较紧张。友竹还是单身，有没有对象不知道，四十岁的未婚上海女人，在婚姻市场上竟比离了婚的还不吃香。理所当然，友竹把妈妈接去一起住了，这么一安排，在婚姻市场上就更掉价了。这样过了三年，各忙各的，直到妈妈第一次走失，友竹慌得打电话给她，她向来不跟姐姐求救的。友兰哪有方向，上海这么大，谁知道妈妈走去哪里了，也许一会儿就回来了。她这么一说，友竹就炸开锅了，说妈妈已经认不得路，哪能自己回家？说她把妈妈丢给她，不闻不问，她已经好累好累……友兰无法争辩，把那炸开沸腾的电话拿远一点，再远一点，只听得含含糊糊时大时小时快时慢的语声，笃笃笃笃，至于控诉的内容，她并不想知道。

妈妈找回来了，谢天谢地。后来类似的紧急事件又发生了几次，请的看护不给力，友竹几乎没法上班。谁受得了一个老女人跟前跟后，千百次叨念着谁偷了她的钱？刚吃过一转身又闹着一天没吃饭，抹得看护一身的鼻涕泪水，有时是屎尿。痴笑时没心没肺，扯开嗓子骂山门时邻居都要报警了。小女孩般无知，却不那么无邪。等到妈妈完全不认得女儿，友竹便开始找疗养院。上海市远远近近看了好几家，考虑公共设施和病房、护理人员素质、膳食调理、探视规定和交通便利等等，当然还有费用。

要把妈妈送到疗养院的事，友竹第一次表现出犹豫，几次打电话来商量，但友兰没意见可给，疗养院是那么遥远且令人厌恶的名词。当妹妹焦虑地比较着这家和那家的利弊时，她听着听着就走神了，回过神来时，只是说你看着办吧，但是你晓得的哦，我没钱。她的工资本来就不高，因为做事态度不积极，从姑娘做到人称大姐，只混了个小主管，积极等退休。老公赚得多一点，但要付房贷，还要留给小敏办嫁妆。妹妹一人吃饱全家不愁，手头自然宽裕许多，妈妈既然住在她那里，她怎么样也得想出个法子来。友竹果然是个有主张的，断然把妈妈的房子卖了，到手的钱分作三份，姐妹各拿一份，另一份用作妈妈的疗养院费。这一来，解决了妈妈的问题，姐妹俩手头也多了一笔现款，友兰觉得这方法不要太灵噢。至于疗养院她是不看的，妹妹决定的总不会错，何况这些地方让人沮丧，想到有朝一日老去的景况，能不忌讳吗？

友竹选定的这家疗养院，说是跟什么国外医疗研究机构合作试办，对照顾失智病患特别有经验，不像别的地方把失智患者和其他行动不便的患者全关在一起，应该是妈妈可以安妥走完最后一程的地方。友竹这么说，这事也就定了，择日便一起把妈妈搬过来。

铁门向右滑开，出租车开进疗养院的前庭，灰白水泥地，一条窄窄的花圃作点缀，开着金橙紫红的万寿菊，前头就是患者住的大楼，共有五层，底层是交谊厅和餐厅，还有办公室和接待室。上下各层的电梯都要输密码，五楼是有自主行动能力但失智的病患区，从病房到公共区域间设了防盗门，要从外头开启，只有工作人员和家属能出入。妈妈住的就是五楼。二楼是不良于行坐轮椅的人，三四楼是需要照料，但还有自主能力的老人。

九月中，蓝天上有棉絮般扯散的云，三四楼靠东边的阳台栏杆边站满了人，那些灰白短发、早早穿上棉衣的老人，个子都不高，也许是佝偻着身躯，也许是人老骨架缩了，一个挨着一个手抓着栏杆往这里看。他们死盯着这个无事的早晨开进来的这辆白色大众出租车，这个早晨第一件值得关注的事。车上慌慌张张下来两个女人，一个拿行李，一个扶着一名跟她们一样的老人。拿行李的那个一抬头，脸上一惊，旋即转开眼去，嘴里咕哝一声：要死了，全是女的，女人真是太长寿了。扶老人的那个也抬头，脸上也是一惊，死盯住她们，眼光来来去去，好像在认亲人。老人早就习惯了陌生访客的眼光，他们逡巡的眼光想在老人身上找到答案：这里好不好？习惯吗？开心吗？想家吗？恨吗？

那里是通往外界唯一的窗口，每日除了在房间和大楼的公共区域活动，阳台是唯一能看到外界的地方，可以看天，长年灰白色的天际线，如果遇上蓝天白云，那真像中了头奖。可以望远，这里是郊区，几栋灰色大楼，高低略有变化，姿色十分平常的一家姊妹，不像城中区那里一栋高过一栋的摩天大楼，美女如云争奇斗艳，雄伟的老建筑有历史，新建的大楼逗新奇，不是注射针筒似的高插入云，就是开瓶器似的楼顶，有倾斜如醉酒的，也有联排如裤衩。这些建筑物和各种城市雕塑，一入夜便活过来闪着各种耀眼灯火，让夜空无法黑得彻底。俗世热闹都在那边，疗养院这边看过去，最醒目的便是那栋白色大楼，是离这里最近的医院，病友们有时也得去那里，总有那么一天，去了就不再回来。建筑物静默矗立，老人们还是更喜欢看活动的街景，街景里才有故事，而他们彼此的故事，精彩部分已演过，结局也都知道了。幸而这里可以看到外面的人和车，他们就那样一字排开，占着自己的位置，像在剧院里耐心等着好戏上场，有一整个白天可以等。出租车开走了，友竹还凝望着阳台上的老人，良久才收回视线，自言自语说：不知道他们在想什么。

所有手续都是友竹去办的，签合同，交费用，主任解说着什么，护理人员介绍着什么，话语滔滔流过，她只是跟着友竹，手里提着妈妈的一件行李，有点讶异竟然是这么小的一件。想必是只带了这一季的衣物吧，换季或有什么需要，友竹自然可以捎过来。主任姓余，看上去五十多，戴顶鸭舌帽，估计头发秃了。他讲起话来声音出乎意料地微弱，说是气管炎两个多星期了，友竹关心地问候，大概为了妈妈的事，两人打过几次交道。这家疗养院床位很紧张，友兰记起妹妹提过送红包的事，后来到底有没有送，她却不甚了了。但至少现在双方表现出一种熟人的亲昵，一切顺利进行。

余主任一路走，一路点名走廊上遇见的老人，邱阿婆、王阿婆、林奶奶，有的扶着助步器慢慢踱步，嘴巴内缩假牙满出，一路噘着嘴，有的就坐在房门口发呆，眼睛半睁半闭，鼻水和口涎流下来。余主任招呼着她们，老人从白日梦状态里突然被唤醒，一时还来不及有反应，一行人早就走过去了。偶尔一间关着的门突然打开了，一个看护匆匆走出来，看到余主任愣了一下，堆起笑，余主任便推开门探一眼，里头传出来的有时是一股恶臭，有时是一阵哀嚎。

到了，就是这间。房门是开着的，人来人往，反正司空见惯。友兰闻到不知是尿臊还是饭菜的怪味。这房间里的病人是不到楼下用餐的，食物全由看护送上来。房间里有一间浴室和厕所，五张床，看护跟她们睡。最里靠墙的床上卧着人，一动不动，邻床坐着一个老婆婆，头也不抬，拿着一包饼，哑巴哑巴吃得津津有味，最中央是看护的床位，紧挨着的一张空床收拾干净了，应该就是妈妈的床。靠窗还有张床，床尾摆张轮椅，上头坐着一个女人，看起来挺年轻，四十上下吧，皮肤白皙，容颜端丽，头发跟其他病人一样剪得很短，看护正一口一口喂她饭，她机械性地咀嚼，大眼睛里不是呆滞，是冷漠。

这个是周小姐，漂亮吧？她妈妈原来也住这里，上个月走了。周小姐几年前车祸，瘫痪了，家里没人，就把她跟她妈妈放在一个房间。她应该是住二楼的，二楼现在没空床，有了床就要移下去。余主任一口气说完周小姐的余生安排，周小姐眼睛眨也不眨。身体瘫痪，脑子应该是清楚的，妈妈走了，自己残了，困在这个人人半死的地方等死，还被公然地谈论，没有一点隐私、一点人的尊严。友兰早就调转眼光，把行李在手上换来换去，友竹则显得手足无措，仿佛周小姐坐在轮椅里她也有责任，同在一个空间里，对照着彼此的福祸，却帮不上忙。

妈妈终于在她的床位上安顿下来了，衣服放在属于她的柜子里，靠床的小桌上摆了全家福，爸妈和一双女儿。阿婆，照片里是谁啊？看护笑着问，妈妈乖巧地答：我不知道，没有人告诉我。友竹刚想说什么，看护笑容一收，快步上前一把夺走左边阿婆的饼干袋：黄阿婆，你怎么把包装纸都吃掉了？

终于，她们要走了，友竹搓搓妈妈的手背，摸摸妈妈的脸颊，咽哽依依说着再见，妈妈只是呆呆看着她。友竹转过身对看护再三拜托：请好好照顾我妈，请好好地，耐心地……吃好饭的周小姐，仰头闭目在轮椅里养神，对外界一切动静充耳不闻。

那一天的事，友兰没跟老公或小敏提起，只说外婆搬到疗养院了，蛮好。她什么都不去想，赶紧扑回原来的生活里，蜷缩在自己的洞穴，让习惯带着她一天天过下去，该吃就吃，该睡就睡，再没有想起那一天。逢年过节她碍着友竹，勉强自己走个过场，心不在焉行礼如仪。但现在，当她不得不独自回到这里，站在铁门前，那天的情景一幕幕闪现，仿佛过去它只是被卷起来收到柜子里，此刻一展幅，所有的细节栩栩如生历历在目。那个坐轮椅的周小姐的眼神，此刻想来，不是冷漠，是绝望。她不禁抬头去看那阳台，十月了，天冷风大，阳台上一个人也没有。

余主任正在会客室里讲手机，一看她进来就把手机挂了，笑眯眯起身迎接，友兰不由自主就把手里拎的月饼递过去，心里直怪自己糊涂，怎么没想到给余主任带一盒，人家可是帮了大忙的。

"喔唷，还带啥月饼，谢谢谢谢！"

荣华月饼也算高档，同枝争艳的两朵红牡丹啊！余主任看来挺高兴，友兰心安了，也就微笑地在沙发上坐下。

余主任清清嗓子，把刚才的笑颜收敛了，正色说起正事。"去看过了吗？"

"还没，待会去。我想先过来，谢谢余主任。"

"谢什么呢，你妈妈在我们这里这么多年了，你姐姐也都是老朋友了，她三天两头来，有时我们也要聊聊的。"余主任沉默了几秒钟,"唉,谁想得到!"

友兰当妹妹也习惯了,尤其年纪一过四十,作小卖乖更是理所当然,她没去更正。"想不到的,谁想得到?"接了这句后就无以为继。向来拙于口舌,需要讲话时,自然有像友竹这样的人出头。她的沉默,余主任的理解是伤感和痛苦。家属的这种情感,他很熟悉,也懂得排解。他相信只要说出来,多说几次,再怎么可怖的事,也就见了阳光,不那么骇人了。于是他从母亲节的前一天开始。这些他都跟友兰说过,这已经是第三次了。他觉得至少要跟友兰好好地说上三遍,才能让这事情不那么奇特,才能安心归入疗养院的档案。

母亲节前一天,余主任接到友竹打来的电话,说母亲节想把妈妈接出去玩一天。"当时我想,失智的病人,尤其像你妈妈都这么严重了,出去有什么玩头?但是你姐姐那么孝顺,看得出她对送你妈妈来这里住,心里是放不下的,可能母亲节想要特别孝顺一下。这我们没有理由不同意的,对吧?"

友兰忙点头。她知道余主任怕家属责怪,但她是不会去责怪的,这是友竹的决定。

"母亲节那天早上十点不到,你姐姐就来了,挺高兴的,跟大家打招呼,从包里拿出一套新衣裳给妈妈换上,还替她梳好头发……"那天妈妈精神不错,听说要带她出去玩,她说不玩,要回家。友竹当时就应了,是回家。走前,友竹特别跟小黄道了谢,给了她一袋子东西,里头有一包进口糖,几双新袜子,一个小钱包。小黄问什么时候送阿婆回来,来得及吃晚饭吗?友竹说看情形吧,摆手说再见。

"下午五点多,警察局电话来了。你妈妈手上戴了环,上头有她的身份编号,一查就查到我们这里了。"

友兰点头不语。他们在崇明岛西沙附近发现友竹和妈妈。崇明岛多少年没去了。姨妈住在崇明岛,小时候放暑假,妈妈总带着她们姐妹俩,坐车乘船,去姨妈家玩上十天半个月。姨妈自己种菜,养了鸡,厕所在外头,她看过粪上的肥白蛆蛆。她记得西沙湿地,海边一大片沙地,长满了芦苇水草,潮涨潮退,有很多蟛蜞躲在沙洞里,沙地被它们挖得千疮百孔。友竹跟着表弟一起钓蟛蜞,把姨妈准备的蚯蚓挂在竿头上,垂在洞口耐心守候,额头汗津津,鞋袜和小腿肚上都是泥。她记得自己戴着顶草帽,干干净净,倚着妈妈啃青白色的甜芦粟,红红的太阳在芦苇尽头大海的那边。

在西沙湿地的童年,连张照片也没有留下。姨妈一家后来去了香港,表弟几年前来过上海,友竹请客,找了家小巷弄里的本帮菜馆,门脸小,台子寥寥几张,她觉得有点坍台,表弟是见过世面的。友竹圆眼一睁教训她,你懂啥,西餐大菜他都吃过,就是吃不到正宗的上海菜,别看这店小,没有提早两天预订是吃不到的,而且一个半小时就翻台。见面时聊起往事,表弟说友兰现在看起来温柔多了,小时候可是很凶的。她们都笑表弟记错了,谁不知道友竹才是母老虎。表弟却言之凿凿说有一次友竹钓上了一只赭红色的大蟛蜞，个头有一般的三倍大，将军似的舞着大螯特别神气，友竹得意洋洋，装在小瓶里到处献宝，友兰乘妹妹不注意，倒出蟛蜞，一脚踩扁了。友竹朝姐姐扑过去，两人扯头发吐口水撕衣服，姨妈好容易才拉开来，友竹脸上一条指甲划破的血痕，好吓人。姐妹俩听得面面相觑。

半晌，友兰笑，"听他瞎讲八讲。"

"我只记得钓蟛蜞，还有，我迷路了。"友竹说。

友兰也记得。友竹那时大概六七岁，她记得大人们突然叫起来，喊着友竹的名字，妈妈紧紧抓住她的双手，像蟛蜞夹住肉，质问她妹妹去哪里了？大人们这里那里找着喊着，有人往入口处去，有人往滩边去，游客如潮水般涌上又后退，只要身边有小女孩身影的，他们都要仔细多看几眼。她突然害怕起来，妹妹不见了，她一个人怎么办，她能取代友竹吗？她能又是姐姐又是妹妹吗？妈妈急得抬头纹数条，鼻翼一耸一耸，一叠声地问：真的没有看到妹妹去哪里了？她没有告诉你？友兰开始哭起来，泪眼模糊，世界在泪花里颤动，比人高的芦苇被风吹得往一边倒去，一波小浪远远自起自落，一个小女孩的哭啼声被送了过来，妈妈飞奔过去，沙沙横扫开路，从芦苇丛里抱出了友竹。友竹一被抱起，立刻就不哭了，沾着泥巴的脏脸蛋儿闪着劫后余生的光辉，手里挥动着一截枯枝有如宝剑，挫败已经变成胜利，只有她还觉得委屈，觉得害怕，继续抹着泪哭个不停。

友竹为什么把妈妈带到崇明岛去呢?隧道修好后,去崇明岛不用再乘船了,高速公路一路直达,但是上海人得空喜欢往北往南到处玩,北京青岛,厦门三亚,更流行的是出境游,近的东南亚、日本、韩国,远的美国、欧洲,去南半球的也很多,谁还去崇明岛呢?除了怀旧的人。

年轻、健康、美丽的妈妈,带着一对姊妹花,去找最亲的妹妹一家避暑,田野海滨,远离尘嚣,那想必是一段幸福的时光。没听友竹谈起崇明岛,从不知她怀念那里。又或许,她没有其他的地方可去。那似乎是挺合适的一个地方,远离尘嚣,靠近海。生命从海洋来,不是吗?海葬也曾是热门的话题。

友兰并不想知道事情是怎么发生的,也没有问过细节。她只是接受警方的说法,看来是车子失控,是不是有人干扰驾驶呢?比方说,突然去抓方向盘,打司机,或做出让司机分心的行为……在一个废弃的农舍附近,车子冲下桥去,水不深,但车子坏损得很严重。妈妈当场就走了,友竹半身在水里,乍看没什么外伤,背脊骨却是撞断了,也有脑震荡。不知是什么时候出的事,一直到下午三点多才有人经过。也许友竹已经几次痛昏了过去,也许她一直都是昏迷的。

友兰没多问,也不想谈论。她到友竹的家里去收拾善后,发现所有东西都理得井井有条,善后需要的文件和证明,房产证和银行卡,全都放在一个大纸袋里,摆在餐桌上,还有一封给她的信。信上友竹跟她道别，说对妈妈有责任，不忍看妈妈失去尊严受尽折磨，决定带妈妈一起走。

友竹就是个傻瓜，从小专会制造麻烦，友兰恨恨想着，什么责任，什么义务，有必要吗？难道不能顺其自然？她风风火火拖着别人跑，却从未想过别人只想安静过日子。

"作孽，老作孽噢！"余主任摇头叹气。上海人说作孽是可怜的意思，但别处有别的意思，自作孽不可活，是这么说的吧？她打断余主任的喟叹，"不好意思，还有件事要麻烦余主任，我很快要出国了，友竹，友竹就要请你们多关照了。费用方面……"

"哦，这样啊，没问题的，你费用预缴了五年，不是还留了一笔钱吗，有什么紧急事情，我们会照你的意思处理……"余主任什么样的家属没见过，虽然这个妹妹相较于姐姐冷淡许多，而且自从把姐姐送来后就再也没出现，他还是带着笑容起身送客，"你对姐姐也是尽心尽力了，这年头，能这样为家人出钱出力的不多了。我还有事，就不陪你过去了，先去前台做访客登记，二楼，你晓得的。"

友兰做好访客登记，往电梯走去。带给妹妹的月饼，转手给了余主任，两手空空很不踏实，只好抓紧自己的手提包。她几乎可以听到余主任会怎么跟访客介绍友竹：这个小姐可怜啊，以前她妈妈住在这里，她常来探望，很孝顺的，有一年母亲节，把妈妈接出去玩，没想到出了车祸，作孽噢……他会当着好强的友竹的面,几句话交代友竹的不幸和她的余生。把友竹安排在这里度余生,也许不是最好的选择,但她还能怎么办呢?一想起这些事,头就一阵阵痛起来,还要不要过日子?幸好友竹现在连句话都说不清,不能再对她瞪眼睛了。

友兰一到二楼,脚突然有点软,心噗通噗通急跳。她给自己打气,先熬过今朝,其他的,船到桥头自然直。

姐姐,我们去里头玩躲猫猫。
妈妈会骂的。
不会的!
衣服会弄脏的。
不会的!
芦苇这么高,进去找不到路出来的。
来寻我呀,姐姐!
你这个傻瓜……(2016)

跟神仙借房子

不属于你的东西，你是无权给予他人的。他听老哈说过，只有在给予某样事物时，你才能证明你拥有它。所以，那些乐善好施的人，是不是拥有很多？而像他这样不曾让渡什么给人的，是不是一无所有？

姚睿，19岁，高中毕业，一无所有。

他在一张广告纸的背面，郑重写下这行字，几秒钟后又把高中毕业划掉。在学校没学到什么，学历也没能帮他找到任何工作。你这孩子不笨呀，就是不愿意学习。这是从小到大老师给的评语。上个星期他从老家来到上海普陀区小姨的家，大家都说上海的机会多。

上海人把租房子说成借房子，小姨的家当然也是借来的。每一年春节看到小姨，总要听她跟妈妈抱怨上海的房租涨得简直是不像话，她成了替房东打工了。如果早几年凑钱买个房子就好了，那时的房子才多少钱啊！买了的人都赚了，没有买的人只好替房东打工了。

小姨二十来岁来上海，做钟点工，一做二十年，手上几家多年老主顾，钱挣得很多。每年春节雇主们给丰厚的红包，让她过了元宵才返工，确保小姨不会跳槽。小姨回家总是风风光光，大包小包给他们带礼物。他的第一双气垫球鞋就是她给买的，穿到鞋底开口才扔。小姨在上海住了那么多年，整个人洋气许多，头发染成黄棕色束在脑后，穿尖头高跟鞋，窄脚裤，长至大腿的毛衣。讲话不像姑姨们大嗓门，遇到事也不一惊一乍的，像鞭炮一点就爆，而且竟然还能秀几句没人听得懂的沪语、英语和日语。

他最喜欢听小姨讲上海的故事，上海就像那双好牌子的气垫球鞋，踩着能跳得更高，跑得更快。穿上了来自上海的球鞋，他就像有了神仙的法器，能够自如纵跃于摩天大楼之间，潜入都会最私密的犄角旮旯，上天入地无所不能。姚睿轻易可以看到自己衣带翻飞风姿飒爽，脚踏祥云瞬间万里，在狂追仙侠故事多年后，他善于想象和代入，尤其是对一个四海八荒的仰望之地、辉煌如仙宫的大上海。

妈妈做过几年小学老师，小姨去上海给人打扫卫生，她总说这个妹妹学习不上心，成绩太差，干不了别的事。但是，学习不好的妹妹挣钱多，却也是不争的事实。那年老家翻修，舅舅让大家拿钱，她说嫁出去的女儿没有拿钱给娘家修房的道理，何况自家的房子也早该翻整了，厨房渗水那么严重，泥地灰墙，当初盖房子钱不够，什么都只做了一半，另一半恐怕永远也做不了……结果小姨二话不说拿了一万块出来。妈妈和二姨妈因此背地里抱怨小姨，但是当面更巴结了。对有钱亲人的巴结，倒也不是真的为了日后沾光借贷，而是对财富一种普遍的敬畏。这道理连他都懂。在上海一住二十多年的小姨，可以说是修成正果，脱却凡人之身了。

离家时，妈妈皱着眉头让他带了一袋炒花生、腌萝卜干，还有特产香麻油。妈妈习惯性皱眉头，眉心早早刻下深沟，睡觉时眉头也不舒展，因为糟心的事太多。她主张姚睿去上海投靠小姨，小姨没生养，一直就特别疼他。她语重心长地交代：你好歹也读了这么多书，去上海不要给你小姨添麻烦，好好找份事做。他唔唔答应，没从手机抬头，妈妈提高嗓门又说，不敢想着你孝敬，你自己的手机费、吃饭钱，总要挣出来吧，别像在家里这么懒。

他又怎么懒了？指的是他不上学也不挣钱，成天就是四处闲晃，日子过得毫无意义？人很多时候都在做着别人看来毫无意义的事：妈妈对着镜子拔白头发，爸爸闻自己脱下的臭袜子，阿姨抱怨婆婆做饭难吃，小鸡以为自己是游戏世界里的一代妖姬，而他习惯在纸上描着仙人图，写几行警句隽语，没事跟老哈闲磕牙。

老哈是他的"忘年之交"。那时才读初中，下课后常去网吧，老哈那个小杂货店就在网吧对面，他跟朋友们在店里买饮料，熟了以后，老哈愿意让他赊欠，只愿意让他一个。老哈在昏暗的柜台后面摆了个小台灯，一个高椅，没有客人时就在那里看书，什么书都看，最常看的是棋谱和武侠，他常说从棋盘和江湖学到了人世颠扑不破的真理。什么真理呢？老哈面露神秘微笑，两片焦干的厚唇咧开来，秀出参差的龅牙：你年纪太小，说了你也不懂。

跟老哈待在一起时，老哈翻书，他滑手机，但有时老哈会突然抬头说话，那些话没头没脑，例如那个什么给予和拥有的关系。你给出去，不就没有了吗？给的动作是在宣称拥有权，还是宣称不拥有呢？他永远没搞清过这些话是老哈自己悟出来的，还是书里写的，也从没问过，或是借老哈那些卷边脱页的书来看。但至少，他不会觉得老哈看书这件事是没有意义的，老哈看的书让他罩着一眼看不透的光晕，仙风道骨修为深啊！

他不时会到老哈店里去，几年过去了，那个店就跟老哈一样，一点都没变化，店里所有的商品都是灰扑扑的，饼干变软了，纸杯蛋糕变硬了，糖果全黏在一起，冰柜里的棒冰，融了又冻，每根都是变形的。老哈背有点驼了，戴上了老花眼镜，还是缩在柜台后看书。一年前，老哈终于把店关了，回家养老，从此跟老哈也变成网上见了。视频上傻呵呵永远慢半拍，微信上又没那么多话，他跟老哈从来不是靠语言。那爿小店就像他们的练功房，师傅带着徒弟，莫逆于心的情分，怎么在微信上说？他只能给老哈发一个两眼一瞪的呆表情，老哈回他一个嬉皮笑脸。

他跟老哈说他要去上海了。老哈说当心上海女人。怎么说？老哈说，全中国就两种女人，一种是上海女人，一种不是上海女人。你听过安徽女人？江西女人？没有，但是大家都知道什么是上海女人。上海女人又分两种，一种是上海人眼中的，一种是其他人眼中的……他都被绕晕了。

老哈其实不认识什么上海女人，他姚睿却认识。小鸡就是上海女人。他们在网上认识，聊了几个月，照片也看过了，眉清目秀挺可爱。他跟小鸡说好了，上海见！

他来了，借住在小姨的家。这是一栋老房子的顶层加盖，冬冷夏热，非常窄仄，天花板特别低，他一米七八的身高，直起身时觉得头皮就擦在天花板上。万一他还在长呢？他一直都在长，从十五岁开始，每年都要蹿高几公分，去年只长了一公分，但如果今年再长一公分，估计就碰头了。这个家摆了个餐桌，一组沙发，一个电视，角落里一个灶台是厨房，有个厕所可以冲澡，里头挤了台洗衣机。一进来，立刻觉得自己人高马大，走到哪里都碍手碍脚。

这房子的周围都是新式高楼，每一家有个阳台，晒着被单和衣服，在混着桂花香的秋风里舒坦地摇晃，而他的内衣裤只能晒在探出去的长竹竿上，不受待见。小姨担心这老房也会被卖掉铲平，盖起大楼。虽然平日常埋怨房租太高，房子太小，但是如果房东把房子收回，他们得往更北更偏的地区搬，到时候打工就更麻烦了。小姨打工的区域在苏州河以南，长宁古北一带，那里有很多境外人士和有钱人，住的小区高档气派，家家户户都请了阿姨钟点工，负责清洁和三餐，那里的男主人都是公司里的大老板，女主人都是十指不沾阳春水的贵太太，他们讲的不是普通话，是英语、日语、闽南语，养的狗是清水煮牛肉条和猪排骨伺候，打破一个杯子，一个月的工资都赔不起……听到这里他忍不住打岔，那是什么金碗银碗？小姨说，都是进口的瓷器，薄得像纸。

小姨坐在餐桌边，桌上一罐黄白乳膏，拿中指挖了一坨，抹到手心上，手心手背来回搓，直到乳膏全被皮肤吸收了。这么多年来，这还是头一回仔细打量小姨的手。小姨的脸，皮肤细嫩光滑，显得年轻，每一年她回老家，大家总是问她保养的秘方，说上海的水土养美女，把她滋养得越来越水润，不知情的人还以为她在上海当少奶奶呢！但是现在近距离看到小姨的手，指甲边厚厚的死皮倒刺，手心一个个黄白的茧，十指红肿，表皮脱裂像笋子般可以一层层剥下来。这哪里是少奶奶的手？小姨，你没有指纹啊？小姨打量自己的手，翻过来翻过去，好像从来没看过般，最后把手缩到腋下捂着，笑说这是不能碰水的富贵手，生的是富贵命，应该要当少奶奶的。

房间里全是油烟，门敞开着通风，他们聊着天等晚饭上桌。来到上海，姨丈也变成会烧饭的男人了，小姨说这里男人做家事是天经地义。但是妈妈早就告诉过他了，小姨挣的钱比姨丈多。姨丈在小区里当保安，一个月不到三千块钱。小姨在家里不但不烧饭，也不洗衣服不扫地，跟打扫卫生有关的事绝对不动手，唯一乐意做的就是给窗台上的朝天椒和蒜苗浇水。

小姨家很小，靠墙放了几口收纳箱，箱上有透明的塑料膜，可以看到里头摆的衣服棉被等，还有很多杂物散放四处，旧电器、裂开的镜子、掉了眼珠的布偶……小姨打工的东家，常把一些舍不得扔的旧衣物送给她，说是惜物环保，小姨用不上也舍不得丢，却没有下家可以施舍。这些东西像长了脚，从墙边到地上，再爬上了沙发和桌子，还有床。每天小姨要歪在床上时，就把床上一堆东西拿起来往什么地方一搁。她在床上滑手机、看电视、闲磕牙，然后就睡了。小姨不让姨丈在家里吸烟，所以饭后和睡前，姨丈都要出去透口气吸个烟，回来进厕所去哗啦一阵也就关灯上床，只留下厨房一个插在墙上的小猫灯。这灯是不是像赶麻雀的稻草人？每次睡着前，总听到老鼠吱吱地叫。他把沙发上的东西移到椅子上，也躺倒了，在手机里看预先下好的仙侠片。没想到小姨的家这么小，竟然连个独立的房间都没有。

　　小姨家附近，有个门洞里高高低低摆了几篓蔬菜，还有豆腐鸡蛋什么的，天花板垂下几枚灯泡，姨丈都在这里买菜，旁边有卖周黑鸭、葱油饼、清真牛肉汤面的，也算热闹。走了走，每样东西都比老家的贵上两三倍，走到第三趟，还是花了五块钱买了张饼，饼比巴掌还小，厚厚几圈。卖饼的阿姨面无表情接过他宝贵的十元钱钞票，找给他一堆油腻的铜板。上海人的一块钱不是纸钞是铜板，放在口袋里沉甸甸地碰撞着，好像身上钱很多。姨丈说，一出门就花钱，没个一两百块钱，别想出门。果然，他都还没走出小姨家这条路，就花了十二块钱。葱油饼和油墩子，再加一瓶冰红茶。擦身而过的人，很多讲的是似懂非懂的上海话。这里真的是上海了，但不是手机图片里看到的上海：男女穿着入时，住在高楼大厦和洋房里，吃的是西餐喝的是咖啡。那个上海在哪里？是不是就在小姨打工的那里？

他给老哈发微信：上海有两个，一个在河的北边，一个在河的南边。

小鸡问他，上海怎么样？他答，人多车多，我们那里路上常有人站着不做什么，这里没有这种闲人。又说，他是来走亲戚的，四处走走看看，有些事要处理，有空就约。

这话特别像个男人，有事在等他处理。这也没撒谎。

不会一直赖在这里白吃白住吧？姨丈讲话的口气，是把他当大人了，男人。妈妈和姑姨们总是把他当小孩，语气很凶，但是口气里暗示着没关系，有什么事会替你扛。姨丈不。快递员和送外卖，先搞个电瓶车做做看？你到底有什么打算？

他能有什么打算？但既然来了，就有来的理由，该发生的就会发生，这是老哈说的。宿缘命定，故事里讲的。

果然不错，到了第五天，老天就委派了他一个重要的任务。那天小姨下工回来，给他带了包巧克力糖，包装上写着英文。小姨说，你不是想挣钱吗？机会来了。

送巧克力的雇主，家里老人急病，赶着今天回香港了，十天半个月，甚至更久，回不来。儿子在美国上大学，先生在深圳工作，有条金毛犬，是他们家的宝贝，托给了小姨，请她一天遛两次，喂两次，好生照顾。

一天一百块钱，就是遛狗，你做吗？小姨没等他回答，就从贴身腰包里取出一大串钥匙，圆头方头长长短短，一把把摸过去，解下一把头上缺角像苹果手机符号的递过来，钥匙的刻痕挺复杂，入手比一般的要沉。别搞丢了啊，丢了没地方配。小姨又给了一张门卡，小区大门和大楼进门都要刷卡，那里门禁森严。

姚睿脑海里浮现天宫景象，云气腾腾中巍峨的牌楼，天兵持戟看守。

小姨说，早上九点，傍晚五点，这是遛狗时间，大便要拿塑料袋捡起来扔垃圾桶。遛完了回来，给添上两大勺口粮，在厨房里，给换瓶矿泉水，有专用的饮水器。早上记得把客厅的窗打开通风，傍晚走前关上。狗绳什么的，都在那个阳台边。如果毛毛，这是那只狗的名字，在屋里大小便，它要是不开心会这么做的，拖把在厕所。还有，吃过晚餐后，要给它一根磨牙棒，在狗粮边上，自己找找，不给它会不开心的，然后，你懂的。

饮水器，磨牙棒？敢情大城市的狗，跟老家的不一样。

小姨一口气交代完，两只眼睛转转，又说，既然有他过去照顾毛毛，也开窗通风，这几天她就不过去打扫了，等女主人要回来时，她再好好打扫一遍。那么，记得屋里的植物三天给一次水，不要多不要少，要刚刚好。

这里果真是上海，遛狗都能挣一百块钱。但是挣这钱没有想象得那么容易。首先，那个地方在河的南边，日本人聚居区古北，要怎么过去呢？姨丈的电瓶车自从丢了后就没再买，每天，小姨骑电瓶车载姨丈过河到他打工的小区附近，然后她去给人打扫卫生，一天总有三四家，都在不同的地方，跑来赶去。下了工，姨丈自己倒两趟公交车回家。他得自行解决交通问题。

从小姨家出发，800米后有公交，倒一班车，步行1.2公里可到。百度地图上这么指路。预估时间是一小时又十分钟。去返时间都是高峰，据说上海的公交车可以挤死人。生在大县城的小康之家，两个姑姨一个妈，他姚睿可能生性懒散，但是看在能挣钱，最重要的是，能理直气壮到河的南边去，进到一个上海的住家，这就够了。不花钱的星级景点。

他一大早就醒了。小姨给了一张蓝色的交通卡，他顺利摸上公交，还有座位。窗外，高楼大厦渐渐多起来了，挂着各种特价广告和装饰条幅的商场也出现了，人车熙来攘往，急匆匆往目的地奔去。等到车子上桥过河进入河的南边，街景又是一变，也是车子房子和大楼，但是每样事物都更密集，颜色更鲜丽，造型更多变，就像苹果手机拍出来的高像素照片，用了美图秀秀的一键美白，寻常姿色成了国色天香。九月的阳光照亮了大街，在大楼和大楼的缝隙间，远处的天际线那里出现一栋歪斜的大楼，然后，一栋裤衩式的大楼，一些匪夷所思形状的大楼……马路变宽了，四线、六线，好车多了，电瓶车少了，男男女女的打扮也不一样了，那些橱窗里的商品看起来像手机上的名品广告。路上有打绿伞的梧桐树，有的还缠着小灯泡。有的市街一楼是店面，二楼以上的住家晒着豆腐块的被单，小姨说上海人爱干净，有太阳的日子都要洗洗晒晒……第二班车差点挤不上去，一车的人前胸贴后背，大家穿着整齐，皮鞋锃亮，小心护着自己的提包，没有人讲话。

这一带的马路，路宽人少，路名都是以珠宝命名，什么玛瑙、蓝宝、黄金，姚睿跟着百度地图走，路边密密植着梧桐树，还有不知哪里飘来的桂花香。拐进一个禁止车行的徒步区，这里花木扶疏，有他从未见过的有机食品超市、葡萄酒庄和瑜伽养生中心。小孩滑轮板，大人牵着四脚修尖头顶一簇毛的贵宾狗，咖啡馆外撑开一把把帆布伞，摆了木头桌椅，地里的雏菊和太阳花被插进玻璃瓶，吃早餐的顾客坐在那里用一种遥远的眼神发呆。要去的小区就在步道尽处，那里林木更加荫密，四下安静，黑色宝马和红色敞篷车咻地从身边驰过。

小区大门分了车流人流两道闸口，人流那边一个警卫亭，里头两个人监控视频操作拦路杆，外头站了一个警卫，黑色制服，手臂上金黄的绣章，戴个船形帽，显得很神气。他看看自己，半新不旧的灰色连帽衫，牛仔裤，球鞋，崭新的黑色双肩包，压低的棒球帽。尽管口袋里有门卡，他还是忍不住心虚、心慌。

一个女士到闸口，包包往刷卡机上一贴，闸口大开，他跟着进去了，却不知五号楼在哪里，也不敢问，只好先往右拐，一看到有条石头铺就的小径，便往里头钻。躲过大门警卫，眼前却是一栋栋灰白色大楼镶着一格格铝门窗，几十层高，危危耸立，仿佛一个个守殿怪兽，下一刻就要朝他碾压过来，他不由得闭上眼睛，双脚微抖。再睁开，眼前杵了个全身涂满煤灰的尊者罗汉，如假包换的黑人，跟好莱坞电影里的一个样！圆头颅上一块块短刺般的头发，又圆又凸的眼睛，厚厚的双唇咧开来白花花的牙，跟眼白相映成趣。这是他第一次见到外国人，而且是黑人！正慌着，黑人说了一串话，他还没听耳朵就自动关闭，英语这门课，从来就没搞通过。他摇头。黑人又重复说了一遍，嘴咧开笑得更大，这回听懂了，黑人说的是中文，荒腔走板但听得懂。你还好吧？有什么需要帮忙吗？

五号楼在哪里？你去五号，我在六号，跟我来！黑人把他带到了一栋大楼前，五号和六号双拼联栋，底楼是大厅，两边可出入。大厅里守着一个保安，看到他跟着黑人一起进来，对他俩点点头。他在七楼出了电梯，两梯三户，楼道是磨石子地，十分敞亮，掏出钥匙插入，转两圈，锁心清脆地哒哒两声，门开了，一只大狗扑上来。

从进了这个小区开始，姚睿就感觉特别不真实，特别像在做梦，一直到毛毛扑过来时，他才意识到自己从来没跟狗打过交道，而且这金毛狗竟然如此巨大，两只爪子搭在他大腿上，可以感到那沉沉的重量，嘴里吐出一蓬蓬带腥味的热气。现在害怕也来不及了。

狗的眼睛贼亮，长嘴里尖牙混着口水，就像看到了食物。毛毛，毛毛！他大声吼，力图压住狗的吠叫。狗叫仿佛是一种质疑，质疑他踏进这屋子的资格，如果它认定他是闯入者，下一秒钟就会用利齿咬穿他的牛仔裤，噬进他的血肉。

不能让狗知道你害怕，他突然想起老哈说的。老哈少年时，有那么一两只野狗像霸凌人的恶少，总是拦在上工的路上，不怀好意地盯着他。老哈会捏紧拳头，仿佛里面有一块石头，两眼直视恶狗，用尽全力射出仇恨的眼光，步伐很大，双手用力摆动，从狗的面前大摇大摆地走过。狗很精的，你一害怕，它就会攻击你，你要想着即使被咬也要踢它反击它，跟它决一生死，这个反抗的决心一下，整个人的精气神就不一样。狗是很识时务的。

金毛开始在他身上一阵狂嗅，他屏住气息，下意识护住胯下。终于，金毛安静了，坐下来，垂着长长的粉红舌头，不见眼白的棕黑色大眼睛看着他。他赶紧到狗笼那里拿狗项圈和拉绳，金毛兴奋地喘着气转圈。他的手有点抖，还好，金毛急着要出去，非常配合。这只狗不是村里的那种狗，如果有什么闪失，可不是打破一个薄如纸的杯子那么好办。也就个简单的套狗动作，他手心都出汗了。

　　这兽野性未驯啊！说是人遛狗，不如说是狗遛人。毛毛一路撒腿往前跑，找合意的地点便溺，走过楼旁的小路，穿过一个秋千架，经过一处开满黄色鸢尾花的小池塘，来到了一个大草坡。草坡上一些打扮跟小姨相近的阿姨推着宝宝车，她们长长的直发用个发圈束成一束，垂在脑后，穿着花花绿绿亮闪闪的薄毛衣，两袖勒高了，不时给宝宝递水擦汗。也看到一些女人走过，有的挎着提包，有的手里拿着网球拍，有的边走边讲手机，这些女人有的也把长长的直发束起来，但是不知道是角度上的什么讲究，却把乡气变成时髦。或许是因为她们的表情显得精明或不耐烦或空白，或许是她们的穿着挺括服色素淡，总之她们迈开的步子充满自信，显示这里是她们的属地。二者的区别就在于宫娥和娘娘吧？

　　毛毛本来在灌木丛里嗅着什么，突然间一跃过了树丛，撒腿狂奔，狗绳从手里脱开去，把他带得个狗吃屎，但是这些都顾不上了，最重要的是把这该死的东西抓回来……

　　"毛毛！"

　　"毛毛！"一个女人娇喝。毛毛往那女的身后窜去，他赶忙跑上前。只见一只博美狗，个头比毛毛的头大不了多少，圆圆的眼睛黄棕色的蓬毛，穿一件红色小马甲，模样十分逗人，毛毛卧在地上，任那小博美在头胸蹭来蹭去。

　　"毛毛……"

博美狗的女主人二十来岁,一字眉,娃娃头,发梢贴着腮帮子往上翘,眼睫毛刷子般长。"毛毛跟菲菲是老朋友了,对不对呀?"她笑眯眯看着小狗跟大狗撒娇,流露出慈母般的眼神。"它们还是小奶狗时就在一起玩了,毛毛多乖呀,看到菲菲就马上趴下来。毛毛妈呢?"

"哦,她,她在香港,我,我是……"

"你是 Hans 的朋友吧……"女人打量他。汉斯是谁?

毛毛爪子一挥,小博美躺倒在地。"NO!毛毛!"女人说,"走吧,菲菲,妈妈要迟到了。"

被毛毛拉着跑了小区大半圈,他对这里有了点概念。小区外围是车道,几栋大楼呈环形错开林立,包围着中央的草坡、设备完善的儿童游乐区,大楼与大楼之间有花木扶疏的小径,供人憩息的长凳,石山小池,步移景换,不熟悉的人很容易迷路。

回到住处,一解开狗链,金毛便冲到阳台边,凑过嘴去舔饮水器上倒挂的水瓶,光亮的硬木地板上留下一个个小脚印。他这才注意到这个客厅有多宽敞,上至水晶吊灯下至雕花茶几,每样家具看着都像电视电影里的那么讲究。桌上一大盆不认得的花,五六株花枝,每枝都开满黄瓣红心的花。一台那种演奏会上的立式钢琴,在这个客厅里一点也不占空间。墙上糊着壁纸,红玫瑰绿藤蔓,白色的小天使鼓着金色翅膀。老哈说天堂是流着牛奶和蜜的地方,他的肠胃禁不起牛奶,花蜜糖水倒是可以喝一点……金毛盯住他，他不敢再多看，仿佛金毛的眼睛是个监控摄像头，会把他的一举一动记录下来，报告给主人知晓。他给舀了两勺狗粮，它立刻咔咔吃起来。他也觉得饿了，从背包里掏出三个大肉包和一瓶水，吃完，又吃了几块巧克力。才遛了一趟狗，就全身酸痛，累到不行。"累得像条狗"，他模模糊糊想着，往有金边扶手的白色真皮沙发上一倒。

这一觉睡得很沉，好像去到了另一次元。睁开眼时，毛毛正趴在跟前，大头靠在两只前脚上，也在呼呼大睡。毛毛把他当自己人了。一看手机，两点！一坐起，毛毛也醒了，对他摇尾巴。他伸个懒腰，决定参观一下这个有钱人的房子。

小姨把这里打扫得多么干净啊，所有的东西都摆放得整整齐齐。房间的门都关着，他一扇扇打开，一个有大书柜、办公桌、打印机、计算机和旋转椅的书房，一个摆了麻将桌的房间，可以走进去的衣橱和一台按摩床，一个很大的卧室带有卫浴，里头有安着许多金色龙头的大浴缸，四柱大床上极厚的床垫，许多抱枕，双人沙发，大电视，还有大飘窗，织锦厚窗帘布卷起，迎进明丽的阳光，又一个卫浴，他撒泡尿，洗了手，在那洁白的毛巾上擦干……

最后打开的一扇门，桌上和柜子上摆了很多机器人和飞机模型，墙漆成鹅黄色，天花板深蓝色，一点一点的亮光标出星座图。床上平铺着水蓝色床被，盖一块透明的防尘罩。他打开衣橱，里头挂满了男式夹克、外套、各种款式的衬衫，各种面料的长裤。一格抽屉是内衣内裤,叠得整整齐齐,一格是袜子,还有一格里头是手套围巾和帽子。衣橱里镶着一面穿衣镜,镜中的他身材挺拔,浓眉大眼,一张很有个性的方脸。他没有继续打开其他抽屉。

桌上有一摞英文书,旁边一张照片,一个男孩从里头望着他。汉斯?这是他的房间,这些东西都属于他?男孩穿着黑袍,头戴方帽,帽子下是一张三角脸,小小的眼睛,蒜头鼻,其貌不扬。他对太子殿下有点失望。

房子的许多角落摆了照片,展示着主人一家三口。他们在餐厅里举杯庆祝,在球场上开心互拥,在毕业典礼上手捧鲜花。汉斯从一个扶着妈妈站立的小宝宝,变成一个脸上长青春痘、下巴上几根须的男孩,这些照片被装在漂亮考究大大小小的相框里,仿佛早就预知他的到来,以此对他作自我介绍。如果他手头有照片,他会把其中一张照片换下来,当他们发现时,该有多么惊讶,这个闯入天宫的年轻人是谁?又或者,他们根本不会看到。没有人再去看这些照片了,它们是给像他这样的外来者看的。

走廊上一个九格墙橱里,有爸爸的高尔夫球比赛奖杯,儿子的钢琴比赛奖状,妈妈的花艺证书,还有木刻和玉雕,都是一些前所未见的物事。爸爸,妈妈,儿子,他们各有所爱却又相互支持,美轮美奂的房子里洋溢着幸福,快乐似神仙。

逛到厨房时,他把里头的大烤箱洗碗机一个个打开来,当然还有双门冰箱。厨房柜子里有碗面、饼干、坚果、巧克力各种零食，包装上很多是洋文。这么多吃的，要吃到猴牛马月？姚睿脑里突然跳出个疯狂的念头……毛毛笔直坐在厨房地板上，水汪汪的大眼睛直直盯着他，好像可以读懂他的想法。或许它是头灵兽，或许它可以幻化成人形，而他，或许也不只是姚睿，也有变化的神通。

料理台上一个木头盘子，是一整块木头切割成梨形，上面摆了串黄亮的香蕉。主人十天半个月不回来，这香蕉黑了烂了，只能扔进垃圾桶。于是他伸手，取一根，慢慢剥皮，突然有什么扫过他的脚，他嗷地一抖，却是毛毛在脚边。你要吃吗？他讨好地把香蕉凑近，毛毛闻一闻，走开。他三两口吃掉，又香又甜。

他回到客厅，打开电视，等到快五点，带毛毛再出去一趟。这回熟练多了，回来时保安微笑着对他点头。当钥匙再次哒哒转开门锁时，那个疯狂的念头显得不那么疯狂了。

你看这狗多黏人，晚上有人陪着就不寂寞了……省得每天跑两趟，省车钱省时间……所有吃了的东西，都可以买来还的……所有弄乱弄脏的地方，小姨都可以恢复原状的……

他决定睡在这个房子里不走了。给小姨发了微信，小姨和姨丈乐得找回夫妻生活，要亲热要吵架，都不用避着他，于是给他卡里打了三百块钱，说，当心别弄坏了什么，也别让人知道。

他把窗帘密密拉上，听着楼上有时传来咚咚逃命似的跑步声，钢琴练习曲，一串音阶上去了，一串音阶下来了，拿不定主意是上去还是下来。毛毛看着他，他被这监视的眼光钉死在沙发上，安安静静大气不敢出。他早早熄灯躺倒，朦胧中有巨兽，湿漉漉带着腥气，他明明能飞却只能离地三尺，老哈在问，跟神仙借房子吗，借吗？

第二天早上醒来，这个房子不陌生了，毛毛更像是自己的狗。牵着毛毛在小区里走时，遇到那个黑人，坐在一棵木兰树下逗野猫。黑人招手让他过去，长手黑得不均匀，指节生着簇毛。他不会讲英语，但是黑人会说中文，虽然怪腔怪调。黑人不是从非洲来，从美国来，来中国学针灸，愿意跟他语言交换。黑人听不出他话里的漏洞，看不出他跟其他居民有什么不同。他喜欢跟黑人聊天。

他在房子里继续探险，深度文化之旅。打开一些抽屉，看一些没见过没触摸过的物事。一开始他很小心，把所有碰触过的物事一一归位，不留一点痕迹，但到后来就不管了，翻过后便任它去。他打开音响的所有开关，只听到大黑盒里发出奇怪的声响，却没有音乐。他摆弄汉斯的机器人，不小心扭下一只手臂，便扔在一旁。

他洗澡，用浴室里一种香喷喷的泡沫沐浴乳。从汉斯的衣柜里找了换洗衣服，竟然很合身。晚上，把防尘罩一掀，睡到了汉斯的床上，席梦思弹性极佳，一下子堕入梦乡，梦里他就是太子殿下。

每天醒来,他都更像这个房子的主人。就像选择了游戏里的一个角色,代入一点都不困难。每一天,他离汉斯更近一点,就离姚睿更远一点。他不再跟小姨、妈妈和老哈发微信,他正经历着不被理解的好事,不知如何跟他们解释。只有小鸡,小鸡跟他在同一个异次元里,她存在于网络上,跟他一样作角色扮演,只有她能理解,变成另一个人,拥有不曾拥有的能力和装备,是多么神奇。

他穿上汉斯的衣衫,穿衣镜里出现一个特别帅气的年轻人,于是发给小鸡一张自拍。小鸡热情邀约见面。他想到那个可以走进去的漂亮衣橱,那一小格一小格的文胸底裤,薄纱镂花黑色和紫色,隐约的一股幽香,便约她来这里见面。他从容离开这个房子,这个小区,在面包店买了从没尝过的羊角面包和柚子茶,坐在户外看来往行人。他感到自己是那么气场强大,这才了解,过去别人看他的眼光有多么轻蔑。

他在厨房发现一个冰柜里全是酒,白的红的,写着看不懂的洋文。有的瓶盖机关巧妙怎么也旋不开,但最后终于有一瓶红酒被旋开来,他对着嘴灌了一口,酸甜苦涩混杂的滋味,没有啤酒凉冽顺口。他拿了牛肉干,躺靠在沙发上,红酒佐牛肉干,看仙侠片,毛毛温顺地趴在跟前。

喝了大半瓶,感觉酒意有点上头了,毛毛突然呜呜哭了,冲到门口抓门,终是按捺不住汪汪叫了起来。门锁这时转动了，哒哒两声，门慢慢开了。

血液冲上脑门，嘴里的红酒喷出如血，滴滴洒在白沙发上。他紧握住酒瓶，准备奋力一击，不管来者是谁，都是不速之客都是闯入者，说好十天半个月的，他还没打算让这一切结束，他还要继续，谁也不准阻拦！

进来的是一个瘦高的男子，三角脸，蒜头鼻，小眼睛，跟他一样吃惊。"你是谁？"

"我，我是来照顾毛毛的。"

"我妈让你住这，陪毛毛？"毛毛拼命扑着小主人，尾巴摇得要断了。

"对，我，我就是陪它。"

"我妈还在香港？"汉斯看来松了口气，可是打量了他一眼，眉头又皱起来。

他的心险些从胸腔里跳出来，抖着手把酒瓶放回桌上，身上属于汉斯的恤衫和短裤，勒得他呼吸困难。这个谎言太容易戳破，万一喊警察来呢？他想着是不是夺门而逃，马上回小姨家，不，小姨家也不能回去了，得回老家。

汉斯进他自己房间，一会儿又去了书房，再出来时，手上拿着几个厚厚的牛皮纸袋，还有一个软布包，都放在餐桌上。姚睿等着他来兴师问罪，他的床，他的机器人，他的衣服，他的家。汉斯瞪着眼睛四处巡看，突然看到沙发上姚睿的双肩包，不由分说便拿来把里面的半瓶水、半包巧克力，还有一些零碎小物事，都倒进垃圾桶，然后把自己拿来的东西一样样摆进去，背上背包，便往门口走去。

真的太子殿下正在夺门而逃，姚睿看着，脑袋里一片混乱。

汉斯走到门口又回过头来，"你到底是谁？"

他一时答不出来。

"不管你是谁，见了我妈，不要告诉她，我回来过。"

"哦，你不是在美国读书……"

"你不说，我也不会说的。看来你很喜欢这里嘛，enjoy it！"汉斯轻蔑地看了这个家最后一眼，嘭地把门带上。

有大概三分钟的时间，或是更长，姚睿的脑袋里一片空白。危机来得那么突然，解除得那么迅速，说是酒后幻觉也有可能。他走进汉斯的房间，没看出少了什么。他以为汉斯看到断手的机器人和被他睡乱的床铺会大怒，但是汉斯完全没注意，或者不在乎。这个在他眼里完美如天宫一般的家，小主人连多停留一分钟也不愿意。背着妈妈偷偷潜回家，他到底有没有在美国读书？照片里那和乐融融的一家三口……

小主人临走时那个轻蔑的眼神，就像一道天雷，劈碎这个家完美的假象，让它变成一个塞满华丽家具的摄影棚，没有灯光，没有演员，更没有观众。他和衣倒在床上，感到十分孤单，想念起老哈，想念起爸妈，想念起自己原来的生活，至少那是真实的。

第二天，姚睿还是如约跟小鸡见了面，就在步道区的那家面包店。小鸡穿着短裙高跟鞋，涂了厚粉，黑色的眼线和粉红色口红。一阵风来，吹开她密密的刘海，左边额头上一块暗紫色的胎记，在厚粉下隐隐可见。胎记像是封印妖孽的印记。小鸡可能是被封印了，法力在这一世无法施展，所以这样的盛装，对他却没有一丝吸引力。

他给小鸡买了杯咖啡，小鸡喝了一口嫌苦，加了两包糖。小鸡说她住得很远，比小姨家还要北边，来上海一年了，哪里都没去玩过。原来，他还是没见着真正的上海女人。

小鸡问可不可以去他家？好想参观哦！

他抱歉地摇头。不是不愿意，但那不是他的家，不属于他。后来他们拍了张合照，小鸡侧过脸去装小脸，他做出胜利的 V 字形。他知道这照片看起来很傻，但至少他穿的是自己的衣服，可以安心秀给老哈看。他迫不及待想告诉老哈，在神仙住的地方，他也领悟到人世颠扑不破的道理。

姚睿，19 岁，高中毕业，有过一个黑色双肩包。

谢幕舞

一开始，就只有妈妈、姊姊婕儿和妹妹蒂蒂。从有记忆起，她们就睡在一个房间。

房间很大，妈妈的床边左右能各摆一张躺椅，蒂蒂睡在里头靠窗的那张，盖着一条毛毯，婕儿坐在进门处的这张，细数呼吸。气流从鼻腔和口腔进入，往肺部而去，给肉身以氧气，废气从肺经气管逸出时，发出咕噜噜冒泡的声音，那是肺部的积水。

手机显示，凌晨两点半，半小时后护士会进来查房，这几天她把医院的作息都摸熟了。

这不是一般意义上的病房，病房是让人恢复健康的地方，这是安宁病房，让人安宁地走向死亡。注射止痛剂，吊生理盐水，让人无痛走完最后一程。真的无痛吗？躺在床上的妈妈，蜡黄着脸，一分钟四到五次呼吸。妈妈的时间在倒数中，快要流尽的沙漏，任何时候都可能停止。她听着这呼吸，呼进，吐出，都是那么费力，有时一口气呼出后，过了很久没有动静，她便提心吊胆，不知那会不会是最后一口气。妈妈的最后一口气，一旦呼出，这世界上就没有妈妈了。

此刻，妈妈的一口气已经很久没有续上了，她不禁站起来，弯身看妈妈：太阳穴陷进去了，原本浮肿的双颊塌陷，嘴巴半张。"妈妈？"她这么一喊，妈妈又努力吸了口气。

她从口袋里掏出润唇膏，涂抹妈妈焦干脱皮的双唇。被单下摸出妈妈的手，这只手因为打点滴和输止痛剂，两只粗大的针头插在静脉里，已经泛白肿胀，每根指头肥得像蛆。她握住，手感微凉。病床后的日光灯日夜不灭，照得妈妈就像在解剖台上一样。她另一只手小偷般探进被单，从妈妈的前胸抚过，直到下腹，那里头有子宫，她和蒂蒂曾紧挨着蜷曲在里头，经过胯部，停在大腿。曾经丰美的肉体，现在所有的起伏和曲线都失去了。妈妈这一年来整整瘦了三十斤！她的手抚过妈妈的左半边，没有探到另一边，那一边腹部地带坟起一个小丘，表面紫红，里头全是脓肿。那是妈妈的病根。那一边，还有妈妈的右手，烧得一手好菜做得一手精致女红，摸她的头，抚着柔顺的头发一溜往下，停在后背，一只充满感情温暖爱抚她的手。那只手，在蒂蒂那边，她够不着。

蒂蒂还在睡。都什么时候了，竟然睡得着？妈妈，现在你知道，谁才是最爱你的吧？是谁总是住在你所在的城市，是谁带你去购物、看病，是谁帮你打扫卫生和整理庭院。你早该知道的。她开始啜泣。

"怎么了？"

蒂蒂探头过来，手抚着妈妈的脸。"你又在哭什么？我还以为老妈趁我睡着时走了！"

她哭得说不出话来。蒂蒂睁着一双惺忪的眼睛，皱起眉头，"你去睡吧，都不睡，要发神经的。"

她收泪，拿面纸擤鼻涕。

"妈妈不会愿意你这样的，你让她安安静静地去吧。"

"你听她这呼吸，一下子有，一下子没有，我用手机上的秒表量，有一次竟然停了五十二秒。"

"妈妈快走了？"

"你说呢？还睡？"

"医生天天说她马上要走，都第四天了。"蒂蒂躺回床上，"你去睡吧。"

蒂蒂知道，婕儿不会听她的，她会继续在哪里数着妈妈的呼吸，生怕错过任何一口气。然后呢？是希望妈妈一口气接一口气，一直躺在这里？妈妈现在不过是一具皮囊，无可奈何在这里展示死亡。看吧，那惨白的灯照着，可有一点尊严？动物都知道要躲起来死，不愿让人看到，偏人就要这么公开地死才叫死得其所。她倒希望妈妈的最后一口气赶快来到，结束，解脱，永远！她的心在胸腔里怦怦急跳，一时喘不过气来。没吃药，自从陪护起，四天没吃药了。从四十岁起，她有个药盒，七格，每个周日晚上，她像女巫做法般在每一个空格里放一颗妇女综合维他命，两粒钙片，一颗维护筋骨活力的维骨力，一颗保护眼睛的叶黄素，几年前她增加了一颗激素，调理各种更年期症候群：燥热、情绪起伏和心悸，最重要的是，据说可以延缓老化，至于服用激素易引发肿瘤之类的，她不管。活得精彩，何惧死亡？

不惧吗？她在小说、剧场和大银幕上看过太多死亡，轻于鸿毛或重于泰山，可是她没有亲眼目睹过一个人的死亡，看他怎么跨过阴阳界线。现在妈妈就在那里演独角戏，剧目是死亡，主角没有台词动作，只是僵躺着，呼吸和心跳是唯一可见的生命体征，其他观众自行领会。

啊，老妈，你有想过会是这样吗？她习惯性地在脑里跟妈妈对话。自从读大学起离开家，她再也没有长住在家超过一星期。她跟妈妈的相聚，是在世界各国风景名胜。只要她攒了钱，就一定找个没去过的好地方，约上妈妈一起。

年轻时搞小剧场，又编又导又演，她在河边租的破房子就是大家的排练所，房子里潮气很重，各种虫类游爬，墙壁长出点点绿色的霉，棉被像常年有人尿床。她坐在河边石头上，灰色河水打着漩涡泛着气泡，漂载来死狗和破鞋，有一回竟然是一捧金纸紧扎的玫瑰花，如此完好让人以为是哪个爱慕者别出心裁的告白。闻着河水的腥味，灵感源源不绝，那灵感的暖热能量从下腹部冉冉升起，催放大脑里的奇花异草，她小心翼翼护着这能量，让它如河水滔滔。写剧本时，她总是禁欲。后来听到了"母亲河"这个词，她想到那条无名的小河，水声伴随着每一夜的梦，还有蚊蚋蛤蟆四脚蛇、美丽的小粉蝶和蓝紫色鸢尾花；她想到妈妈，因为妈妈总是兴致勃勃地活着，明白生活有好有坏，一往而前不需执念。后来，她是一个旅行杂志的特约记者，访问写稿兼摄影，世界各地到处跑。每到一个新鲜有趣的地方，她给在南加州的妈妈寄张明信片，简单写着"wish you were here"。后来她对总在酒店醒来、跟陌生人微笑、交替发生的腹泻和便秘失去耐性，再加上跟情人老板分手，转而盘旋大城市接案子打工。她如天上的鹰，飞翔不过是手段，目标是有趣的人事物。一直是带着玩票性质，总是有家可以回去的嘛！她这么想。

这几年，她被几个年轻朋友拉去做生活空间设计。这些三十来岁的女孩，都是独生女，特别有强烈的梦想要创造一种能把大家拉在一起的空间，只要看到志同道合的人聚在这个空间里，不管是咖啡馆、花艺坊、独立书店，还是手工店，她们便很嗨很满足，赚钱倒是其次了。她陪着这些小朋友一起，她总是跟年轻十来岁的人混，画面并不违和。不可否认，她因为单身，加上自由职业，从未稳定扎根在某个点，那种飞跃浮浪的气质，还有对外表不懈怠的注意，运动保健品护肤和微整，让她永远显得比实际年龄年轻。她维持青春的秘诀就是当个潜伏者，混入比她年轻一轮甚至两轮的交游圈里，让他们亲热地喊她蒂蒂，并因此有机会认识一些危险又天真的男人。妈妈最爱听她的冒险故事，因为妈妈也是个潜伏者，潜伏在家庭在母职。她先是写信、寄明信片，然后是发电子邮件，逼着老妈学会使用计算机，后来是智能手机，发微信。她发有图有文有真相的美篇，配上音乐，让妈妈分享她高潮起伏的生活。

更年期对她是一大打击。啊，老妈，当年你是怎么熬过来的？它带来身心各种折磨，还敲锣打鼓昭告青春已逝。你是怎么熬过来的？三十几岁就守寡……沉缓悠长的呼吸声，从妈妈断断续续的呼吸声里浮出来。微弱的是往死里漂去，悠缓的是生之证明。婕儿还是睡着了。

婕儿不是个潜伏者，她被生活拖着走，或是说她被这个世界哄得走上那条路，立有路标，足迹杂沓，从小就是个跟屁虫啊她，还以为跟随着妈妈的脚印。一个男人、一份工作和一个城市，一辈子！

夜班护士推门进来，给妈妈换吗啡，原先给的剂量两个小时一换，现在改成八个小时。吗啡是严格管制的，给多了怕用不上浪费，看来妈妈还能再撑一段时间。会像那种连演二十四小时的马拉松长剧吗？或更长？是那种会强力考验演员体力和观众耐力的实验剧吗？

老妈，这是你要的吗？我跟你说过很多戏，纽约的，伦敦的，爱丁堡和乌镇的，你总是听得津津有味，现在这一出呢？悲剧收尾是免不了了，可我们都不喜欢哭哭啼啼的悲剧。

白班护士七点多进来，微笑着跟不知是姊还是妹打招呼，姊妹长得很像……总之，是坐在门边这个人，瞪着满眼血丝。

护士依例自我介绍，在墙上的小白板上写下这一轮护士的名字。

一天有三班，婕儿早就不去记那些名字了，她越来越不耐烦这些千篇一律的笑容，千篇一律的问候。

"早安，你们都好吗？"

好什么？没看到我妈就要死了？她暗暗诅咒。心里有把火一直在烧，她克制着不表现出来。

护士瞥一眼床上的老人，对她摇摇头："她真不简单！"

她点头，笑笑。

妈妈进安宁病房的头一晚，大家都以为马上会走。心跳一分钟两次，血压降到四十，手指和脚趾都转为乌青了。她一直在哭。妈妈，妈妈啊！她又变回那个小女孩，六七岁，脸埋在妈妈的裙幅里，鼻涕眼泪糊在妈妈的花裙子上。妈妈一只手拍着她的背安抚，另一只手总是忙着，不是正在洗菜煮饭，就是拉着蒂蒂。哦，那个蒂蒂，她是不哭的，总是闯祸，让妈妈替她收拾善后。妈妈不得不拉紧蒂蒂，盯牢蒂蒂，不像她总是那么乖巧，跟着妈妈身前身后转，学妈妈做各种家务。邻居阿姨都说：大女儿像你呀！妈妈笑，我这大的乖，文静，那个小的也不知什么泼猴投胎的。她满足地偎着妈妈，妈妈环住她。

护士走了，她忘了问妈妈的心跳血压供氧率。头两天她很认真地记录，但那些都不能告诉她什么，如果有好转，难道要快慰？快慰是荒谬的，反之亦然。不能庆祝妈妈的生，也不可能庆祝死。

蒂蒂那个没心没肺的，一年到头只知道四处去野，什么时候关心过妈妈，什么时候尽过女儿的责任？妈妈，好像是她一个人的。这是她自小的梦想。她比蒂蒂早落地十五分钟，两个婴儿说是双胞胎，却不是一个模子刻出来的，人家说是异卵双胞胎。从一落地起，她们就开始争夺妈妈有限的注意力。她病弱夜啼，哭起来像小猫，妈妈心疼她，总是抱着她。但是蒂蒂比她先翻身、先坐先爬先走，还先叫妈，妈妈总是被蒂蒂逗笑。

爸爸走后，妈妈睡大床，她们睡小床，在一个房间。也不知什么时候开始，蒂蒂半夜会溜到大床上，跟妈妈挤着睡。这是她人生第一回感到世界上有很多无法言说的不公平，因为妈妈并没有把蒂蒂赶下床。她想着是不是也溜到妈妈床上睡，但她没有。她一直等着妈妈喊她上床，但妈妈没有。她想阻止蒂蒂偷上床，但她总是等不到那一刻就睡着了。她问蒂蒂，半夜怎么会起来跑到妈妈床上去的？蒂蒂回答不知道。是梦游啊？于是她原谅了偷上床的妹妹、没有坚持原则的妈妈。

回忆起这件往事，她不禁又哭了起来，为了总是渴求妈妈爱的那个小女孩，半夜里拼命撑着不敢睡去的小女孩，那个被灵巧的妹妹抢走妈妈的小女孩……过去那么多年陪伴和照顾妈妈，她一直压抑着心里的怨恨。妹妹可以海角天涯吃喝玩乐，她做这么多，也没有让妈妈更爱她一点，或者，让她自己更满意，生活总是细琐浑噩一团糟。现在妈妈要死了，一切的付出走到尽头，不再需要付出，妈妈对她，她对妈妈，也就终止在这里了。医生说听力是最后消失的官能，妈妈听着她哭，知道她在哭什么吗？

她不是哭舍不得，当然她舍不得妈妈走，也不是怜惜，当然妈妈一人抚养她们姊妹不容易……她哭的是自己。她想要妈妈给的，妈妈知道吗？她还哭自己在妈妈垂死的病床边，计较着妈妈爱谁多一点，计较着过去的付出值不值得，最后她还是没能全心全意当个好女儿。

她伏在被单上哭，先是心酸引动了泪水，泪水又牵动更强烈的情绪，哭成一个妈妈怀里的小宝贝。她看到宝贝女儿乔安，蜷曲在她怀里抽咽，那是十岁那年，最爱的芭比娃娃掉在了车上；她看到自己蹲在地上流泪，心疼妈妈给她缝的粉红纱裙勾破了不再完美……遗落，毁坏，无法追回。什么言语都不如泪水，从内里来，涤清一切。言语哪说得明白，心里这些乱纷纷的感觉？

门被推开，古德医生走进来。微卷的金褐色头发，海水蓝的眼睛，戴副金边眼镜，宽大白袍下的身材，让人愿意想象是俊伟的。"啊，希望我没有打扰到你们。"

吃过麦片早餐，正缩在椅上看手机的蒂蒂，利落地趋前握手招呼。婕儿冷眼旁观，在外人面前，妹妹总是那么得体，只有自家人才知道，她是个疯子。

古德医师不急着查看病人。这里其实没有病人，只有一个将死的人往死亡的路一步步拖着脚走，还有两个活人，在这里见证死亡。他的工作与其说是来看护病人，哦，不，他要怎么看护一个大家都认为并接受濒死的人？不需抢救和施药，只要让病人走得安详。这也是为了活着的人，因为没有人愿意看到亲人受痛呻吟。在高剂量吗啡的帮助下，这个病房里很安静，死亡只是早晚的问题。但这个病人撑得真久啊，原以为 24 小时，最多 48 小时就结束了。几年前有个印度老太太也是，还有那个日裔还是韩裔的女人，她们都一样瘦弱，却比男人还强韧。在昨天的医务会议上，护士珍妮称这个老太太是"奇迹"。奇迹吗？他会慎用这个词。因为奇迹常是导向美好愿景的达成。总之，他很了解自己的工作不只是例行的查看，查看病人离死亡的距离，而是病人身边这些陪护的人，他们是否满意这样一种即使在美国都有待普及的安宁送终？

古德医师态度恭谨地检查病人的瞳孔，查看心率血压，在病人身上推压，检查四肢颜色的变化，掀开被褥时，露出了那不再私密不再神秘不再有任何意义的部位。

蒂蒂一直跟着医生查看。妈妈的呼吸频率增加了，手脚的乌青也退了，恢复红润温暖，她像医生那样把妈妈的脚掌放在手心，比她的脚还暖。这是怎么一回事？妈妈要活过来了吗？

"我妈妈，看起来似乎在好转？"她自己也觉得这个问题很奇怪。

"不过是迟早的问题。老太太的身体底子好,所以拖的时间长一点,你看她好像好转了,其实,还是时间的问题……"医生抱歉地摇头,脱掉一次性乳胶手套,用肥皂和热水仔细洗手。

"这是第五天,我必须再次强调,你们的妈妈随时会走,尤其她现在出现肺炎的症状。你们今晚还留在这里吗?"古德医生讲话时只看着蒂蒂。

"我们都在。"

"也要出去走动走动,回家洗个澡什么的,照顾好自己。"古德医师的声音很温柔。

蒂蒂嘴角泛出一丝领情的笑容,旋即敛去。美国人不作兴哭哭啼啼,把悲伤展演给大家看,显得自己多孝顺,相反,他们在这种场合常是冷静的,悲伤只能关起门来自己消化。深知文化的不同,蒂蒂却也觉得此时不宜露出笑容。她送到门口,伸出双手有如好莱坞老电影里的女人,古德医师立刻双手握住。"如果明天我们没有再见,古德医生,我想说的是,我衷心感谢。"

古德医师颔首,出去了。

毕竟是做剧场出身,毕竟是一辈子单身,蒂蒂无时不在自我观看。她觉得自己方才的姿态格外优雅,如果说楚楚动人也不夸张,因为她红肿着眼皮,散挽长发,悲凄的神色里有着坚强。

"你有没有看出来,那个古德医师对我有兴趣?"

婕儿瞪了她一眼。

"啊,别给我那表情。怎么了?不该在妈妈面前说?"蒂蒂走到病床边,抚着妈妈的面颊。"老妈可爱听我说这些了,古德医生是她喜欢的那一型,她现在说不定还听得到我们说话。"

"你以为别人都跟你一样是花痴?"

蒂蒂对姊姊的呵斥恍若未闻,她径自走到妈妈身旁,弯身说:"老妈,这个医生好帅啊,有点像托马士,你睁开眼睛吧,年轻的托马士来看你了。"

"你说什么疯话?"

蒂蒂坐回自己的躺椅,跟婕儿隔着妈妈相望。

"你真是很无趣。"蒂蒂叹气。

"只有没心没肺的人,这时候才会想要有趣。"婕儿反讥。

"都是因为你,妈妈不得不过着无趣的生活。支气管炎,她不得不陪你留在一个气候温和空气好的地方,一辈子,我的天!"

"你胡说,如果不是我,她的晚年就是孤单一人了,当她需要帮忙时,你在哪里?在哪个有趣的地方?"

"哦,我是在很多有趣的地方,我在享受人生,不像你……"蒂蒂唬地站起来,"不说了,喝咖啡去!"

蒂蒂去休息室了。走吧走吧,最好这时候妈妈就离开,让你悔恨一辈子!婕儿靠近妈妈,看到妈妈的左眼渗出泪花。她心里一惊，连忙蹲下来，"妈妈，妈妈，对不起，我们不该吵架的……"赶紧拿纸把妈妈的泪水拭干，"妈妈，你可以听到我跟你说话吗？我是婕儿啊！"

妈妈的面容肃然，透明的氧气管从鼻下经过，头往右边侧转，没法看到全脸。她小心翼翼搬动妈妈的头，让她朝自己的方向转，但这么一调动，妈妈的呼吸声突然变响了，嘶嘶像冬窗缝隙里钻进来的风，她吓得手一松，妈妈的头又回到原来的角度。

突来的委屈攫住她，"妈妈，你就是偏心蒂蒂，你到现在还偏心她。我有什么地方没做好，做得不够好？你拖了这么多天，有什么心愿未了，你告诉我，不要让我觉得对不起你！"

妈妈的神色漠然，婕儿的泪水不停滚落，而她并没有感到悲伤。这几天她哭得那么多，有时候是怜惜，有时候是愧疚，有时候是自怨自艾，但此刻，眼泪只是不停涌出。难道，妈妈要走了？她大惊，连忙抓住妈妈的手。"妈妈，你可别走，蒂蒂还没回来呀！"

中午，婕儿不愿离开病房，不愿让蒂蒂有机会成为独自送终的女儿，蒂蒂只好从地下室餐厅给她带了份三明治。

"妈妈还在？"蒂蒂不用看妈妈也知道，那嘶嘶的呼吸声是这房间的背景音乐。"你说，妈妈是不是有什么心愿未了，譬如说，想见什么人……"

"有可能，你记得艾利克的爸爸，不是等到他从上海赶过来，叫了一声爸爸，才咽气的吗？"

可是还有谁让妈妈如此牵挂呢？亲人都隔着大海，久不来往；退休多年，再加上老病，朋友同事早都疏远了。

"也许，妈妈想看你跳舞？"蒂蒂眼睛一亮。

"胡扯！"

婕儿因为身子骨弱，从小学芭蕾，蒂蒂不喜欢严格锻炼，但是摆手扭腰不学自会，舞蹈是这对姊妹唯一同步的喜好，即使是互相嘲笑。不管是哪种舞蹈，她们的身体天生就协调，对节奏敏感，这都是拜妈妈之赐。妈妈也爱跳舞，老照片里系着宽发带、穿着大蓬裙去参加舞会，吉路巴和扭扭舞。一直到妈妈生病前，遇到开心得意的事时，还会即兴跳几步扭一扭，完全不似老太太。每当这时候，姊姊会皱眉头，妹妹会拍手叫好。长大以后，婕儿就不再跳舞了，她不过是个平庸的舞者，为了蓬蓬裙和白天鹅辛苦地踮着脚尖。她没有成为好舞者的那种动力。妹妹跳舞很轻松，完全是享乐，她敢打赌，到现在妹妹还在跳，上舞蹈课啦约会跳舞啦，各种有趣。于是，在这件唯一同步的事情上，她们又走上歧途。

"我说真的。"蒂蒂说，"我觉得我们就是该在妈妈面前唱歌跳舞，说说开心的事。你不是说她能听到吗？"

"你疯了！"

蒂蒂走到妈妈身边，清清嗓子，"老妈，你想听什么歌，中文英文，我唱给你听……"

婕儿无法忍受，丢下三明治出去了。

蒂蒂清着喉咙，半天，却没能唱出一句。她不知道自己该唱什么。所有的歌曲都离她而去，那些乐句，那些歌词，欢快或哀伤，思念或爱慕，都离她而去。她握住妈妈的手，还是温暖的。老妈，你为什么还不走？

当她在休息室煮咖啡时，古德医师突然出现在身后。他们相视一笑。离开病房，让彼此的关系轻松许多。没有了垂死妈妈的监看，或者，正因为妈妈，蒂蒂更觉得有需要跟古德医师多一点交流。

"你让我联想到一个人。"

"哦，我希望是个好人。"

"是我妈曾经的爱人，托马士。"

她的直率回答，显然让古德医师觉得惊讶，"我以为是你的……"

"哦，不，是我妈。在纽约，托马士是个摄影师，我妈一见他就为他倾倒，他年轻时一定跟你一样帅。"

现磨的咖啡煮好了，正一滴滴流到杯子里，蒂蒂深吸了一口那香味，觉得自己回到了纽约，在纽约为妈妈庆祝五十大寿。她们搭船游哈德森河看夜景，时代广场看百老汇秀，在格林威治村试不可能会买的怪衣服，还有风趣帅气的托马士作伴。托马士帮她们拍了许多照片，在辉煌的布鲁克林音乐厅里，紧邻着荒僻之地的涂鸦墙边，还有布鲁克林吊索大桥步道上，她们勾着手，妈妈石榴红的头巾翻飞，手指夹着刚点着的烟，背景远处是自由女神。她以为自己胜券在握，谁知道后来托马士通信的对象是妈妈。

"我就知道你妈妈不寻常。"古德医师的咖啡也煮好了，他给了她一个意味深长的微笑，没有说再见就走了，而她还沉浸在回忆里。

当时的妈妈正是她现在的年龄啊！之后几年，她跟妈妈在世界各地的约会里，常有托马士作伴，为她们留下许多美丽的倩影。她总觉得三人行中，托马士才是那个电灯泡。然后，托马士不再出现了，妈妈也绝口不提。她看不出妈妈有什么伤心失望，这样的妈妈简直太酷了。她跟妈妈在各地旅行时，晚上常要去当地酒吧喝一杯，酒精助兴，两个人抱着在舞池里欢舞，旁若无人。啊，婕儿那个笨蛋，从来没有真正了解过妈妈！

床上的妈妈看起来很陌生。一动不动躺了这么多天，不累吗？她记得自己问护士，妈妈会不会得褥疮，护士摇摇手，表示这问题不值得担心。不值得担心，因为妈妈就要死了。但是她担心，她担心妈妈越来越惨不忍睹。妈妈是多么爱美啊！

"为什么要我看着你死？你这样会不会太残忍？"

每次相聚，都是游山玩水，妈妈永远是精力旺盛，不输年轻人。妈妈的心跟她共振，妈妈没有比她老，她没有比妈妈年轻。她不要，她不要看到妈妈现在这样！

那年春天在京都，她们宿在本能寺边的旅馆，紧邻热闹的市场。她跟妈妈白天去哲学之道和银阁寺，看满树的樱花盛开似雪，傍晚从市场买来烤热的海苔饭团和清酒，晚上一起去旅馆的汤屋。她高挽头发，好整以暇坐在矮凳上把皮肤刷洗得白里透红，用脸盆接水浇身，然后婀娜地走向温泉池。已经在水里的妈妈，看着她一寸寸没进水中说：你很美。

这是女人对女人的赞美。看着妈妈的眼睛，她知道妈妈想要她这样饱满如水蜜桃的肉体。那时，妈妈已经六十几岁了。

"你很美。"她对病床上枯槁的女人说，"你最美。"

蒂蒂把靠墙的一张椅子拉到床边，一只手在被单下握住妈妈的手，那只手的触感没有变，就是妈妈的手，小时候她都是拉着这只手入睡的。她没有一刻怀疑过妈妈对她的爱，没有怀疑过妈妈希望她过不同的生活。她们都是潜伏者。但是，这个人要走了，世上再没有人能那么了解她、爱她。她没有家了。

她另一只手拿起一本书。这是婕儿带来的。婕儿带来一个大包，里头有书、小靠枕、坚果和巧克力、盥洗用具，还有几盒碗面。她什么都没准备。听到妈妈病危的消息时，她人在上海，就这么赶来了，脑里一片空白。就这么上了台，没有剧本。现在她明白，这出不知何时完结的戏里，妈妈是观众，她们姊妹俩才是主角。

她握着妈妈的手,眼睛盯着书页,努力读下一行字,一段话,一页,文字从书页上纷纷立起,上下跳动左右穿梭,魑魅魍魉,它们在赶路……浓雾中,她开车,妈妈在侧,她们在一条环山公路上,赶在天黑前要入住山顶的度假山庄。她打开强光雾灯,还是只能照到车前一米范围,之外便是巨大的森森黑影,前后都没有车,没有人,只有她跟妈妈,妈妈……突然手被捏了一下,她睁开眼睛。

　　妈妈还是躺在那里,一动不动。

　　她拼命咽着口水,强忍着不哭出声。她不愿妈妈听到。可是妈妈一定能感觉到她心里的悲伤,像浓雾般的悲伤。她向前,蹲下身,伏在妈妈身边。

　　门开了,很轻的脚步声,悄悄来到她身后。她知道不是一进来就会打招呼的护士,不是婕儿,婕儿固执地守在门口,在妈妈的左侧,从不到她这一边来。是谁?一只柔软的手搭在了她肩头。她不愿抬头。如果是梦,她不愿醒。

　　"蒂蒂?"

　　她抬头,愣了几秒钟,"哦,乔安。"

　　"蒂蒂阿姨,你还好吗?我妈呢?"

　　"你妈,嗯,你妈出去好久了。"

　　"我给你们带了换洗衣服,还有饼干和面纸。"

　　乔安像婕儿那样细心,很会照顾人。她看着乔安,长得也像婕儿,尤其那双向上飞去的凤眼,跟……妈妈的一模一样。

妈妈这双眼睛传给了婕儿，又传给乔安。而妈妈给她的呢？妈妈给她的这副狡黠贪玩的脾性，这样的细腰和长腿，永葆青春的心态，到她就终结了。这才是完完全全的终结！

蒂蒂惊天动地的嚎哭，惊动了整层楼的护士和护工。几天下来，大家都熟悉了这对姊妹，一个总是悲悲戚戚，一个谈笑自若，现在她们在门口探看，以为趴在那里哭号的是另一个。但那个总是哭泣的此刻才赶来，嘴里慌乱地喊着：走了吗？她走了吗？没有人回答，只有摧心裂肝的哭泣，无所遮掩毫不害羞的哭泣，那只能是孩子在哭母亲。

夕阳的金色余晖从百叶窗缝透进来，给这病房打了一点金光，婕儿第一次走到了那扇窗前，拉开百叶窗。窗外是个停车场，四周建筑物屋顶烟囱在吐着白烟。这个时候，大半的车子开走了，她知道自己的那辆蓝色丰田还停在某个角落，还未获准离去，还没有。

夜班护士来给妈妈防止肌肉癫痫的药，重注了吗啡，离开前把病床顶上那管刺眼的日光灯关了，只留门口洗手台的小黄灯，"你们好好休息吧。"护士掩上了门。听说这对姊妹就要精神崩溃了。

这光线柔和多了，蒂蒂躺平，毛毯拉到下巴，却没有如前几夜那样睡着。

"喂,你下午跑去哪里了?"

"我在休息室,坐在那里竟然睡着了,一直到……"

"一直到我也发神经了!"蒂蒂自嘲,"都怪老妈。你说她怎么还不愿意走?"

"舍不得我们吧。"

"这样拖下去,我也差不多了。真的。"

房间里只有妈妈、姊姊婕儿和妹妹蒂蒂,柔和的光线里,她们感到一种久违的亲密。这个空间也可以不在病房,这个空间可以是她们小时候的家。妈妈睡着了,她们醒着。

"蒂蒂,你记得十八岁那年,妈妈给我们办的舞会吗?"

"怎么不记得。她亲手给我们缝了舞裙,你的是白纱裙,我的是红色的小洋装。"

"我的是粉红色的。"婕儿说,"那时候我最爱粉红色。"

"我们应该是朋友里面第一个,也是唯一,在家里办舞会的吧?"

"是啊,亏妈妈想得出来。"

虽然来的大多是她们的朋友,可是妈妈喜欢一种剧场的仪式感,所以让她们先躲在一道临时搭起来的幕布后。"亲爱的朋友们,现在让我们欢迎最美丽的姊妹花:婕儿和蒂蒂!"她们两个从布幕后面钻出来,婕儿满面红云,蒂蒂做着鬼脸,然后她们拉起手来随着迪斯科的音乐扭动,舞会开始了!

婕儿想起那时自己帮妈妈烤了很多巧克力小饼干,粉末调好一杯杯蔓越莓果冻在冰箱里冻着，把玻璃瓶里插好的黄玫瑰和蓝色勿忘我放在进门处的小桌上，小桌上方悬挂的镜子里，映出她红扑扑的脸。

蒂蒂想起她那一身红洋装旋出裙花，吸引着强尼的眼睛。她帮忙调鸡尾酒，没有人知道十八岁是不是可以喝鸡尾酒，但妈妈双手一摊：没有酒就没有派对啊，女孩们！酒喝得有点多，她跟强尼竟然当众接起吻来。

舞会结束前，妈妈又出了个主意，让她们各自表演一段舞蹈。蒂蒂抢先下场了，她活力四射在场里随兴摇摆，逗得大家哈哈大笑。轮到婕儿时，人不见了，到处都找不到。事后问起，她说在洗手间。洗手间我找过了呀！蒂蒂戳穿她。

"老妈后来总说，我亲爱的婕儿，你那支舞呢？"

婕儿不作声。她想到当时自己慌张地躲进车库，层层累累漂亮的纱裙钩在了竹扫把上。很多时候她不愿在现场，不愿是主角。今天下午，她觉得所有力气都散尽了，再也无法面对病床上的妈妈。这功课实在是太难了！她躲到休息室，斜靠在沙发上，感到十分愤怒。是的，愤怒。这几天来，悲伤和愤怒交错充塞她的胸臆。为什么蒂蒂要那样玩世不恭，为什么在这么沉重的现实面前开玩笑？晚上睡得打呼，白天跟医生调情，还想唱歌跳舞？但她的愤怒不在蒂蒂，蒂蒂就是个没正经的疯子，她气的是妈妈。妈妈也可以这样。妈妈一直是独居的，她每个星期去探望，有一天撞见妈妈披着晨褛在暖房里，手里夹着一根烟。妈！你都几岁了，还生着病，怎么开始抽烟呢？她像面对青少年叛逆期的乔安般气急败坏。妈妈把烟灰抖到一个墨西哥蓝天骄阳的咖啡碟，咧嘴一笑：我现在不抽什么时候抽呢？看看她的脸色，又说，我只是没有在你面前抽，你不是气管不好吗？妈妈那时已经非常消瘦了，葡萄紫的晨褛挂在身上，手纠着垂塌的领口，好像随时要呕吐。她拿这样的妈妈没办法呀！每当这个时候，她别过头去不看不听。这就是为什么她根本没告诉蒂蒂，妈妈的衣物里有那么一箱，里头是诗集和一札情书。

　　她抱住自己发胀的头，揉着太阳穴，就像妈妈以前会为她做的，就像她现在常为乔安做的，揉着揉着睡着了……这个睡眠是那么安宁，没有一丝杂质，就像回到了妈妈的子宫，以至于醒来后，她感到一种久违的宁静，仿如时间被重置，一切重新来过。这个房间靠墙摆了个小书架，有图画书、心理学、室内设计、有机饮食，也有罗曼史小说，书架最上层立了一个拼图一块块拼出的地球，还有一只棕眼睛的玩具小熊。各种各样的人来过这个休息室吧，当他们的亲人垂死时，他们在这里发呆，找一本书转移注意力，或是偷偷哭泣，不管他们做什么，那一刻终会到来，亲人的，自己的，无所逃的死亡。冬天的太阳四点多就露出疲态，从大窗斜斜照进，落在沙发前的地毯上，光亮里有尘埃飞扬。她把脚往前探，进入那圈光亮。她心里柔软而安静，感觉妈妈就坐在身旁，在安慰她，原谅她，祝福她，这时，远处传来了哭声。

"舞会，多少年前的事了？三十年？"

"一辈子快过了呀！"蒂蒂感叹，"前几年你总说妈妈需要你，现在你可以出远门了吧，或许我们可以结伴旅行？"

"再说吧。"婕儿想着去远方，有点不习惯。跨出家门前，还是先把封死的那个纸箱打开吧，试着读读妈妈的情书。"别说我，你呢？真的就一个人？"

"看来也只能一个人。"

"有空多回来吧。"

蒂蒂没回答，起身，嘴里哼着什么曲子，伸展了一下身体，在病床和躺椅间的空隙轻轻摇摆。婕儿听那曲子很耳熟，在躺椅上也伸直了脚，绷紧脚背，宛如在空中踮起脚尖，轻点着打节拍，转头看妹妹，妹妹高举着手扭动腰肢，模样很滑稽。她站起来，赤脚踩在冰凉的地板上，两手向前十指相向，踮起脚尖试图做个旋转，却摇摇晃晃往病床倒去，妹妹及时伸手挡住，两人噗嗤一声笑出来。

就在这一刻，她们的妈妈呼出了最后一口气。（2017）

图书在版编目（CIP）数据

春日天涯 / 章缘著. -- 上海：上海文艺出版社, 2019.4
ISBN 978-7-5321-6917-7
Ⅰ.①春… Ⅱ.①章… Ⅲ.①短篇小说－小说集－中国－当代
Ⅳ.①I247.7
中国版本图书馆CIP数据核字(2019)第027135号

发 行 人：陈　征
责任编辑：乔晓华
封面设计：人马艺术设计·储平

书　　名：	春日天涯
作　　者：	章　缘
出　　版：	上海世纪出版集团　上海文艺出版社
地　　址：	上海绍兴路7号　200020
发　　行：	上海文艺出版社发行中心发行
	上海市绍兴路50号　200020　www.ewen.co
印　　刷：	苏州市越洋印刷有限公司印刷
开　　本：	889×1194　1/16
印　　张：	10.5
插　　页：	5
字　　数：	200,000
印　　次：	2019年4月第1版　2019年1月第1次印刷
ＩＳＢＮ：	978-7-5321-6917-7/I·5520
定　　价：	58.00元

告　读　者：如发现本书有质量问题请与印刷厂质量科联系　T:0512-68180628